KB089761

그 청년 바보의사

그 청년 바보의사

초판 1쇄 발행 2009년 7월 20일
개정판 1쇄 발행 2018년 7월 23일
개정판 5쇄 발행 2020년 8월 31일

지은이 안수현
엮은이 이기섭

펴낸이 이상순 **주간** 서인찬 **편집장** 박윤주 **제작이사** 이상광
기획편집 박월, 이세원 **디자인** 유영준, 이민정
마케팅홍보 신희용, 김경민 **경영지원** 고은정

펴낸곳 (주)도서출판 아름다운사람들
주소 (10881) 경기도 파주시 회동길 103
대표전화 (031) 8074-0082 **팩스** (031) 955-1083
이메일 books777@naver.com
홈페이지 www.books114.net

개정판

그 청년 바보의사

안수현 지음 | 이기섭 엮음

아름다운사람들

추천사

그는 '부재중'이지만, 그의 사역은 '진행 중'

영락교회에 부임하기 한참 전에 《그 청년 바보의사》를 통해 안수현 형제를 접한 바 있었습니다. 그리고 그 기억이 아스라이 흐려질 무렵, 수현 형제의 부친이신 안봉순 장로님으로부터 추천사를 부탁받게 되었습니다. 저는 수현 형제가 영락교회 교인이었음을 잊고 있었는데, 이번 일로 수현 형제가 영락교회에 몸담았던 청년이라는 사실을 다시 한번 떠올리게 되었습니다.

수현 형제는 이미 영락교회 울타리를 넘어선 삶을 살았습니다. 교회 안에서뿐만 아니라, 교회 밖 어디서든 그를 만나는 모든 사람에게 그는 진실한 그리스도인으로 다가섰습니다. 그럼에도 불구하고 그가 영락교회 청년이었음을 마음에 새기는 이유는, 이 글을 쓰는 제가 영락교회에 위임목사로 몸담게 되었기 때문입니다. 아울러 수현 형제가 제게 말하는 것 같습니다. "목사님, 만나 보지 못해 안다고 할 수 없습니다만, 영락교회 목사님으로 오셨으니 환영합니다. 제가 못다 한 일들을 목사님께서 좀 더 해주세요."라고 말하는 것처럼 느껴집니다. 이제 저도 그가 남긴 그리스도인으로서의 삶의 발자취를 뒤따라 가보고자 하는 마음을 갖습니다. 비록 나이는 제가 많지만, 수현 형제는 그리스도인으로 사는 것이 무엇인가를 보여주는 스승입니다.

이런 감동과 결단은 저만의 것이 아닐 것입니다. 수현 형제는 그를 만난 모든 사람으로 하여금 살아온 날들을 부끄러움으로 돌아보게 만들고, 부족함이 많은 현재에도 감사하게 하며, 미래를 향해 어금니를 깨물고 결단하게 하는 매력을 가지고 있었습니다. 많은 이들이 그가 남긴 흔적을 가슴에 품고 삽니다. 그래서 책의 마지막 부분에 있는 것처럼 그는 '부재중'이지만, 그의 사역은 '진행 중'입니다. 그는 주님께서 세상을 위해 남겨주신 '명반(masterpiece)'입니다. 그 명반에서 울려 퍼지는 소리를 다시 한번 들어보시지 않으시렵니까?

영락교회 위임목사

김운성

추천사

그의 삶을
존경합니다

평생 잊을 수 없는 목회 중의 하나는 영락교회에서 고등부를 맡아 매주 아이들에게 설교를 했던 것입니다. 감사하게도 아이들이 내 설교를 잘 들어주었고 나도 아이들에게 설교하는 것이 너무나도 행복하고 보람 있었습니다.

나는 두 차례에 걸쳐 영락교회 고등부를 맡았는데 83년 1월부터 84년 5월까지, 88년 10월부터 91년 11월까지였습니다. 영락교회 고등부 아이들에게 설교를 하고 싶어서, 다시 영락교회로 돌아가게 된 것입니다. '영락교회'보다 '협동목회'가 나를 끌었습니다. 나는 교육담당 협동목사로서 교육부 전체의 책임자였습니다. 그러면서 각 부서의 교육전담목사를 청빙하였는데 고등부 목사는 내가 직접 하려고 일부러 모시지 않았습니다.

수현이는 내가 두 번째 고등부 사역을 할 때 보았던 형제였습니다. 주일날 고등부 예배 설교가 끝나면 아이들 50여 명이 분반 공부를 하지 않고 어디론가 가버리곤 했습니다. 선생님 한 분을 보내어 알아보게 하였더니 고등부를 졸업하고 대학 입시에 실패하여 재수를 하는 아이들 중 몇몇이 고등부 예배를 잊지 못해 예배만 드리고 간다고 했습니다.

이야기를 듣고 그 아이들을 위하여 반을 따로 만들었습니다. 애매모호한 이름으로 '베드로반'이라고 하였습니다. 선생님도 한 분 배치해주었습니다. 베드로반 1기생은 일 년 후 거의 100퍼센트 대학 진학에 성공하였고 1기생 아이들은 베드로반 2기생의 간사 역할을 하기도 했습니다. 수현이는 베드로반 1기생이었습니다.

아이들에게 한 설교 중에 '흔적'이라는 제목의 설교가 있었습니다. "이후로는 누구든지 나를 괴롭게 말라 내가 내 몸에 예수의 흔적을 가졌노라"(갈 6:17)는 본문을 가지고 한 설교였습니다. 이 설교가 아이들에게 꽤 강하게 어필하였던 것 같습니다. 수현이는 대학부에 올라가 '스티그마'라는 동아리를 만들었습니다. 스티그마란 헬라어로 '흔적'이라는 말입니다. 후에 수현이는 '예흔'(예수의 흔적)이라는 단체의 리더였는데, 그게 영락교회 대학부 시절 만들었던 '스티그마'인지,

그것과 독립된 단체인지는 모르나 수현이의 생각과 삶 속에 바울과 같은 '예수 그리스도의 흔적'에 대한 강한 집념과 욕심이 있었던 것이 틀림없습니다.

수현이는 33년을 살다 우리 곁을 홀연히 떠났습니다. 의사로 짧은 생을 불같이 살다 갔습니다.

수현이와 수현이의 삶은 한마디로 표현할 수 있습니다.

'스티그마', '예흔', '예수 그리스도의 흔적'

그 분명한 흔적이, 그가 떠난 지 벌써 12년이 지났는데도 선명하게 남아 많은 기독의사들과 기독인들을 선배 후배 불문하고 감동케 하고 결단케 하고 있습니다.

그때는 내가 선생이었는데 지금은 수현이가 내 믿음의 선생이 되었습니다.

나는 말로만 설교했지만, 수현이는 죽기까지 최선을 다한 삶으로 설교한 참 스승이 되었습니다.

수현이와 수현이의 그 치열했던 삶을 존경합니다.

사단법인 피피엘 이사장

김동호

추천사

늘 아름다웠던 청년의 삶에서 발견한
예수의 흔적

제가 고 안수현 대위의 부고를 접했던 날은 의무사령관으로 부임한 지 두 달도 채 되질 않은 데다 연초라서 상당히 분주했던 날이었습니다.

군에서는 적지 않은 군인들이 질병이나 각종 안전사고로 사망합니다. 의무사령관이 모든 사망 소식들을 보고받아야 할 이유는 없었지만, 사망자가 일반병과 장교가 아닌 군의관이었기 때문에 사망보고를 받게 되었습니다. 그런데 하필 그 이름이 매우 낯익었습니다. 제가 알고 있는 '안,수,현' 대위가 맞는지 재차 확인을 했던 기억이 납니다.

군에는 2천여 명의 군의관들이 있습니다. 그렇기 때문에 의무병과의 최고 책임자인 의무사령관이 이름을 기억하는 군의관은 소수에 불과합니다. 병과의 명예를 실추시킬 만한 큰일을 저질렀거나, 아니면 그 반대의 경우 외에는 이름을 기억할 수 없습니다. 그렇지만 안수현, 그 이름은 제가 분명히 기억하는 이름이었습니다.

현역 시절, 저는 군의관들이 삼사관학교에서 훈련을 받고 임관을 하여 자대 배치가 끝나면 기독군의관들을 일일이 파악하여 그들에게 달마다 편지를 보냈습니다. 기독군의관의 신앙을 독려하고, 때로는 군생활에 대한 조언을 하는 내용이었습니다. 그러면 편지를 받은 군의관 중 몇몇은 답장을 보내주었는데, 그 가운데 누가회 출신 안수현 대위가 있었습니다. 안 대위와 저는 장군과 대위라는 계급을 넘어 편지로 신앙의 교제를 나누는 사이가 되었습니다.

다음은 안수현 대위의 2004년 4월 26일자 편지입니다.

"지난 토요일에는 부대에서 당직을 섰습니다. 북한 용천에서 있었던 폭발 참사의 소식들이 마음을 무겁게 내리누릅니다. 군에서 북으로 의료지원을 갈 계획은 혹시 없으신지요? 있다면 의미 있는 수고의 손길을 조금이라도 보태고 싶은데 말입니다. 아마 다른 단체보다는 군이라서 북한 지원에 더 미묘하게 어려운 부분이 있을지도 모르겠네요. 궁금해서 연락드렸습니다."

안수현 대위는 마치 예수님이 군의관의 옷을 입으시고 한국 땅에 나타나셨다가 가신 것 같은 착각이 들 정도로 심성이 아름다운 청년이었습니다. 의무실을 방문하는 병사들에게는 형님이 되었습니다. 특별히 영창에 갇혀 있는 병사들을 위해서 사비를 털어 책을 선물로 나눠주며 그들의 시간을 귀하게 변화시켰습니다. 국방부 의무실로 보직을 옮긴 후에는 성실함이 국방장관님에게까지 알려져 장관 주치의의 임무를 맡기도 하였습니다. 안 대위의 사망 소식에 장관님은 부친께 직접 위로의 전화를 하시기도 했습니다.

우리가 안수현을 잊지 못하는 것은 아마도 그의 삶에서 예수의 흔적(스티그마)을 보았기 때문일 것입니다. 이 책을 읽는 모든 분들도 안수현 대위의 이야기 속에 나타난 예수님의 흔적들을 발견할 수 있기를 간절히 빕니다.

안수현장학회 회장, 전 의무사령관

김록권

차 례

1장

그 청년 바보의사

"과연 나는
길게 줄을 서서 기다리는 환자들
한 사람 한 사람의 얼굴이
내게 환자로 오신 그리스도라는 사실을
기억할 수 있을까?"

"과연 나는 길게 줄을 서서 기다리는
환자들 한 사람 한 사람의 얼굴이
내게 환자로 오신 그리스도라는 사실을
기억할 수 있을까?"

_설대위(David Seel, 전 예수병원 원장)

그 청년 바보의사

병실에 누운 한 환자가 아까부터 누군가를 기다리고 있습니다. 한밤중 병실의 불은 이미 꺼져 있습니다. 주로 암환자들이 누워 있는 6인 병실에는 내일 떠오르는 태양을 볼 수 없을지도 모르는 누군가의 아버지, 누군가의 남편, 누군가의 아들 들이 한 숨, 한 숨을 가늘게 쉬고 있습니다.

병실의 문이 가만히 열리는군요. 의사 가운을 입은 듬직한 체구의 청년 한 명이 조용히 들어와 환자 곁으로 다가갑니다. 청년은 뼈만 남은 환자의 앙상한 손을 다정하게 잡고 아주 조그마한 소리로 기도하기 시작합니다.

“여호와 라파 치유의 하나님, 우리 A환자 분의 병을 낫게 하여 주십시오. 좀 더 시간을 주셔서 사랑하는 가족들의 얼굴을 한 번이라도 더 보게 하여 주시고, 무엇보다 예수님을 믿고 신앙을 고백하게 하여 주십시오. 저는 치료만 할 뿐이니, 우리 주님께서 몸과 영혼을 깨끗하게 치유하여 주실 것을 믿습니다. 예수님 이름으로 기도합니다.”

청년의사는 들어올 때와 마찬가지로 조용히 병실 문을 열고 나갑니다. 꼼짝도 하지 않던 환자의 얼굴이 일그러지더니 눈에서 눈물이 흐릅니다. 어쩐지 마음이 따뜻해지는 것을 느낍니다. 오랜 병치레에 지쳐 가족들도 줄 수 없는 따스함을 청년의사가 믿는 예수님의 사랑이 줄지도 모르겠다는 생각이 듭니다.

그 청년의사는 환자와 눈이 마주치면 큰일이라도 나는 듯, 눈도 안 마주치고 할 말만 하고 휙 돌아서는 그런 쌀쌀맞은 의사가 아니었습니다. 많이 아프시냐고 묻기도 하고, 빨리 처치를 못 해줘서 미안하다고 웃어주기도 하고, 간호하는 아들이 잘생겼다고 덕담도 해주었습니다. 청년의사는 입원 첫날부터 한밤중이면 살며시 찾아와 환자의 침대 곁에서 기도를 해주었습니다.

솔직히 처음에는 청년의사의 그러한 행동에 거부감이 들었습니다. 예수가 누군지도 모르는데 자꾸 예수한테 고쳐달라는 게 우습게 들렸기 때문이지요.

그러던 어느 날, 환자는 갑갑증을 느꼈고 죽으면 그만이지 이깟

주사는 뭐하려고 맞나 싶었습니다. 그래서 링거바늘을 빼버리고 행패를 부렸습니다. 병실 바닥이 피로 물들었고, 같은 병실에 있던 환자들이 놀라 소리를 질렀습니다. 간호사들이 몰려왔습니다. 그러나 젊어서 힘깨나 쓰던 환자였기에 제어하기가 쉽지 않았습니다. 사람들이 어쩔 줄 몰라 할 때 청년의사가 달려왔습니다. 주치의니까요. 청년의사는 무섭게 환자를 야단쳤습니다.

"할아버지, 가만 계세요. 제발 저희 말을 들으세요."

청년의사의 억센 팔이 버둥대는 환자를 힘껏 안았습니다.

"힘드신 거 다 알아요. 살기 싫으신 거 다 알아요."

그 말을 들은 환자는 청년의사의 팔에 안겨 실컷 울었습니다. 간암으로 시한부 판정을 받은 이후 처음이었지요. 황소처럼 목 놓아 오래오래 울었습니다.

그 후로 매일 밤, 환자는 청년의사를 기다리게 되었습니다. 아직 그 환자는 예수님이 누군지 확실하게는 모르지만, 청년이 믿는 누군가라면 한번 믿어볼까 하는 생각을 합니다. 내일 회진 때, 지난번 거절했던 성경을 갖다달라고 말하려고 합니다. 그 의사는 기뻐서 얼굴이 호빵맨같이 부풀어 오르며 씩 웃을 것입니다. 그리고 내일 밤이 지나기 전, 머리맡에 커다란 돋보기와 함께 성경을 놓아줄 것입니다.

청년의사의 이름은 안수현. 고려대학교 의대 91학번, 내과전문의입니다. 고려대학교 부속병원에서 인턴과 레지던트를 마치고 군의관으로 복무하면서 국방부장관 주치의를 맡았었지요. 단정하게 깎은 짧은 머리에 105사이즈의 흰색 폴로셔츠, 푸른색 바지를 즐겨 입던 178센티미터 키의 듬직했던 그는 환자들에게는 따뜻했고, 동료들에게는 친절했으며, 자신에게는 의사로서 엄격했습니다. 그는 환자를 위해 기도하는 의사였습니다. 의사 경력은 짧았지만, 그의 정성이 환자들의 병든 몸과 상처 입은 마음을 치유하여 예수님 앞으로 인도했습니다.

의약분업사태로 전국의 의사들이 파업을 할 때, 그는 병원에 남아 환자 곁을 지켰습니다. 하루 한두 시간 겨우 눈을 붙이고, 한 끼를 먹어가며 환자들을 돌봤습니다. 사람들에게 잘 보이기 위해서가 아니었습니다. 엄격한 위계질서의 의사 사회에서 자칫 앞날에 불이익이 생길 수도 있는 행동이었습니다. 하지만 그는 주님이 가르쳐주신 대로 자기 소명에 충실했습니다.

청년의사는 글을 잘 썼습니다. 의대생 시절부터 '스티그마'란 ID로 신앙과 음악과 책에 관한 글을 쓰는 작가였습니다. 그의 해박한 지식과 올곧은 신앙의 자세가 드러난 글들은 온라인에서 큰 인기를 끌었습니다. 젊은 의사와 환자들의 아름다운 이야기는 차가운 의술 속 따뜻한 인술로 잔잔한 감동을 주었습니다. 2004년에는 신문 '청년의사' 주최 한미수필문학상 공모에서 '개입'이란 글로 대상을 받았습니다.

청년의사의 싸이월드 미니홈피는 새롭고 다양한 클래식 음악과 CCM, 좋은 책 들을 소개하고 나누는 문화 공간으로 유명했습니다.

거칠고 음란하고 얄팍한 요즘 세대에, 그가 이끄는 크리스천 문화의 힘은 생명력이 넘쳤습니다.

청년의사는 기독교 신앙을 갖지 않은 사람에게 다가가기 위해 교회 문턱을 낮춘 '예흔'이란 헬퍼십 공동체를 만들었습니다. '예흔'은 예수님의 흔적을 줄인 말로, 해외의 감동적인 찬양팀과 목사님들의 예배 실황을 DVD로 보며 함께 찬양하는 열린 예배 형식의 기독교 문화사역 팀입니다. CCM에 해박한 지식이 있는 그는 바실 뮤직 음반 리뷰어, 두란노몰 CCM 웹진 기고가, praise&worship 칼럼니스트였습니다. 배우 한석규를 닮은 부드러운 목소리로 아미 위성방송에서 '안수현의 CCM 여행' 코너를 진행하기도 했습니다.

청년의사는 자기 것을 아끼지 않고 나누는 사람이었습니다. 누군가 필요하다면 자기 시간을 내주었습니다. 누군가 필요하다면 찬양테이프와 신앙서적을 선뜻 선물했습니다. 그가 메고 다니던 검은 가방 속에서는 마르지 않는 샘처럼 책과 음반이 쏟아져 나와 필요한 사람에게 전해졌습니다. 대가를 바라지 않는 그의 사랑은 사람들을 하나님 앞으로 한 발 한 발 다가가게 만들었습니다. 자신의 피도 나누었습니다. 아무도 모르게 한 헌혈이 30회가 넘었습니다. 적십자에서 주는 헌혈유공장 은장을 받았지만, 그가 죽기 전까지는 누구도 그 사실을 몰랐습니다.

2003년 군의관으로 입대한 청년의사는 2006년 1월, 갑자기 하나님의 부르심을 받았습니다. 서른 셋, 예수님과 같은 나이에, 예수님의 흔적을 좇아 달려가던 그 청년은 문득 우리 곁을 떠났습니다. 갚을 수 없는 사랑의 빚을 남겨놓고서 말입니다.

이 책은 그 청년의사가 쓴 글들을 엮은 것입니다. 이렇게 해서라도 그의 자취를 우리 곁에 두고 싶었습니다. 바보같이 주기만 하던 그를 기억하면서.

오늘, 그 청년이 더욱 그립습니다. ●

배꼽동맥 이야기

응급실 당직을 마쳤다. 환자들을 잘 치료할 수 있게 하심에 짤막하게 감사 기도를 드리며 병동으로 올라왔다. 임종을 앞두고 있는 J 씨를 잠깐 만날 수 있을까 해서였다. 간암 말기인 J 씨는 최근 급격히 황달 수치가 오르면서 혼수상태에 빠졌고, 저혈압 때문인지 소변이 나오지 않은 채 사흘을 지냈다. 틈틈이 가래를 빼주는 것 말고는 해줄 수 있는 것이 없었다.

처치실은 비어 있었다. 간호사에게 물어보니 오늘 정오쯤 갑자기 상태가 나빠지더니 운명하셨다고 한다. 이런! 마지막 순간에 자리를 지켜드리고 싶었는데……. 주치의로서 책임감과 아쉬움이 계속 남았다. 저녁에 단정하게 옷을 갈아입고 병원 지하에 있는 영안실을 찾았다. J 씨의 자녀 여섯 남매와 그 가족들이 나를 맞이해주었다. 그들의 얼굴은 슬픔보다는 평안함으로 가득 차 있었다. 크리스천이기 때문이었을까? J 씨의 자녀들은 아버지를 정성껏 간병하는 분들이었다. 어느 날 병실을 돌아보는데 J 씨의 막내아들이 '부흥'이란 복음성가를 듣고 있었다. 반가운 마음에 마침 내 가운 주머니에 들어 있던 찬양 테이프를 건넸다.

J 씨는 자신의 병이 회복될 수 없음을 알고 있었기에 마음이 많이 위축되어 있었다. 찾아갈 때마다 그를 안심시키고 용기를 북돋아주려

고 애를 썼다. J 씨 머리맡에 있던 카세트에 찬송가 테이프를 넣어놓기도 했다. 어느 주치의보다 J 씨의 마음을 가장 평안하게 해줬다며 가족들은 나에게 고마워했다. 생의 마지막을 아름답게 마칠 수 있기를 기도하며 위로하고픈 내 마음이, 알게 모르게 그들에게 전해졌다고 생각했다.

J 씨가 돌아가시기 전 일요일 밤, J 씨는 혈압이 떨어지면서 소변이 나오지 않는 급성신부전상태가 되었다. 나는 환자 보호자들에게 곧 운명하실 것 같으니 모두들 만나보시라고 당부했다. 임종 예배까지 드렸지만 J 씨는 그 상태에서 사흘을 버텼다. 가족들은 하나님께서 왜 J 씨를 데려가시지 않은 채 시간을 끄시는지 의아해했다.

그런데 임종하시던 날 아침, 막내아들이 교제하던 자매를 병실에 데려왔다. 일본에 잠시 공부하러 갔다가 만난, 일본선교를 위해 기도하는 신실한 자매였다. 그 형제가 어릴 때 "난 선교사가 될 거야."라고 고백했던 것을 하나님께서 기억하시고 친히 그쪽에 소망을 둔 자매에게로 인도하셨던 것이다. 평소 막내아들이 혼인하는 것을 보고 눈을 감고 싶어했던 J 씨는 맑은 의식으로 두 사람을 알아보고 반가워했다고 한다. 그리고 한 시간 뒤, 평안한 표정으로 눈을 감은 것이다. 이에 예수님을 믿지 않던 첫째 아들의 입에서 "정말 하나님이 살아계시는군요!"라는 고백이 터져 나왔고, 가족들은 그때서야 하나님께서 J 씨의 생명을 연장해주신 이유를 알았다고 한다.

모두에게 슬픔일 수밖에 없는 아버지의 죽음. 그러나 하나님은 그 사건을 통해서도 역사하셔서 J 씨의 마지막 바람을 들어주시고, 가족들을 믿음 안에 하나 되게 하셨다. 하나님의 예비하심과 계획이 얼마나 완벽한지 보여주신 것이다.

해부학 책을 보면 우리 배 속에 흔적만 남아 있고 피는 흐르지 않는 혈관 하나를 찾아볼 수 있다. 배꼽에서부터 이어져 있는 이 혈관은 한글로 굳이 표현하자면 '배꼽동맥(umbilical artery)'의 흔적이다. 사람들은 태어날 때 모두 탯줄을 달고 나온다. 엄마 배 속의 아기에게 탯줄은 유일한 생명선이다. 탯줄 안에 혈관이 있고 이 혈관을 통해 아기는 엄마로부터 필요한 영양과 모든 물질을 공급받기 때문이다. 당연히 이 혈관은 잘 발달되어 있다. 하지만 아기가 세상에 나옴과 동시에 탯줄은 끊어지고, 피가 흐르지 않는 이 혈관은 차츰 퇴화되어 마침내 흔적만 남게 된다.

그리스도인은 의학적으로 혈관(vessel)에 비할 수 있다. 사람이 자기 능력으로 무엇인가를 할 수 있는 것이 아니라, 그리스도인을 통해 흐르는 하나님의 능력과 은혜가 그로 하여금 어떤 일을 할 수 있게 한다는 점에서 말이다. 더 많이 나누고 베풀수록 그 '혈관'－그리스도인－을 통해 더 많은 피가 흘러, 혈관은 더 튼튼해지고 커져서 더 많은 생명의 피를 흐르게 할 수 있다. 하지만 우리가 하나님의 은혜를 나누려는 노력을 멈추면, 그 혈관은 퇴화되고 더 이상 생명이 전해지지 않는다. 마침내 주변의 다른 혈관이 자라나 그 일을 대신하게 되는 것이다.

장경철 목사는 그의 책 《축복을 유통하는 삶》에서 그리스도인을 '유통업자'라고 정의한다.

"(……) 신앙생활이란 하나님의 은혜를 유통하다가 그 은혜에 물들어가는 삶입니다."

J 씨의 빈소를 떠나 병원으로 돌아오는 내 마음도 뜨거워지고 있었다. 그저 위로하기 위해 찾아갔던 발걸음이 하나님의 간섭하심과 역사하심에 동참했다는 감사함으로 가득 차올랐다. 나는 또 한 번 '유통업자'가 되는 은혜를 입은 것이다.

은진이 이야기

환자가 줄어 닫혀 있던 53병동(소아과 병동)에 사람들이 모여 있었다. 항암치료를 받는 아이들을 한 번에 몰아서 치료하는 날이었다. 환자 명단을 물끄러미 보고 있던 내 눈에 들어오는 이름이 있었다.

'김은진'

2년 5개월 전 소아과 인턴 시절, 항암제를 투여할 때마다 협조를 잘해주고 끝나면 고맙다고 인사하며 사탕을 주던, 누구보다 어른스럽게 치료를 받던 아이였다. 내게 '나눔'의 의미를 일깨워주었던 은진이. 정말 그 아이일까? 흥분된 마음으로 병실에 들어가자 내 눈 앞으로 훌쩍 커버린 은진이가 나타났다. 빡빡머리였던 머리도 예쁘게 자라 있었다. 은진이 어머니께 상태를 물어보니 경과가 좋아 이제 치료를 마무리하는 단계라고 했다.

'2년 반 동안 항암치료를 참 잘 견뎌냈구나!'

나는 얼른 숙소로 뛰어가 성경구절이 적힌 작은 액자와 찬양 테이프를 들고 왔다. 은진이는 이번에 퇴원하면 교회에 가겠다고 나와 새끼손가락을 걸고 약속했다. 좋은 경과를 허락하신 하나님께 감사드리며 은진이 모녀와 아쉬운 작별을 했다. 그날 밤, 다른 환자 때문에 소아과 병동을 지나가다가 병동에 놓인 한 보따리의 옛 입원기록을 보았다. 그동안의 경과가 궁금해 은진이의 기록을 들춰보던 내 눈에 들어온 숫자. 주민등록번호 앞자리 921031.

'오! 은진이 생일이 10월 31일이었구나. 오늘이 10월 26일이니까 며칠 뒤네.'

다음 날부터 나는 주위 사람들에게 아홉 살 여자 아이에게 어울릴 생일선물이 무엇인지 묻고 다녔다. 그렇게 해서 나온 답이 '모자'였다. 평소 옷이라고는 한 번도 직접 사본 일이 없던 내가 백화점 아동의류매장을 뒤져 예쁜 모자를 골랐다.

입원 차트에 적혀 있는 은진이의 집은 경기도 군포시였다. 10월 31일, 예쁜 생일케이크를 함께 준비해 무작정 군포시로 향했다. 은진이와 함께 나를 맞아준 은진이 어머니는 무척 당황스러워하셨다. 손님 맞기에는 집안이 너무 어수선하다며 옆집 아주머니께 양해를 구하고 나를 옆집 빈 방으로 안내하셨다. 방 두 칸짜리 누추한 반지하 방에서 커피와 순대, 떡볶이를 대접받았다. 은진이에겐 네 살짜리 남동생이 있었다. 그래도 누나라고 동생을 돌봐주는 모습이 기특했다. 은진이 부모님은 가내수공업을 하면서 어렵게 생계를 꾸려가고 계셨다. 은진이 병원비가 큰 부담이 될 것 같았다.

지하 방에서의 한 시간 동안 내 머릿속에 떠오른 생각은 바로 내 어린 시절의 기억이었다.

'좁은 집, 경제적으로 넉넉하지 못했던 시간들, 아버지의 실직, 갑자기 생긴 부채, 차례차례 입시를 코앞에 둔 네 남매의 뒷바라지, 확실한 것은 아무것도 없었던 추운 겨울…….'

차츰 나는 이 젊은 부부의 어려운 속내를 이해할 수 있었다. 우리 집에도 아픈 사람이 있었기에 아이가 백혈병을 선고받았을 때 느꼈을 은진이 부모님의 절망감이 내 가슴을 후비고 들어왔다.

바로 이것이 예수님께서 인간의 모습을 입고 우리와 같이 되신 성육신의 비밀이었다. 그분은 우리를 위로하기 위해 선물만 보내주신 것이 아니라 직접 우리가 되셨다. 누추한 육신을 입으시고 낮은 자를 보듬어 주시며 십자가에서 생명을 버리심으로 가장 큰 선물을 주셨다. 모든 것을 직접 경험하셨기에 모든 사람을 깊이 이해하며 위로하실 수 있었다.

내가 은진이 어머니께 전할 수 있는 메시지는 그렇게 두 가지였다. 우리 가정 역시 어려운 시기가 있었지만 주님을 의지했기에 그분의 선하신 인도를 받았다는 것과, 하나님은 은진이 가정도 사랑하시기에 하나님을 의지할 때 그 앞길을 책임지시리라는 것이었다.

'그랬구나! 이 말을 전하기 위해, 당신의 사랑을 전하기 위해 나를 여기에 오게 하셨구나.'

준비한 모자는 다행히 은진이에게 잘 어울렸다. 나는 은진이에게 교회 가기로 한 약속을 확인하고 집을 나섰다. 백미러에 은진이와 은진이 어머니가 손 흔드는 모습이 보였다. 무언가 주고 온 것 같은데 내 마음은 도리어 한 아름 받아들고 나온 기분이었다. 나의 작은 걸음이 아홉 살 백혈병 아이에게 복음과 사랑의 기억으로 남기를 기도했다. 또 하나님은 반지하 누추한 집에서 기약 없는 내일을 걱정하는 사람들을 더욱 사랑하신다는 것을 은진이 가족이 알게 되길 기도하며 병원으로 향했다.

나 두렵지 않아요

2001년 11월 17일 토요일 오후 4시 30분경, 나는 몹시 피곤한 가운데 있었다. 중환자실의 한 환자 상태가 더욱 악화되어 오전 회진을 돌다 말고 교수님과 전임의 선생님, 주치의와 나, 모두가 매달려 있어야 했다. 수동식 인공호흡을 하다가 인공호흡기 모드도 바꿔보고, 사진도 찍어보고 했지만 신통한 방법이 없었다. 겨우 안정을 시켜놓고 나니 피로가 엄습했다. 숙소로 돌아와 침대에 누워 잠시 눈을 붙이려는데 허리춤의 휴대폰이 울린다. 문자메시지였다.

"〔긴급〕 형이 예전에 보던 은진이, 요즘 제가 보고 있습니다. 병이 재발해서 입원한 지 좀 됐고요. 그저께 안암소아과 BMT실(골수이식병동) 들어갔어요."

나는 깜짝 놀랐다. 1여 년 만에 접하게 된 은진이의 소식이 '재발'이라니! 은진이는 지난 8월경부터 시름시름 앓기 시작했고 검사결과 재발이 확인되었다. 담당 교수님은 골수 이식을 권유했다. 골수 이식을 결정하고도 유전자형이 맞는 공여자를 구하지 못해 발을 동동 구르는 일이 허다하다. 그런데 은진이는 기적적으로 동생의 유전자형이 일치해 동생의 골수를 이식받기로 결정되었다.

골수이식에 앞서 고단위 항암치료를 시작하게 된 은진이를 만나러 병실을 찾았다. 신실한 크리스천인 내 후배는 다른 과로 옮겨 갔지만, 은진이 어머니에게 찬양 테이프 등을 나누면서 라포(rapport : 환자와 의사 사이에 이루어진 신뢰와 친근한 관계)를 형성했었다. 은진이 어머니가 내 후배에게 혹시 안수현 선생님을 아시냐고 물었다고 한다.

"그 선생님이 은진이 참 예뻐해 주셨거든요. 작년 생일에 집까지 찾아와서 선물이랑 케이크도 전해주시고 갔었는데. 그냥 생각이 나서…….”

은진이 어머니는 올해 은진이 병이 재발하면서 교회 문을 두드리게 되었고, 한 달 전부터 병원교회에 출석하고 있노라고 했다.

후배와 통화를 하면서 한 가정을 향한 하나님의 사랑이 참으로 크고 집요하시다는 것을 느꼈다. 마침내 은진이 가족이 하나님을 영접하게 되었구나! 하나님께서 나를 통해 마음 문을 두드리게 하셨고, 내 후배 의사를 통해 그 열매를 거두셨구나! 나는 감사 기도를 드렸다. 피로는 씻은 듯이 가셨고 기쁨으로 가슴이 벅차올랐다. 하지만 한 주 앞으로 다가온 학회준비와 저널 발표준비, 중환자들을 돌보는 일들이 겹치면서 은진이를 찾아가려는 계획은 부득이 연기되었다.

며칠 뒤, 소화기병 국제심포지엄(SIDDS)이 끝났다. 나와 동료들은 진행요원을 맡아 하루 종일 국내외 연사들의 슬라이드와 조명, 노트북 상태 등을 점검하면서 진행에 차질이 없도록 도우미 역할을 했다. 주일 내시경학회에서 전시할 포스터 작업까지 맡기고 곧바로 은진이를 만나러 가려고 안암병원 소아과 병동에 전화를 걸었다. 간호사에게 은진이가 잘 있는지 물었다. 간호사는 왠지 당황하는 목소리로 누구시냐고 되물었다.

“저 은진이랑 아주 친한 내과 3년 차인데요.”

“은진이 여기 병실에 없는데요.”

“예?”

“저, 은진이가 어제저녁 엑스파이어(expire : 사망)했거든요.”

"……."

아팠다. 너무 마음이 아팠다. 순간 전신에 힘이 쭉 빠졌다.

'꼭 다시 만나고 싶었는데……. 이렇게 갑자기 하늘나라로 부름을 받다니……. 아직 다 피지도 못한 아이를……. 주님!'

이대로 그냥 보낼 수 없었다. 나는 핸들을 꺾어 은진이 빈소가 있다는 안양으로 향했다. 은진이를 돌봤던 후배에게도 연락을 해서 무거운 마음으로 함께 안양 장례식장을 찾았다. 빈소는 단출했다. 은진이의 모습이 영정 사진으로 어색하게 걸려 있었다. 뜻밖의 손님을 맞은 슬픈 얼굴의 은진이 어머니를 어떻게 대해야 할지 몰랐다. 하지만 나도 은진이로 인해 가슴 저미는 슬픔 가운데 있었기에, 말이 아닌 마음을 가지고 위로의 뜻을 전했다.

은진이 어머니는 감당하기 어려운 슬픔을 이제 막 배운 신앙으로 소화해내고 있는 중이었다. 가족을 더 고생시키지 않으려고, 동생까지 힘들게 하지 않으려고 하나님께서 은진이를 좋은 곳으로 데려가셨다는 은진이 어머니 말씀은 슬픔을 잊기 위해 둘러대는 말이 아니었다. 받아들이기 힘들지만 주님의 주권을 조금씩 인정하는 하나님 자녀의 모습이었다. 자리를 뜨기 전, 내 마음에 가장 궁금하던 것을 은진이 어머니께 물어보았다.

"은진이가 죽기 전에 마지막으로 무슨 말을 하던가요?"

"은진이요? 다행스럽게도 하나님이 도와주셔서 편안하게 갔어요. 엄마한테 이렇게 말하면서요. '엄마, 나 두렵지 않아요. 두렵지가 않아.'"

그 이야기를 듣는 내 눈에서 눈물이 주르륵 흘렀다. 은진이는 열 살짜리 아이였지만 온전한 사랑이 두려움을 내쫓는다는 것을 이미 알았던 것이다. 주님의 온전한 사랑 속에 있는 이 아이를 사망조차 어쩔 수 없었으리라. 은진이의 마지막 한마디는 슬픔에 잠겨 빈소를 방문한 우리 두 사람에게 기쁨으로 돌아가게 할 힘을 주었다.

은진이를 처음 만난 후로 오늘까지 3년 반의 시간이 흘렀다. 마지막 1년의 시간은 하나님께서 그 가정 모두를 구원하시기 위해 '그림자를 물러가게 하신' 은혜의 시간이었던 것은 아닐까? 은진이에 대한 모든 일은 하나님이 그의 자녀들을 얼마나 사랑하시며 구원하시기를 원하시는가에 대한 '지독한 사랑'의 기록이었다. 나는 하나님께서 이 가정의 믿음이 사그라지지 않게 하시기를 다시 한번 중보했다.

"주님, 은진이의 가정에 남아 있을 눈물을 닦아주소서. 상하고 지친 자들, 목마르고 아픈 자들에게 찾아오셔서 부드러운 마음을 주시고 참된 안식과 위로를 허락하소서."

한밤중의 사발면 배달

흉부외과 인턴 때 일이다. 밤 11시가 넘었는데 주치의 선생님으로부터 삐삐 호출이 왔다. 착한 선배 주치의는 나이가 많은데도 불구하고 까마득한 후배인 내게 꼬박꼬박 존댓말을 써 송구스럽기도 하고 고맙기도 한 분이다. 게다가 쓸데없는 잡일을 시키는 일도 거의 없다.

'무슨 일이지? 새로운 환자가 왔나?'

얼른 전화를 드렸다.

"아, 인턴 선생님, 부탁이 있는데요. 미안하지만 의국에서 사발면 하나만 뜨거운 물 부어서 응급실로 갖고 내려올래요?"

이건 웬 뚱딴지 같은 오더(order : 병원에서 의사가 환자에게 내리는 처방)? 어안이 벙벙해서 이유를 물었다. 만취상태로 누군가에게 얻어맞아 기흉(흉강 내에 공기가 차 호흡곤란이나 흉부 통증을 일으키는 상태)이 생겨 입원한 새로운 환자가 있는데, 환자병력을 청취하다 보니 하루 종일 아무것도 먹지 못하고 쫄쫄 굶은 데다 마땅한 보호자도 없더라는 것이다. 딱한 사정을 들은 우리 착한 주치의 선생님. 가만 있지 못하고 내게 "사발면 한 그릇"이라는 처방을 내리신 것이다.

의국에 가서 찾아보니 사발면은 작은 컵라면 밖에 없었다. 우선 물을 붓지 않고 응급실로 들고 내려갔다. 응급실 간호사에게 사정을 말하고 마침 응급실에 있던 큰 사발면과 맞바꾸는 데 성공했다. 이제 뜨거운 물만 부어 환자에게 갖다 주면 '착한 그 주치의에 착한 그 인턴', 뭐 이런 구도가 되는 거였다. 그런데 속에서 이런 생각이 꼼지락댔다.

'이왕이면 찬밥이라도 한 그릇 얹어주는 게 더 좋지 않을까?'

결국 나는 지하 1층 직원식당 문을 두드렸다. 자정이 다 된 시간에 멀쩡한 의사선생이 웬 찬밥 타령인가, 하고 의아해하던 식당 아주머니는 이야기를 듣더니 참 안됐다는 표정을 지었다.

"하필 밥이 다 떨어졌는데 이를 어쩌나?"

"할 수 없죠. 고맙습니다."

나는 큰 사발면으로 업그레이드한 것에 만족하고 돌아섰다.

"선생님, 잠깐 기다리세요!"

잠시 후 식당 아주머니가 내놓으신 것은 식판에 담긴 죽 한 그릇이었다. 아주머니는 내친 김에 김치와 한두 가지 반찬까지 얹어주셨다.

'오, 이런! 이 식판을 들고 지하 1층에서 2층 응급실까지 들고 가야 한단 말인가?'

식판을 들고 식당을 나섰다. 식당에서 응급실까지 길이 그렇게 멀어 보인 적도 없었다.

'술 취해서 얻어맞고 입원한 환자에게, 밤 12시가 넘은 시간에 의사가 직접 식판을 들고 가서 주린 배를 채워줄 이유가 뭘까? 이미 큰 사발면 하나로도 충분히 친절한 의사일 텐데…….'

그러나 마음 한 구석에서 이런 음성이 들려왔다.

'야, 그래도 얼마나 배가 고프겠니? 그리고 사발면 먹다 보면 양도 부족할 거고, 밥이랑 김치랑 당연히 생각나지. 창피해도 좀 참아봐.'

결국 응급실로 식판을 들고 들어갔다. 신기해하는 환자와 간호사들을 뒤로하고 술 취한 환자 앞에 식판을 갖다 주었다. 사발면에 뜨거운 물까지 부어 옆에 놔준 건 물론이다. 며칠 후, 수중에 돈이 없었던 그 환자는 치료를 받다 말고 병원을 몰래 빠져나갔다.

그의 얼굴도 이름도 모르지만, 그때 그 환자에게 전해준 사발면과 죽 한 그릇이 그에게 따뜻한 기억으로 남아 있길 바란다.

유로키나제 사건

어느 날 저녁이었다. 응급실에서 알게 된 크리스천 간호사 자매에게 전화 한 통을 받았다. 다짜고짜 위로가 필요한 사람이 있다면서 도와 달라고 했다. 사건의 전모는 이러했다.

그날 정오 즈음, 응급실에 격심한 흉통을 호소하는 환자가 내원했다. 심근경색이었다. 주치의는 막힌 심장의 혈관을 뚫기 위해 혈전용해제를 즉각 투여하도록 지시했고, 오더에 따라 간호사는 혈전용해제인 유로키나제(urokinase, 이하 UK)를 준비했다. 그러나 '아차' 하는 사이 그 비싼 50만 IU(단위) UK 병이 손에서 미끄러지면서 바닥에 떨어져 산산조각이 났다. 다급히 원내 약국에서 한 병을 더 신청해 투여하기는 했지만, 실수한 후배 간호사를 바라보는 책임 간호사의 눈빛은 더없이 싸늘했다. 그날 오후, 일을 인계하는 과정에서 그 실수는 다시 불거졌고, "네 월급에서 약값을 채워 넣어라."라는 얘기부터 시작해 실수한 간호사에 대한 노골적인 비아냥거림이 이어졌다. 잔뜩 위축

된 간호사가 사표를 쓰겠다며 우는 것을 나와 친분이 있는 간호사 자매가 자기 집에 데려와 다독이다가 문득 내 생각이 나서 전화를 걸게 되었다는 것이다.

내심 난감했다. 얼굴도 모르는 응급실 간호사에게 내가 무슨 위로를 해줄 수 있을까? 그렇다고 이미 넘겨받은 수화기를 내려놓을 수도 없었다.

"힘들었겠어요. 기운내고요. 좀 더 기다려봐요. 응급실에 혹시 세이브 된 게 없나요?"

"하나도 없대요. 흑, 정말 관둘까 봐요. 전 이런 험한 데서 일하기엔 너무 부족해요."

겨우 몇 마디 주고받다가 통화가 끝났다. 사정은 딱했지만 도와줄 뾰족한 수가 없었다. 그날 밤 자정이 넘어서 흉부외과 병동에 인턴으로서 내 할 일을 하러 갔다. 옆 자리에서 일하는 밤 근무 간호사와 이런저런 대화를 나누다가 문득 그날 낮에 있었던 응급실 간호사 얘기를 했다. 말이 끝나기가 무섭게 놀라운 대반전이 시작되었다.

"아, 그래요? 저희 병동에 잉여 약이 있는데요. 한 20만 IU 정도?"

그 자매는 주사약 서랍을 뒤지더니 10만 IU 두 바이알(vial : 주사약병)을 내 손에 쥐여주었다. 곤란에 처한 어떤 이의 어려움을 40퍼센트 보전해줄 수 있는 양이었다.

"어차피 유통기한이 얼마 안 남은 거라 몇 개월 뒤 폐기할 거예요. 그 사람 전해주면 좋겠네요."

고맙다는 인사를 하고 숙소를 향하던 내 발걸음이 계단 앞에서 서성임으로 바뀌었다.

'이왕 이렇게 된 거 좀 더 찾아보면 더 나오지 않을까?'

한 층을 더 올라가 82병동에 갔더니 다행히 익숙한 얼굴이 눈에 띄었다. 자초지종을 설명했더니 그 간호사의 사정은 이해하지만 미안하다는 표정을 지었다.

"우리 병동엔 UK가 없어요. 소화기내과 환자들이 주로 입원하는 데라 그 약 쓸 일이 있어야 말이죠."

맞는 말이었다. 돌아서는데 그 간호사 자매의 마음이 움직였는가 보다.

"같이 다른 데 가서 물어보는 게 어때요?"

결국 온 내과 병동과 신경과 병동을 돌아다녔으나 약을 구할 수 없었다. 새벽 1시에, 다른 사람을 통해 어렴풋이 알게 된 사람의 실수를 해결해주기 위해 돌아다니는 것은, 아무리 생각해도 주제넘은 일이었다. 내 안에서 '그만하면 됐다.'와 '이왕 이렇게 된 거 도와줄 거면 제대로 도와주자. 이것도 주님이 인도하는 상황이 아니겠나.' 하는 두 마음이 번갈아 일어났다.

나는 마지막으로 혼자서 내과중환자실에 들렀다. 누구에게 이 애매한 이야기를 하나 한참 고민하다가 한 간호사에게 말을 건넸다.

"저, 혹시 UK 남은 거 있어요?"

이 밤에 별일도 다 있다는 듯 사연을 듣던 그분도 고개를 저었다.

남는 게 없어서 미안하다며 한마디 덧붙였다.

"참, 친절도 하시네요."

이틀 후, 외과중환자실(SICU)에 들렀다가 주임 간호사와 마주치게 되어 커피 한잔을 대접받았다. 정말 마지막으로 UK 세이브 된 게 있냐고 물어봤다.

"좀 있는데요."

주임 간호사는 대뜸 10만 IU 세 바이알을 내게 전해주었다. 완벽한 50만 IU! 그렇게 온 병동을 들쑤신 '십리를 동행'하는 행보로 결손된 약은 보충되었지만, 얼마 후 그 간호사 자매는 아쉽게도 사표를 쓰고 병원을 그만뒀다.

뒷이야기가 궁금하지 않은가? 몇 달 후, 그날 밤 내가 만났던 사람들은 서로 연결되어 기도모임을 시작했다. 유로키나제 사건을 통해 그들을 묶어주신 하나님의 섭리였다.

내가 누구에게 좋게 하랴?

응급실을 돌던 어느 날 새벽 2시, 전화 한 통이 걸려왔다.

"저, 여기 방학동인데요. 환자가 복막이 터졌다는 것 같거든요. 그 병원 가면 수술할 수 있나요?"

전화를 받으며 내가 고개를 갸웃한 것은 말 그대로라면 응급상황일 텐데 전화 거는 사람의 말투가 너무 덤덤했기 때문이었다. 환자 보호자가 뭔가 잘못 알고 있는 건 아닐까 싶었다.

"오세요. 저희가 봐서 이상이 있으면 수술하게 될 수도 있고 물론 아닐 수도 있고요. 많이 힘들면 오세요."

환자가 새벽 4시 반에 도착했다. 그런데 그 환자는 집에서 온 게 아니었다. 환자가 가지고 온 H병원의 흉부엑스레이 사진에는 초승달 모양의 복강내 자유공기음영(free air)이 선명하게 보였다. 위궤양 천공(ulcer perforation)이었다.

나는 몹시 당혹스러웠다. 누가 보더라도 위 천공이 확실해 응급수술이 시급한 상황이었고, H병원은 그런 수술을 할 만한 능력을 갖춘 병원인데 무리하게 병원을 옮긴 것이 이해가 가지 않았다. 알고 보니 H병원을 불신한 환자 보호자가 병원의 만류를 뿌리치고 우리 병원으로 옮긴 것이었다.

하필 그날은 자정 즈음에 응급실에서 두 명의 충수돌기염(맹장염) 환자를 연속으로 응급수술실로 보낸 날이었다. 아마 수술 팀들은 새벽 2~3시가 돼서야 겨우 눈을 붙이러 갔을 것이다. 그런데 또 긴급 위 천공 수술환자를 보내야 할 판이었다. 응급실에 있던 내 친구는 나의 트랜스퍼(transfer : 서로 다른 두 병원 사이에 환자를 이송, 의뢰하는 것) 승낙이 성급했다고 지적했다. 그런 일을 처음 당한 나는 보호자 말만 곧이 들었다가 곤경에 처한 꼴이 되었다.

순간 화가 났다. 보호자의 얕은 생각으로 위중한 상태의 환자가 몇 시간이나 치료가 지체되고 있다는 게 하나의 이유였고, 그로 인해 내가 억울하게 질책을 당할 상황에 처했다는 게 또 하나의 이유였다. 어쨌든 환자 보호자에게 화를 억누르며 설명을 하고, 외과 선생님을 호출했으나 연락이 오지 않았다. 할 수 없이 당직실로 뛰어갔다. 답답하고 화가 가라앉지 않은 상태였다. 곤히 잠든 주치의를 깨워 상황을 설명하고 응급실로 뛰어내려오는 수분 동안, 나는 다시 한번 생각해 보았다.

'내가 왜 화가 나는가?'

되돌아온 답은 '억울'하다는 것이었다. 다시 생각했다.

'환자가 치료받는 것과 내가 혼나는 것 중 무엇이 더 중요한가?'

순간 내 머리를 스치는 찬양 한 대목이 있었다.

"내가 사람에게 좋게 하랴 내가 하나님께 좋게 하랴 내가 사람의 기쁨을 구한다면 하나님의 종이 아니라." ('영으로만' – 방익수 《내 영혼아 잠잠하라》)

6층에서 2층으로 뛰어내려오는 동안 내 안에 있던 분노의 불씨가 꺼져갔다.

'그래, 중요한 건 응급환자가 치료를 받는 것이지, 내가 혼나는 것은 중요하지 않다. 나를 판단하실 이는 주님이시고 내가 두려워해야 할 분 역시 선배 의사 이전에 주님이시다.'

곧 외과 당직선생님께서 응급수술에 들어갔다. 내게는 어떤 질문도 책망도 없었다. 그 일이 있고 두 주가 지났지만, 당직실에서 응급실로 뛰어내려오던 몇 분간은 매우 소중한 깨달음의 시간으로 기억에 남아 있다. 주님의 말씀이 나의 마음을 다스리신 소중한 경험이었기에.

코람 데오
CORAM DEO

의사가 되기까지 포기하고 싶은 마음이 들었던 고비가 세 번 정도 있었다. 해부학, 생리학 등 실제 의학을 처음 접하게 된 본과 1학년 때, 내과, 외과, 소아과 등의 임상과목을 배우기 시작하는 본과 2학년 2학기 때, 마지막으로 실제 병원에서 환자들과 맞닥뜨리면서 임상을 배우는 3학년 2학기 때였다. 각 시기는 그 이전보다 공부할 양이 엄청나게 늘어나 의대생들의 어깨가 부담감에 짓눌린다. 시간과의 전쟁이 시작되는 순간이다.

에릭슨(Erickson)의 성장발달단계같이 의대생들은 고비마다 공부에 필요한 시간을 확보하기 위해 무언가 잘라버리는 결정을 해야 한다. 어떤 친구는 사귀던 이성친구와 결별을 선언하고, 어떤 친구는 집을 나와 한 발자국이라도 학교에서 가까운 고시원 생활에 돌입하기도 한다. 그리고 어떤 크리스천 친구는 교회와 작별을 고한다.

여기서 치명적인 실수가 발생한다. 나는 이것을 '책상 치우기'에 비유하곤 한다. 너무 싹 치우다 보면 치우지 말아야 할 것까지 치워버리는 것이다. 텅 빈 책상 위에 계획대로 이것저것 정리하다가 '아차' 싶은 실수를 깨닫지만 이미 갖다 버린 것들은 어쩔 수 없다. 크리스천 의대생도 마찬가지다. 시간을 쪼개 겨우 예배는 드린다 해도 빠듯하게 짜놓은 공부 일정에 마음이 조급해져 청년부나 공동체 모임과는 담을 쌓게 된다. 입으로는 주님의 주권을 인정한다고 하지만 그 주권의 영역은 내가 정해놓은 선 이상을 넘지 못하는 것이다. 내게 예수님은 몇 번째 순위인가? 이 질문에 대한 대답이 고민을 풀어낼 해답이다.

의대 본과 1학년에 올라갔을 때 나에게도 관건은 역시 시간이었다. 매주 화요일 의대 기독학생회(CMF) 모임이 있었는데, 어떻게 하면 빨리 마치고 다시 도서관에 돌아와 공부를 할 것인지 시간 계산하기에 바빴다. 하지만 뒤풀이와 성경공부 모임이 이어지면서 내 계획대로 시간을 활용할 수 없다는 것을 알고 마음이 복잡해졌다. 결국 주님께 화요일을 온전히 내어드리기로 결정하고 나서야 겨우 평안을 되찾았다.

매주 월요일 아침에는 시험이 있었다. 교회 성경공부 리더였던 나는 일 년 동안 주일 아침 9시부터 저녁 6시까지의 시간을 교회에서 보내고 저녁에 부랴부랴 도서실로 돌아와 꼬박 밤을 샜다. 공부의 양이 더욱 과중하게 압박을 가해오던 본과 3학년 1학기 때도 예과 1학년들의 성경공부 리더를 하기로 결정했다. 대신 한 학기 동안 교제하던 자매와 주중에는 만나지 않기로 했다. 본과 시절 내가 직면했던 하나님의 음성은 이것이었다.

"네가 날 위해 시간과 마음을 포기한다면 내가 정말로 기쁘게 그 예배를 받겠다. 하지만 너는 그로 인해 성적이든, 이성 교제든, 사람들과의 관계든 무엇에선가 분명히 손해를 볼 수 있다. 그래도 내게 그 부분을 주겠니?"

이 질문은 인간의 눈으로 볼 때 '손해 보는 일'을 할 때마다 스스로 되새겨보는 하나님의 음성이었다. 하지만 뚝심 있게 하나님 편에서는 결정을 내리다 보면, 점점 더 그렇게 결정하기가 쉬워진다는 것을 알았다. 그 시기에 나는 사람들이 말하는 '손해'를 분명히 보았다. 하지만 지금 나는 그것을 손해라고 생각하지 않는다. 그때 한 결정 역시 후회하지 않는다. 시간이 흐르면서 주님의 방법으로 손해를 다루시며 역사하시는 손길을 분명히 보았다. 주님의 구속(redemption)의 역사가 값을 치르고 이루신 것이었듯, 우리 헌신과 열정은 입술의 고백만이 아닌 응분의 대가를 지불하면서 열매를 맺는다.

위기를 넘기는 데는 '본'이 될 만한 사람들과 동행하는 것이 큰 도움이 된다. 바쁘고 힘들어도 예수님께 우선순위를 두는 흔들리지 않는 사람들을 나는 알고 있다. 그들이 특별한 게 아니라 그들이 정상이다. 스스로 다른 사람의 '본'이 되는 모험을 해보는 것도 좋다. 즐거움을 유보하는 연습과 일상생활에서 기꺼이 손해 볼 줄 아는 용기를 가져보자. 우리에게 주신 복음은 우리의 연약함을 겨우 받쳐주는 지지

대 정도가 아니다. 그것은 생명이고 능력이다. 일단 우선순위를 정하고 예수님께 시간을 드리기로 했으면, 그것이 침식당하지 않도록 지켜야 한다. 우리에게 가장 귀한 것이 시간임을 그분 또한 아시기에 귀한 시간을 드릴 때 기쁘게 받으실 것이다. 하나님은 만홀히 여김을 받으실 분이 아니며 빚지는 분이 아니시다.

나는 책상 앞에 'CORAM DEO'라는 문구를 붙였다. '하나님 앞에서'라는 이 라틴어를 읽을 때마다 옷깃을 여민다. "경외(awe)"라는 단어는 우리를 하나님께 집중하게 하는 건강한 두려움을 불러일으킨다. 그분 앞에 서서 친밀함과 경외함 두 기둥을 축으로 내 안에서 일어나는 크고 작은 분주한 생각들을 가라앉히고, 나의 마음과 생각을 그분께 고정시킨다. 옆을 돌아보면 물에 빠질 뿐이다. 여호수아의 고백이 다시 나를 찾아온다.

"오직 나와 내 집은 여호와를 섬기겠노라."(수 24:15)

성분헌혈을 하며

임상병리과와 해부병리과에서 근무할 때 일이다. 두 과에서 일해야 하는 탓에 오전에는 해부병리과, 오후에는 임상병리과의 일을 하고 있었다. 임상병리과 일 중의 하나는 성분헌혈을 하기 위해 병원을 찾아온 헌혈자(donor)에게 성분헌혈에 대해 설명하고 동의서를 받는 일이었다. 처음에는 더듬대던 설명도 해리슨(내과 책)을 찾아가며 매일 하다 보니 살도 붙고 능숙해졌다. 슬금슬금 이런 생각이 들었다.

'의사인 나는 그저 뒷짐만 지고 설명만 하면 다인가?'

내면에서 '나도 한번 헌혈을 해서 환자들에게 직접 도움이 되었으면…….' 하는 생각이 꿈틀거렸다.

환자 명단 중 열네 살의 백혈병 환자 Y에게 내 눈길이 갔다. Y는 한 차례 항암치료 후 재발되어 다시 항암치료를 받은 뒤 호중구감소성열(neutropenic fever), 레지오넬라 폐렴, 혈소판감소증으로 고전 중인 환자였다. 듣기로는 나와 절친했던 선배의 먼 친척이라고 했다. Y에게 헌혈을 해주러 온 헌혈자의 혈액형이 A형인 것을 보고 나는 마음을 굳혔다.

'내일은 내가 헌혈을 하리라.'

오후에 Y의 주치의인 선배 형을 만나 내 의사를 밝혔다. 환자의 보호자를 만나러 병실에 들어갔다. 보호자는 처음 보는 사람이 무균병동에 들어오는 것이 달갑지 않은 눈치다. 그러나 내일 성분헌혈을 자원한 이 병원의 의사라는 것을 알고는 마음이 열려 대화를 나눌 수 있었다.

다음 날 아침, 공복 상태로 병원에 온 나는 혈액검사를 했다. 그날은 다른 날보다 더 바쁘게 움직여야 했다. 성분헌혈에 필요한 두 시간을 다른 일에 지장을 주지 않는 범위에서 확보해야 했기 때문이다. 낮

잠의 유혹도 잠시 접어두고 오후 2시 반까지 대부분의 일을 마무리했다. 그리고 헌혈동의서도 직접 쓰고 혈압도 쟀다. 양쪽 팔에 굵은 IV 라인(정맥주사)이 꽂혔다. 항상 남의 피를 뽑는 것이 내 일이지만, 역시 굵은 바늘에 찔리는 것은 기분 좋은 일이 아니었다. 두 시간에 걸친 헌혈이 끝나고 내 팔에서 라인이 제거되었을 때, 다른 곳에서 헌혈할 때와는 전혀 다른 기분이 들었다. 그동안에는 길거리 헌혈차량에서 이름 모를 누군가에게 내 피가 전해질 것을 막연하게 그리며 헌혈을 했다. 그런데 오늘은 Y에게 헌혈을 자원함으로써 여러 악조건과 싸우는 그에게 구체적인 도움을 준 것이다. 너무도 기뻤다. 나와 아무 상관은 없지만 한 어린 환자에게 생명을 전했다는 작은 경험이 그렇게 흐뭇할 수 없었다.

내 양팔에 남은 주삿바늘 자국을 자랑스럽게 바라보면서 Y에게 보여주면 어떨까 생각하다가 불현듯 떠오르는 그림이 있었다. 바로 예수님 양손에 있는 못 자국이었다. 예수님께서 부활하신 후 그의 상처 난 손을 사람들에게 보이실 때 얼마나 기쁘셨을까?

"내가 너를 위해 내 생명을 주었다. 내가 너를 위해 피를 흘렸다. 내가 죽음에 처한 너를 위해 아무 대가 없이 내 생명을 주었다."

그의 못 자국 난 손은 사람들에게 얼마나 큰 충격과 감동이었을까?

병원생활을 시작하기 전, 한 해를 위한 기도 제목을 '생명을 전하는 사람이 되고 싶습니다.'로 잡았다. 이것은 예수전도단의 《비전》 테이프 속지에 있던 글의 한 대목이었다. 의사로서 생명을 전하는 사람일 뿐만 아니라 환자나 병원직원들, 선배들에게 예수 그리스도를 기억하도록 돕는 '살아 있는 기억 매체(living reminder)'가 되기를 소망한다. 주님께서 내 평생 사는 동안 이 기도에 응답해주시기를!

주
나의 모든 것

아무리 크리스천이라고 해도 어려움을 만났을 때는 출렁이게 된다. 이 출렁거림을 가라앉힐 수 있는 유일한 방법은 하나님의 약속을 기억하는 것이다.

인턴 대표로부터 전화가 왔다. 원래 나와 다른 동료가 11월에 신경외과를 돌게 되어 있었는데, 한 명은 정형외과로 가고 혼자 신경외과를 돌아야 한다며 둘이서 합의를 보라는 것이었다. 레지던트 시험이 끼어 있는 그 중요한 달에 말이다. 연락을 했더니, 이 동료 후배가 머뭇대며 자기가 정형외과에 생각이 있노라고 말한다. 나는 이 상황에서 어떻게 해야 할까?

'그래, 네가 좌 하면 나는 우 하리라.'

나는 즉각 대답했다.

"그렇다면 네가 정형외과를 돌아. 내가 신경외과를 혼자서 돌게."

상황은 5분도 안 되서 끝났다. 레지던트 시험을 한 달도 남겨놓지 않은 막바지에, 가장 바쁘고 정신없는 신경외과에서 두 사람이 해야 할 일을 혼자 한다는 것은 분명 반갑지 않은 일이었다.

11월이 다가오면서 동료들은 지원하는 과의 경쟁률에 따라, 자신의 일정을 어떻게 조정해 시험에 대비할 것인지 분주하게 계산에 들어갔다. 나는 아무 대책이 없었다. 한 친구가 내게 경쟁률이 낮은 과를 지원한 동료와 근무 일정을 바꾸라고 충고해주었다. 하지만 내가 가진 카드는 다른 동료들에게 매력이 없었다. 그보다 더 중요한 것은 하나님에 대한 믿음이었다. 지난 1년 동안 그토록 신실하게 나를 도우시고 인도하신 하나님께서 이 또한 계획하신 것이 아니겠느냐는 믿음이었다. 얕은 계산으로 감히 하나님께서 세우신 계획을 망가뜨릴 용기(?)가 내겐 없었다. 그렇게 신경외과 인턴의 한 달이 시작되었다.

11월 첫째 주, 예상은 했지만 정말로 일이 많았다. 첫 열흘 정도는 아침에 일어나 밥 먹을 때를 제외하고는 도무지 앉아 있을 틈이 없었다. 병동에 있는 50여 명의 환자와 중환자실 20여 명 환자의 드레싱, 의뢰서 작성, 수술할 환자의 심전도와 X-ray 판독, 새로운 환자들 필름과 차트 챙기기, 입원환자들이 추가로 찍은 CT · MRI 챙기기, 중환자실 환자들 촬영할 때마다 옆에 따라가기, 응급환자 CT사진 들고 뛰기, 비위관(Levin tube)과 도뇨관(Foley)을 대여섯 명씩 삽입, 열나는 환자들 혈액배양검사, 하루에 열 명이 넘는 동맥혈검사와 중심정맥압체크, 수술 방 어시스트……. 이보다 더 바쁠 수는 없었다. 책은커녕 숙소에 들어갈 틈도 없었다. 주치의는 내게 "쓰러지면 안 된다."라고 농담반 진담반으로 얘기했다. 어쩌다 숙소에 들어가 보면 동료들은 다들 시험공부에 여념이 없었다. 그렇지만 나는 그 상황에서 이상하게 불평이 나오지 않았다.

우리의 일하는 기준은 선배나 어른들에게 잘 보이기 위한 것이 아니지 않은가. 크고 높으신 하나님 앞에 설 때 부끄럽지 않게 일하는 것이 우리의 바람 아닌가. 그렇기에 설령 레지던트 시험에 떨어진다 해도 끝까지 성실하게 일하고 싶었다. 주변에서 도움의 손길이 생기기 시작했다. 좋은 관계를 가졌던 중환자실과 병동의 간호사들이 자발적으로 간단한 일들을 대신해주며 어떻게든 내게 공부할 틈을 주었다. 레지던트 시험 원서접수가 시작되었다. 마감 결과 내가 가고 싶었던 내과 1년 차 20명 정원 중 군보(군필자, KIM이라고 부르기도 한다)는 12명 정원에 12명이 지원했음을 알게 되었다. 겉보기에 게임은 끝난 셈이었지만, 사실은 그렇지 않았다. 다음 날 내과 과장님이 시험성적이 좋지 않거나 인턴근무 때 평판이 좋지 않은 사람들은 떨어뜨리겠다는 선언을 했다. 다시 작은 불안이 싹트기 시작했다. 절대적으로 공부할 시간이 부족한 나는 어떻게 이 위기를 돌파할 것인가?

나의 영적 생명력을 유지시켜준 것은 헨리 나우웬(Henri Nouwen)의 신간과 박영선 목사님의 《레위기 강해》, 오스왈드 챔버스(Oswald Chambers)의 《주님은 나의 최고봉(My utmost for His highest)》이었다. 그리고 내 주제곡이 된 찬양은 '주 나의 모든 것(You are my All in All)'이었다. 나는 이 찬양을 삐삐 멘트에 녹음해놓았다. 나는 《Proclaim His Power》라는 찬양 테이프를 들으며 풍랑을 가라앉힐 두 가지 말씀을 더 기억할 수 있었다.

"혹은 병거, 혹은 말을 의지하나 우리는 여호와 우리 하나님의 이름을 자랑하리로다."(시 20:7)

"하나님이 능히 모든 은혜를 너희에게 넘치게 하시나니 이는 너희로 모든 일에 항상 모든 것이 넉넉하여 모든 착한 일을 넘치게 하게 하려 하심이라."(고후 9:8)

시험 치르기 직전, 주일에 받은 말씀은 "안심하라. 내니 두려워하지 말라."(막 6:50)였다. 시험 전날 어머니께서는 이사야 41장 10절 말씀을 주셨다.

"두려워하지 말라. 내가 너와 함께 함이라. 놀라지 말라. 나는 네 하나님이 됨이라. 내가 너를 굳세게 하리라. 참으로 너를 도와 주리라. 참으로 나의 의로운 오른손으로 너를 붙들리라."(사 41:10)

필기시험을 치르고 안암병원에서 가볍게 면접을 마친 내과지원자들은 구로병원 면접에서 복병을 만났다. 다섯 분의 내과교수님들이 지원자들을 한 명씩 방으로 부르시는 것이었다. 각 사람마다 내과를 지원한 동기를 묻고 각기 다른 의학적 질문을 하셨다. 대기시간 동안, 나는 처음으로 "두려워 말라."라는 말씀이 그토록 큰 위로가 된다는 것을 알았다. 하나님의 자녀로서 "이는 내 사랑하는 자요."라는 말씀이 내 존재 구석구석에 울려 퍼지고 있음을 아는 데서 연유한 평안이었다. 면접이 끝났다.

그다음 날 오후, 여전히 바쁘게 일을 하고 있던 중 동료를 통해 내가 내과 레지던트가 되었음을 알게 되었다. 학생시절과 인턴시절, 그 수많은 변수들과 가능성들, 성적, 사람들과의 관계, 그 사이에서 불거져 나오는 각 사람들에 대한 평판들. 이 모든 변수들을 계산하고 고려하는 것보다 하나님 한 분만을 고려하고 행동하는 것이 모든 것의 해답인 것을! 하나님으로 인해 손해 보는 것이 아무것도 없다는 것을! 하나님은 다시 한번 알게 하셨다.

합격을 알게 된 순간 먼저 떠오른 것은 나를 위해 중보해준 사람들이었다. 가족들, 병원 내의 크리스천 선배들과 간호사들, 교회의 지체들. 정말 내 능력이 아니었다. 주님의 도우심이며, 많은 이들의 중보의 힘이었다. 합격을 알고 나서 가장 먼저 부모님께 연락을 드렸다. 부모님의 기쁨이 가장 크셨던 것 같다. 재수생활과 1년 연장된 의대생활로 인해 나의 시험에 더욱 조바심이 나셨을 것이다.

신경외과에서 가장 바쁜 한 달을 허락하심으로써 나의 능력으로 인한 합격이라는 자만을 가질 수 없게 하셨다. 중보자들에게 진 사랑의 빚을 결코 잊을 수 없을 것이다. 나에게 신앙을 가르쳐준 많은 선배들과 동료들의 헌신을 기억한다. 그들을 부끄럽게 하지 않을 것이다.

학생시절 기도처로 삼았던 교회에 들렀다. 무릎을 꿇고 기도할 때 가장 감사하며 눈물 흘렸던 제목은 올 한 해 동안도 이 부족한 자를 당신의 도구로 삼아주셨다는 것, 하나님의 열매를 맺을 기회를 허락하셨다는 것이다. 이 얼마나 감사한 일인가. 작년 내 졸업앨범에 실었던 바로 그 말씀을 되뇔 수밖에 없다.

"내가 나 된 것은 하나님의 은혜로 된 것이니 내게 주신 그의 은혜가 헛되지 아니하여 내가 모든 사도보다 더 많이 수고하였으나 내가 한 것이 아니요, 오직 나와 함께 하신 하나님의 은혜로라."(고전 15:10)

내과 입국식

나는 흐르는 물에 양손과 팔을 적셨다. 소독비누가 묻은 솔로 양손의 손톱 끝을 세게 문질렀다. 엄지손가락부터 시작해 각 손가락을 꼼꼼하게 닦고, 손바닥과 손등, 팔꿈치 위까지 정성을 들여 닦아냈다.

어젯밤, 나는 꿈을 꾸었다. 수술 어시스트를 했는데 손을 소독하지 않은 상태였다. 당황한 내가 뒤늦게 손을 닦다가 그만 위급한 상태의 환자를 죽게 했다. 꿈이었지만, 나는 깊이 회개했다. 좋은 의사가 되기 위한 길은 멀어 보였다.

오늘은 내과 의국 입국식이 있는 날이었다. 인턴을 마치고 2월 말부터 내과주치의로서 준비에 들어가기 시작하는 이 시기를 '인지던트(인턴 + 레지던트)'라고 하는데, 이때부터 내과 입국식까지는 주말에도 쉴 수가 없다. 3월엔 소위 '1년 차'라는 맨땅에 헤딩하기가 시작된다. 어느 정도 일이 손에 익을 무렵인 5월 초 정식으로 입국식을 하는 것이 내과의 전통이다. 간혹 의사라는 직업에 적응하지 못하고 그만두는 사람이 나오는 때이기도 하다.

토요일 오전이라 나는 바삐 회진을 돌고 오더를 낸 후 행사장인 인촌기념관으로 갔다. 올해부터는 지정좌석제였다. 나는 두리번거리며 내가 앉을 자리를 찾았다.

'아뿔싸!'

맨 앞자리. 그것도 병원장 바로 옆이 내 좌석이었다. 순간 나는 자리를 준비한 선배들이 야속했다. 그러나 이미 교수님들은 앉아 계셨고, 나는 어색하게 정해진 자리에 앉을 수밖에 없었다. 식탁 위엔 많은 술병이 준비되어 있었다. 나는 머리를 숙이고 짧게 기도했다. 지금까지 함께하신 주님께서 오늘 이 순간에도 도와주시길 간절히 구했다.

"자넨 술 안 마시나?"

병원장이 따라준 잔을 받아서 테이블 위에 그냥 내려놓자 앞자리에 앉은 소화기내과 교수님이 물어보셨다.

"예."

"의사 사회에서 그렇게 하면 지내기 어렵지. 앞으론 ADH디피션시(알콜분해효소결핍증)라고 하게나."

첫 고비는 그렇게 넘어갔다. 입국식이 시작되었다. 인사말이 끝난 후, 1년 차들을 소개하는 시간이었다. 사회자인 2년 차 선배가 동료

의사들과 간호사들에게 미리 돌렸던 설문지에 의거해 한 명 한 명 재미있게 소개해나갔다. 드디어 내 차례가 되었다.

"보는 이들에게 감동을 주는 크리스천 주치의!"

분에 넘쳤다. 그리고 고마웠다. 지난 두 달간 함께 지낸 내과 식구들이 나에게 보내주는 무언의 격려였다. 마지막 슬라이드는 또 다른 설문조사를 통해 만든 것이었다. 환자와 보호자에게 선물을 가장 많이 받을 것 같은 주치의, 환자 보호자와 제일 잘 싸울 것 같은 주치의, 환자의 손을 잡고 같이 울어줄 것 같은 주치의. 이 세 가지 질문에 가장 많은 표를 얻은 사람의 이름이 발표되었다.

첫 번째는 모 주치의가 가장 많은 표를 얻었지만, 사회자인 조 선배의 눈으로 확인한 바로는 내가 가장 많은 선물을 받는 것 같다는 부연 설명이 뒤따랐다. 사실일지도 모른다. 내가 돌보다가 임종을 한 환자의 보호자나 항암치료를 받고 퇴원한 환자들은 작은 선물과 카드를 많이 보내주셨다. 나는 언변이 유창한 사람이 아니다. 그러나 회진할 때나 상담할 때 진심을 다했고, 작은 선물들은 그 진심이 환자와 보호자들에게 받아들여졌다는 증거라고 생각한다. 환자나 보호자들과 가장 많이 싸울 것 같은 의사로는 모 주치의가 가장 많은 득표를 얻어 웃음을 자아냈다. 마지막, 환자의 손을 잡고 울어줄 것 같은 주치의로 내 이름이 다시 불렸다. 짓궂은 표정의 사회자 선배가 나를 보고 물었다.

"오늘도 하나님 앞에서 부끄럽지 않게 환자를 보았습니까?"

수 초간이었지만 그 시간이 내겐 아주 길게 느껴졌다. 그 질문은 좋은 크리스천 의사가 되겠다는 맨 처음의 결심을 과연 매 순간 잊고 살지는 않았는지 묻는 것 같았다. 하나님은 이번 이벤트를 통해 나를 격려해주고 계셨다. 학생 때부터 배우고 확신했던 신앙의 기준을 가지고 사회인 병원생활을 했을 때, 역시 사람들은 신뢰하고 인정해준다는 사실이 확인된 것이다.

하루가 지났다. 행사의 후유증으로 몇몇은 아직도 피곤해하지만, 병원은 여전히 바쁘게 움직인다. 입국식과 함께 주말 당직도 1년 차들의 소관이 되었다. 이제 겨우 소화기내과 환자들을 돌볼 줄 알 뿐인데. 응급실 당직 때 능력 부족으로 경각에 달린 응급환자들의 생명을 놓치는 사태가 발생되지 않기를 나는 진심으로 기도했다.

지금, 사랑하기 가장 좋은 시간

의사라면 누구나 폴리클(병원실습에 임하는 본과 3학년 혹은 4학년생) 시절에 겪은 자신만의 에피소드들을 가지고 있다. 담당 환자에게 따뜻한 관심을 보여준 덕에 주치의 대신 선물을 받은 학생도 있고, 병원의 생리를 몰라 웃지 못할 실수를 저지르는 일도 비일비재하다. 가끔 그 시절에 가장 인상 깊었던 일을 들라면 나는 신우가 떠오른다.

실습생활을 절반 넘긴 3월 어느 봄날이었다. 별생각 없이 본과 4학년용 우편함을 열어봤더니 내게 온 편지가 한 통 있었다. 그건 신우 어머니의 편지였다. 신우 어머니가 나를 의사로 착각하신 것은 아닌지 잠깐 생각했지만, 분명 이 편지는 본과 4학년 우편함에 있었으니 내가 실습학생임을 아신다는 뜻이었다.

신우는 소아과 실습을 돌던 중 만난 아이였다. 외아들로 자란 신우는 이유를 알 수 없는 고열로 수차례 입원했었다. 말수가 적은 신우는 책 한 권을 계기로 나와 말을 트게 되었다. 다른 소아과 환자들에 비해 나이도 있고, 왠지 책을 좋아할 것 같아서 책을 주고 며칠 동안 이런저런 대화를 나눴다. 하지만 2주간의 소아과 실습이 끝난 나는 다음 일정으로 향해야 했다.

별다른 내색을 하진 않았지만 신우는 나와의 만남이 좋은 기억으로 남았던 모양이다. 집에 돌아간 신우가 내 이야기를 자주 꺼내자, 신우 어머니는 담당 교수님을 통해 내가 병원실습을 돌던 의대생임을 확인하셨고, 이렇게 편지를 보내셨던 것이다. 원인불명의 고열과 수차례의 입원과 퇴원으로 내성적인 외아들이 친구들과 잘 어울리지 못하고 더 웅크리게 되는 것을 어머니는 안타까워하셨다. "신우가 선생님을 좋아하니 격려의 편지를 한 장 써주시면 좋겠다."라고 내게 부탁하셨다. 그러나 나는 답장을 쓰지 않았다. 쓰기 싫어서가 아니었다. 의사도 아닌 실습학생이 환자에게 무슨 대단한 존재라도 되는 양 격려해준다는 것이 어색했던 것이다. 물론 지금은 그때의 소심함을 후

회한다. 왜 따뜻한 말 한마디 전해주지 못했을까?

다행인지 불행인지 신우는 다시 불명열로 병원에 입원했고, 당시 산부인과 병동에서 실습을 돌던 나는 바로 옆 병동에 입원한 신우를 발견하고 반가운 만남을 가졌다. 함께 병원 뒤뜰에 나가 이런저런 얘기를 했던 기억이 난다.

인턴생활이 막바지에 이르렀던 어느 날, 신우 어머니 편지에 적혀 있던 전화번호로 조심스럽게 연락을 해보았지만 신우네 집이 아니었다. 이사를 간 건가? 한 1년쯤 지나 소아과 병동에 넌지시 신우 소식을 물어봤다. 몇 개월 전 S대 병원에 입원했다가 그만 하늘나라로 갔다는 쓰라린 사실을 접했다. 뒤늦게 깨달았다. 마음을 표현하는 것은 미루는 게 아님을.

이후 하나님이 만나게 하시고 마음을 움직이게 하시는 환자에게 용기를 내 다가갈 수 있었던 것은, 그때 신우와의 만남이 있었기 때문은 아닐까 생각한다. 릭 워렌(Rick Warren) 목사님의 조언을 다시금 기억해본다.

"삶을 가장 아름답게 사는 방법은 사랑하는 것이다. 사랑의 최고 표현은 시간을 내어주는 것이다. 그리고 사랑하기 가장 좋은 시간은 바로 지금이다.

신희영

_의사

본과 4학년 의사고시 시험 준비를 하고 있을 때 아빠가 대장암 진단을 받았다. 나에게는 너무 힘든 시간이었고, 앞이 캄캄할 뿐이었다. 그때 수현 선배가 도서관으로 찾아와 함께 울면서 기도해주었다. 시험에 통과하고 학교병원이 아닌 다른 곳에서 인턴생활을 시작했고, 그사이 아빠는 병세가 악화되어 다시 수술을 받게 되었다.

난 아직도 그날 어떻게 수현 선배가 그곳까지 찾아오게 되었는지 알 수 없다. 아빠가 수술을 받고 중환자실에 계실 때 난 가족들과 함께 절망 가운데 있었다. 누군가 다가와 어깨를 툭툭 치는데 수현 선배였다.

평소 모습 그대로 입가에 잔잔한 미소를 지으면서, "힘들지?" 하고 묻는데 울컥하면서 그 앞에서 또 울고 말았다.

3년간의 투병 끝에 아빠는 하나님 곁으로 가시게 되었다. 다행히 돌아가시기 전 하나님을 영접하고 밝은 얼굴로 가족들 모두 모여 있는 가운데 임종하실 수 있었다. 수현 선배는 장례식장에 찬송가 테이프를 가져와 틀어주었다. 지금도 수현 선배를 생각하면 마음이 따뜻해지고 어디선가 나타나 어깨를 두드리며 다독여줄 것 같다.

2장

홀로 남은 의사

"우리 의사들의 직업은 목사와 같은 성직이다.
나는 교회가 목사를 임명하는 것과 똑같이 의사도 임명했으면 하는
바람을 가지고 있다. 이것은 하나님의 말씀과도 일치한다.
우리가 온 마음과 영혼을 다해
우리의 직업에 몸을 바치는 것도 바로 이 신념 때문이다."

진

"우리 의사들의 직업은 목사와 같은 성직이다.
나는 교회가 목사를 임명하는 것과 똑같이
의사도 임명했으면 하는 바람을 가지고 있다.
이것은 하나님의 말씀과도 일치한다.
우리가 온 마음과 영혼을 다해 우리의 직업에
몸을 바치는 것도 바로 이 신념 때문이다."

_폴 투르니에(Paul Tournier, M.D.)

홀로 남은 의사

그 청년은 솜처럼 무거운 몸을 잠시 누이기 위해 레지던트 숙소로 향했습니다. 창밖은 환하게 밝아오고 있었습니다. 지난밤도 한숨 못 자고 꼴딱 새고 말았습니다. 여전히 밀려드는 응급실 환자들과 방심할 수 없는 중환자실 환자들을 돌보고, 열나는 환자들 피검사하고, 필름들 정리하고, 입원 환자들에게 한 번이라도 더 예수님을 전하기 위해 찾아가 보느라 그는 눈 붙일 새가 없었습니다. 잠깐 쉴 틈을 얻었지만 언제 또 삐삐가 울려 튀어나가야 할지 몰랐습니다. 외래는 텅 비어 있었습니다. 의사들의 파업이 시작되었기 때문이지요.

2000년 여름, 비의 신이라는 이름의 태풍 '프라피룬'이 몰아치는 가운데 전국은 의사들의 파업으로 들끓었습니다. 의약분업 실시를 앞두고, '선 보완, 후 실시'를 주장하는 의사들이 집단행동에 돌입한 것입니다. 대한민국 역사상 처음 있는 일이었습니다. 동네 병원들은 문을 닫았고, 대학병원의 인턴, 레지던트, 전공의, 교수들도 가운을 벗고 모두 병원을 떠났습니다. 의사들과 정부가 격렬하게 대치하는 사이에 고통당하는 환자들이 있었습니다.

초속 35미터가 넘는 강풍이 몰아치는 가운데 빗속에 앉아 농성을 벌이는 의사들에게도 물러설 수 없는 이유가 있었습니다. 당장은 괴롭더라도 국민들의 건강권을 지키기 위한 불가피한 파업이라는 명분이 있었습니다. 그러나 자신의 생애를 인류봉사에 바치겠다고 히포크라테스선서까지 한 의사들은 적어도 다른 직업군의 파업과는 다른 모습을 보일 거라는 예상을 하던 국민들은 실망했습니다.

모든 의사들이 파업에 찬성한 것은 아니었습니다. 기독교 신념에 따라 파업에 반대한 의사들도 있었고, 대세에 따라 파업에는 동참했지만 몰래 병원에 들어와 자기 환자들을 돌보거나 전화로 오더를 내리는 의사도 있었습니다. 고려대학교 안암병원 레지던트 2년 차였던 안수현은 드러내놓고 병원에 남기로 결정했습니다. 혼자 튀어볼 셈이냐고 비난하는 사람들도 있었습니다. 그러나 그에게 의사란 환자 곁에서만 의미가 있다는 소신이 있었고, 또 그렇게 하는 것이 하나님께서 그에게 원하시는 바라는 확신이 있었습니다. 그는 사람들의 눈과

평가를 무서워하지 않았습니다. 혹시 조직사회에서 앞으로 받게 될지 모르는 여러 가지 불이익도 걱정하지 않았습니다.

"안수현이 혼자 남는대."

"짜식, 그럴 줄 알았어. 고생깨나 하겠네."

그를 아는 동료들은 그가 병원에 남는다는 사실을 너무도 당연하게 받아들였습니다.

의사란 머리도 많이 써야 하지만, 못지않게 몸도 고된 일이라, 환자 수가 줄었어도 많은 의료진이 돌보던 내과 일을 홀로 감당하기는 무척 힘들었습니다. 그래도 그는 밤을 새우고 끼니를 걸러가며 파업 병동을 지켰습니다.

"여러 논리에 밀려 위로받지 못하고 충분히 돌봄을 받지 못하는 환자들이 제 마음을 가장 아프게 합니다. 누구보다도 위로받아야 할 사람들, 병원에서 도움이 될 길과 하나님 앞에서 자유할 수 있는 길을 위해 기도하면서 병원에 남는 길을 택했습니다. 기도해주십시오. 고려대학교 병원 내과 R2 스티그마 안수현."

그가 자신의 홈페이지에 남겼던 글입니다.

그 청년은 학과 성적이 그렇게 뛰어난 의대생은 아니었습니다. 본과 4학년 때는 유급을 한 번 당할 정도였습니다. 그러나 인턴이 되어 본격적으로 환자를 돌보던 그에게는 '빛'이 났다고 그의 의대 선배는 말했습니다.

그 청년이 레지던트 1년 차 때 돌봤던 한 난소암 말기 할머니는 “이 어린 의사가 날 살렸다.”라며 주위 사람들에게 말하고 다녔습니다. 실수나 저지르지 않으면 다행인 초보의사인 그가 환자를 위해 할 수 있는 일은 사실 얼마 없었습니다. 그러나 그는 헨리 나우웬의 말대로 고통스러워하는 환자들의 얘기를 들어주고, 격려의 말을 해주며, 안아주었습니다. 손을 꼭 잡아주며, 부드러운 미소를 지어주거나, 더 이상 도울 능력이 없다는 말이라도 해주었습니다.

그 청년은 ‘듣는 귀’가 하나 더 있었습니다. 예수님께서 주신 ‘마음의 귀’였습니다. 그 귀는 순하고 한없이 따뜻했습니다.

그 청년은 일과가 끝난 후, 자신이 돌보는 환자들을 일일이 찾아가 잠들어 있는 환자들의 머리맡에 서서 충심으로 병이 나아 살아나길 기도했습니다. 그의 이러한 행동이 환자들을 일으키는 기적을 낳았습니다.

그 청년은 점점 더 좋은 의사가 되어갔습니다. 의사란 환자와의 깊은 대화를 통해 진정한 만남의 ‘번쩍임(flash)’을 경험해야 하고, 그 신성한 빛 가운데 보이지 않는 하나님의 임재하심이 있다는 폴 투르니에(Paul Tournier)의 말을 그는 행동으로 증명해 보였습니다. ●

마지막 크리스천

2000년 8월, 의약분업으로 인해 의료계가 파업 중이라 안암병원을 5주째 지키고 있다. 주치의는 하지 않지만 내과환자들 기관내삽관, 쇄골하정맥도관삽입, 흉수천자, 인공호흡기조절 등 스태프 선생님들이 부탁하시면 달려가고, 응급방송 나면 뛰어가서 돕고, 밤에는 내가 속해 있는 과의 필름이랑 현황표를 챙겨놓는다. 주로 새벽에 자고 끼니는 두 끼쯤 먹는다. 그러나 몸이 힘든 것보다 더 마음 아픈 일들이 있다.

Y 씨는 간암말기로 상태가 나빠져 다시 입원했으나, 이내 의식을 잃고 혼수상태에 빠져 중환자실로 보내졌다. Y 씨 부인께 아저씨가 예수님을 믿으시냐고 물어보았다. 얼마 전 교회 분들이 오셔서 전도할 때 자기도 믿었으면 좋겠다는 말을 했다고 한다. 좀 더 빨리 알았더라면……. 의식이 깨나면 복음을 전해야지 기도했지만 결국 Y 씨는 회복하지 못하고 임종을 맞았다. 다음 날 밤, 영안실에 찾아갔다. 아주머니께 복음을 전하고 꼭 교회에 나가실 것을 권유하고 기도하겠노라 했다. 중학생밖에 안 된 딸의 모습에 마음이 많이 아파왔다. 남은 가족이라도 꼭 주님을 만났으면…….

O 씨 아주머니가 다시 입원했다. 중증의 간경변과 간암으로 인한 난치성 복수와 흉수로 애를 먹고 있는 분이다. 이뇨제로 흉수가 조절

이 안 되어 수차례 복수천자(paracentesis)와 흉수천자(thoraenteses)로 4~5 리터씩 물을 빼고 퇴원했다가 또 다시 입원해 수차례 물을 빼주다가 흉막유착술(pleurodesis)을 위해 흉부외과로 전과를 한 분이다. 전에 복음을 전하려고 책을 하나 선물했는데, 이런! 아주머니가 돋보기를 시골집에 두고 와서 읽을 수가 없다고 한다. 돋보기를 사다 드려야겠다고 생각하던 차였다.

그러던 어제 새벽 4시, 잠을 자려고 눕기 무섭게 중환자실에서 도와달라는 연락을 받고 뛰어가 보니 CPR(심폐소생술)을 하고 있는데 O씨 아주머니였다. 말초혈관이 잡히지 않아 대퇴정맥에 관을 넣었다. 원인은 고칼륨혈증(hyperkalemia)이었다. 한 시간 내내 심폐소생술을 하면서 계속 기도했다.

'제발 하나님, 전도할 기회를 주세요. 아주머니를 깨워주세요.'

가망 없어 보이던 아주머니가 의식을 회복하면서 심장이 뛰기 시작했다. 하지만 혈당도 500이 넘고, 소변도 안 나온다. 오더를 교정해 놓고 아침 7시에 쓰러져 잤다. 오후 1시쯤 정신이 들어 중환자실에 연락을 했더니 보호자들이 오후 4시에 고향 병원으로 '가망 없는 퇴원(hopeless discharge)'을 하기로 했단다. 3시쯤 중환자실을 다시 찾았다. 환자는 인공호흡기를 건 채였지만 의식은 또렷했다.

묶여 있는 아주머니 손을 풀어드리고 손을 꼭 잡고 복음을 이야기하기 시작했다. 하나님이 주인 되신 것과 예수님께서 우리 죄를 위해 죽으시고 부활하신 것을 믿으면 구원을 얻는다는 것. 이제 마지막이니 꼭 받아들이시라고 간절히 말씀드렸다. 아주머니는 고개를 끄덕이는 것 같기도 하고 계속 무언가 말을 하려고 애쓰는 것 같았다. 산소포화도는 100퍼센트. 모험을 하기로 했다. 기관내 관 제거를 했다. 다행히 코에 끼우는 산소공급선으로도 환자의 산소포화도는 90퍼센트 이상을 유지했다. 계속 영접기도를 하기 위해 이야기를 계속했지만 더 이상 진행되질 않았다. 그리고 4시가 되었다.

환자가 앰뷸런스에 오르고 출발하기 직전, 갑자기 환자 호흡이 떨어져 중환자실로 달려가 블레이드(blade : 칼 모양의 기관내삽관 후두경기구 부속)를 집어 들고 앰뷸런스 안에서 다시 삽관을 했다. 보호자들이 집에서 임종 맞기를 원해 앰뷰 배깅(Ambu bagging : 손으로 공기주머니를 짜면서 인공호흡을 유지함)하면서 앰뷸런스는 출발했다.

1994년, 학교회지 《익두스》를 만들 때 읽었던 누가회 선배인 박상은 선생님의 글 〈마지막 크리스천〉이 떠올랐다. 죽음을 목전에 둔 환자에게 마지막으로 복음을 전하면서 느꼈던 생각을 나눈 글이었다. 그 글이 머릿속에서 내내 떠나지 않았다. 아픈 마음으로 의국에 돌아와 이메일을 확인하는데 처음 보는 사람으로부터 메일이 와 있었다. 지난 달 내가 맡았던 환자 Y 씨의 중학생 딸이었다.

"선생님이 책이랑 테이프를 주셨잖아여. 선생님 말씀 따라 용기를 내어 교회중등부에 들어갔습니다요. 정말 두근두근……. 그렇지만 싫어두 계속 다니구, 전도도 할께염."

부족한 종을 위로하시는 하나님의 음성이었을까? 죽음을 목전에 둔 환자들에게 이 세상에서 만나는 마지막 크리스천의 역할을 더 잘 감당할 수 있는 누가가 될 수 있도록 나의 눈과 귀와 마음을 더 열어야겠다.

암환자에게 소망을 주었던 노래

2000년 가을, 어느 날로 기억된다. 교수님의 부탁으로 한 환자에게 중심정맥도관을 삽입하기 위해 가장 끝 방을 찾았다. 1인실에 누워있는 4~50대 환자는 마스크를 쓰고 있었다. 나는 묵묵히 우측 쇄골 밑으로 굵은 주삿바늘을 꽂아 도관을 삽입했다. 환자의 침대 옆 오래된 카세트에서는 찬송가가 흘러나왔다. 교회를 다니시는 분인 것 같았다.

며칠 후, 그 병동을 지나다 보니 환자 이름 옆에 '항암치료 시작 첫날'이라고 쓰여 있었다. '결국 항암치료의 첫발을 떼는구나.' 하는 생각이 들자 잘 모르는 환자임에도 불구하고 무언가 격려의 메시지를 전하고 싶은 마음이 들었다. 중년의 암환자에게 적절한 위로가 될 찬양 테이프라…….

노크 소리에 병실 문을 살며시 연 보호자에게 나는 말없이 테이프 하나를 전달했다. 약간은 멋쩍어 총총 발걸음을 돌렸다. 그 테이프가 맡은 바 임무를 성실히 이행해주기를 바라면서 말이다. 보름쯤 후에 그 병동 앞에서 나를 알아보는 아주머니 한 분을 만났다. 그 환자의 아내였다.

"선생님이시죠? 제 남편 병실에 오셔서 찬양 테이프를 주신 분이!"

아주머니는 꼭 오늘 중으로 병실에 들러달라고 신신당부했다. 병실을 찾았을 때 1차 항암치료로 한바탕 전쟁을 치르고 난 환자와 아내 분이 나를 반겨주셨다. 환자의 아내 분이 그날 해주신 한마디 말은 나의 작은 나눔에 큰 격려를 주었다.

"저희 남편이요, 치료받는 두 주 내내 저 테이프 하나만 듣고 또 듣고 했어요. 외롭고 힘든 우리에게 정말이지 이 테이프는 말할 수 없이 큰 위로와 힘이 되어주었어요. 선생님, 이 은혜를 어떻게 갚죠?"

그 찬양 테이프는 소마 트리오(Soma Trio)의 《I love you》였다. 소마 트리오는 가스펠을 연주하기 위해 결성된 팀은 아니고 현재 대학 강단에서 후진들을 양성하는 일급연주자들이다. 10년의 세월에 걸쳐 하나님의 영광을 위해 달란트를 사용하는, 이름 그대로 '소마(Soma : 예수 그리스도의 부활한 몸) 트리오'다. 기독교 찬양을 연주할 수 없는 어떤 선교지에서 영화에 수록된 클래식이라면서 '내 주여 뜻대로'를 연주했던 그들의 연주는 가사가 없더라도 들려오는 고백이 있고 그 고백에는 힘이 있다.

테이프를 드렸던 그 환자 분은 항암치료와 골수이식이라는 오랜 인고의 시간을 거쳐 마침내 건강을 되찾았다. 글을 마무리하기 전, 수

첩을 뒤져 그 환자 분의 연락처를 다시 찾았다. 떨리는 마음으로 수화기를 들고 다이얼을 눌렀다. 꼭 2년 만에 연락하게 된 환자 분은 이제 정상적으로 직장생활을 시작했고, 건강하게 생활하고 계셨다.

그리스도 안에서의 만남, 또 새로운 음반을 도구 삼아 전하게 될 주님의 위로에 대한 소망이 다시금 나를 찾아온다.

복기(復碁)할 수 있는 삶

소화기내과 주치의 생활에 조금씩 적응하고 있다. 매일 있는 브리핑 시간에 버벅거리던 것도 차츰 안정을 찾아가고, 결정을 내리는 일도 전보다 나아졌다. 오더를 내리느라 밤을 새는 일도 줄었다. 여유가 생기면서 자기 전이나 짬이 날 때 하루의 생활을 잠시 '복기'해본다. 환자들이 열이 나거나 아프다는 말을 들었을 때 직접 가지 않고 약 하나 주는 것으로 때우지는 않았는지 생각해본다.

어느 책에서 읽은 대목이 있다.

"전문 바둑기사에 대해 늘 이해할 수 없었던 것은, 단 한 수의 착오도 없이 어떻게 정확한 복기(復碁)를 할 수 있느냐는 것이었습니다. 복기란 바둑이 끝난 뒤 양 대국자가 서로의 잘잘못을 되짚어

보기 위하여 방금 두었던 대로 처음부터 끝까지 다시 되풀이해보는 것을 의미합니다. 하루 종일이 소요되고, 250~300여 개에 이르는 그 많은 돌들의 순서를 전문기사들은 정확하게 기억하면서 복기를 행합니다.

한 바둑전문인을 만날 기회가 있었을 때 드디어 저는 저의 궁금증을 털어놓았습니다. 그의 대답은, 의미 있는 돌들을 놓으면 누구든 복기를 할 수 있다는 것이었습니다. 다시 말해 왜 바둑알을 그곳에 두는지 그 의미를 생각하면서 두면, 복기는 가능해진다는 것이었습니다. 복기는 단순히 돌의 순서에 대한 기억으로 이루어지는 것이 아니라 각 돌이 갖는 의미의 연결로 구성된다는 말이었습니다. 그 말을 듣고 보니 그때까지 돌의 의미를 생각하면서 바둑을 둬본 적이 없었습니다.

의미 있는 돌들만 살아남는다는 것－이것은 바둑판에만 국한된 법칙이 아닙니다. 인생이란 거대한 바둑판이요, 우리가 사는 매일매일은 그 바둑판 위에 두는 돌과 같기에, 얼마나 살았느냐에 상관없이 결국엔 의미를 지닌 날들만 살아남게 되는 것입니다.

(……) 참된 그리스도인의 삶이란 언제든 하나님 앞에서 자신의 삶을 복기할 수 있는 삶이라 정의할 수 있습니다."

_이재철,《요한과 더불어》

이 책은 병동에서 짬을 내어 읽었던 내용이지만 아직도 머리에 강하게 남아 있다. 내과 4년 차인 선배는 이렇게 말해주었다.

"나는 내과주치의를 하면서 약 쓴다고 환자가 좋아지는 게 아니라는 걸 알았어. 아프고 힘들다고 할 때 한 번 더 찾아가보고 한 번 더 어루만져주고 한 번 더 위로해줄 때 확실히 환자의 회복이 빨라."

36년간 전주 예수병원에서 인술을 펼치신 설대위(David Seel) 선교사님의 책《상처받은 세상, 상처받은 치유자들》에는 이런 구절이 있다.

"사랑이 항상 승리하는 것은 아니다. 믿음이 항상 승리를 의미하는 것은 아니다. 우리의 과제는 선택의 기회를 제공하는 것이다. 신생아의 울음소리나 기침소리, 외딴 오두막에서 나는 산모의 신음을 듣는 것뿐만 아니라, 돌보고 함께해주고 힘을 주고 사랑하고 안심시키고 앙양해주고 가르치는 것, 하나님이 당신을 사랑하시며, 당신은 그리스도께서 위해 죽으신 귀한 존재라고 알리는 것이다."

몸이 너무나 피곤한 순간에 울리는 호출 삐삐소리, 환자 보호자의 이런저런 요구들, 스태프 선생님들의 지시 등이 때론 견디기 어려움을 고백한다. 하지만 선배와 설대위 선교사님의 말이 '구두 속의 돌멩이'처럼 내 발을 아프게 한다. 결국 다시 몸을 추스르고 일어난다. 하나님께서 그 일들을 감당할 힘을 주시리라 기대하면서…….

조선족 할아버지

지난 달 구로병원에서 일반외래 진료를 볼 때였다. 한 할아버지가 진료실 안으로 들어오셨다. 옷차림으로 보아 형편이 그다지 넉넉해 보이지는 않았다. 이야기를 나누어보니 노작성 호흡곤란(운동량이 더해질 때마다 발생하는 숨이 차는 증상)을 호소하고 있었다. 혈액검사와 심전도, 흉부X선 검사 등 기본적인 랩(Lab, Laboratory Examination : 진단검사)들을 차트에 적으면서 몇 가지 검사를 해보고 다음 주에 결과를 확인해서 말씀드리겠다고 했다. 하지만 할아버지는 당혹스러운 표정으로 검사는 고사하고 병원도 다음 달에나 올 수 있다고 하신다. 조선족 교포인 할아버지는 두 달째 월급이 밀려 있었고, 보험증도 없었다. 겨우 3만 원을 만들어 무작정 병원 문을 두드린 것이다.

'돈이 없으니 다음에 보자고 하고 그냥 보내야 하나? 대충 약을 지어드릴 수도 없고…….'

잠시 고민에 빠졌다. 순간 한 선배가 생각났다. 정말 천사 표 딱지를 붙이고 다녔던 C선배(지금은 국제협력의사로 몽골에 가 있음). 그 선배가 안산병원에 파견 나갔을 때의 일이었다. 외래진료 중 한 할머니께 내시경검사를 받으시라고 권유했는데 워낙 시골할머니였던 그분은 돈이 든다는 말 한 마디에 정색을 하며 안 하겠노라 완강하게 거절을 하시더라는 것이다. 꼭 검사를 해서 할머니를 도우려고 했던 선배는 결국 외래 간호사에게 요청했다.

"내시경검사 비용이 얼마예요? 내가 낼 테니 슬립(SLIP : 검사시행 접수를 위한 작은 종이) 끊어주세요."

그렇게 강제로 할머니를 검사 받게 한 '사건'을 저지르고 말았던 것이다. 나 역시 두 번 생각할 필요도 없었다. 신용카드를 꺼내들었다. 비보험이라 다소 비싼 3만 5천 원의 비용을 부담하고 할아버지의 심전도와 흉부X선 사진을 찍게 해드렸다. 그날 진료는 우여곡절 끝에 결국 순환기내과 전임의 선생님의 도움으로 20만 원 정도 드는 심초음파까지 무료로 보게 되었다. 다행히 큰 이상은 없어 주말에 여는 무료 진료소의 위치를 알려드리고 필요한 약을 받아 드시도록 연결해 드리는 선에서 마무리되었다.

갈등의 순간마다 다시 한번 더 멀리 발걸음을 뗄 수 있도록 도와준 선배 형을 생각한다.

개입

… 1 …

궁금한 일이었다. 8층 내과 병동의 특실 중 한 병실. 그 병실 문 앞에는 날마다 다른 내용의 성경구절 또는 읽을거리가 바뀌어 내걸려 있었다. 보기 드문 일이라 나와는 상관없는 과의 병실이었지만 호기심이 모락모락 피어올랐다. 결국 병실을 담당하는 간호사에게 그 병실에 어떤 환자가 있는지 물었다.

전해들은 이야기로는 대장암 환자인데 미국에서 치료를 시도했지만 별 차도가 없어 국내로 들어오신 분이라는 정도였다. 현재는 환자의 전반적인 상태가 좋지 않아 대증적인 치료를 하고 있는 중이라고 했다. 결국 손쓰기에는 한발 늦은 말기 암환자라는 이야기인 것 같았다. 바쁜 일정 중에 있었지만 그 병실 앞에 꾸준히 연재되는 성경구절을 그냥 지나치기란 쉽지 않았다. 며칠 후 나는 책 몇 권과 찬양 테이프를 챙겨서 그 병실의 문 앞에 섰다.

혹시나 싶어 조용히 문을 열고 들어가보니 널찍한 특실 한 편에 환자 분이 힘없이 누워계신 모습이 눈에 들어왔다. 곁에는 딸인 듯한 자매가 깜빡 잠이 들어 있고, 저만치 소파에는 아주머니 한 분이 곤히 잠들어 계셨다. 눈이 움푹 파인 환자는 흰 가운을 입은 낯선 사람의 방문을 경계할 만한 힘도 모자라 보였다. 나는 병실 밖에 내걸린 말씀을 읽고 한 번 들르고 싶었노라고 찾아온 이유를 말한 뒤, 챙겨온 책과 테이프를 전하며 짤막히 기도했다.

다음 날, 병실 보호자가 나를 만나보고 싶어 한다는 이야기를 전해 들었다. 어제 소파에서 주무시던 아주머니셨다. 내가 궁금해했던 병실 문 앞 성경구절은 바로 아주머니의 작품이었다. 남편을 통해 지난밤 내가 찾아왔다는 이야기를 들었다며 고마운 마음을 전하고 싶었다고 했다. 이윽고 아주머니의 입을 통해 이 가정의 아픈 이야기를 듣게 되었다.

암환자 분은 역량 있는 사업가였고, 아주머니는 모 대형병원에서 오랫동안 약사로 일하셨던 경력이 있는 분이었다. 부족함 없는 가정환경에서 두 딸 또한 잘 자라주어 차례로 원하던 대학에 들어갔다. 나름대로 교회에서도 열심히 봉사하던 이 다복한 가정에 고난이 찾아든 것은 한 해 전이었다. 혈변이 있어 시행한 대장내시경에서 직장암이 발견된 것이다. 국내 유수의 병원을 찾아 절제수술을 받았으나, 병은 너무 빨리 재발했다. 환자와 가족들은 병원의 치료방향과 방법이 적절하지 못했다는 확신을 가졌고, 맏딸이 국내외를 수소문해 해외에서 항암치료를 받아보자는 대안을 내놓았다. 이 과정에서 아주머니는 깊은 우울증과 신경쇠약으로 정신과에 입원하게 되었고, 맏딸이 치료를 위해 아버지를 모시고 미국으로 길을 떠났다. MD 앤더슨 병원을 찾은 환자는 새로운 항암치료를 시행받았으나 병의 경과를 돌이키지는 못했다. 의료진은 별달리 선택할 길이 없는 상황이었기에 귀국하여 대증적인 치료를 받을 것을 권했다. MD 앤더슨 병원을 거쳐간 바 있는 한국의 의료진을 소개해주어 우리 병원을 찾게 된 것이다.

아주머니는 비록 의료진이 남편의 병세에 대해 비관적인 입장이지만, 하나님께서 반드시 남편을 일으키실 것이라는 확신에 차 있었다. 또 남편이 미국에서 치료를 받는 동안 자신도 치료를 받느라 남편을 제대로 돌보지 못했다는 안타까움이 절절했다. 맏딸이 아버지의 소소한 부분들까지 챙기기엔 어려웠을 것이라고 하면서 이제는 자신이 남편 곁에 있으니 가장 잘 간병할 수 있노라고, 그래서 결국엔 침상을 훌훌 털고 일어나게 될 것이라고 흥분된 어조로 말했다. 그 확신을 감히 부인하기 어색해서 고개를 끄덕였다. 일단 그녀의 믿음에 힘을 실어주면서 함께 지켜보기로 했다. 하지만 이후로 고개를 갸우뚱하게 되는 일들이 생기기 시작했다.

병실에 화분들이 하나둘 늘어갔다. 남편이 워낙 화분을 좋아하고, 또 맑은 공기를 많이 마시면 몸에도 좋을 거라는 아주머니의 설명이었다. 하지만 그 말을 듣고 있는 환자의 얼굴은 그리 밝지 않았다. 그리고 환자 상태와 앞으로의 경과에 대한 의료진의 의견과 아주머니의 의견이 계속해서 현격한 차이를 보였다. 게다가 아주머니는 그 병실을 담당하는 간호사와 사소한 말다툼을 벌이기도 했다. 이런 이야기를 전해 듣고는 무언가 문제가 있는 게 아닌가 하는 생각이 들었다. 그 의문이 풀리기 시작한 것은 맏딸과 대화를 나누게 되면서부터였다.

··· 2 ···

조심스럽게 부모님 사이에 엿보이는 불편함의 이유가 무언지를 질문하자, 그녀는 입을 열어 숨겨진 진실을 이야기하기 시작했다.

"어머니는 교회 일이다 직장 일이다 하면서 늘 집안을 돌보지 않았어요. 청소든 부엌일이든요. 저는 일찌감치 홀로 서는 법을 배워야만 했지요. 공부도 알아서 했고 동생도 제가 돌봤고, 아버지 말상대도 되어 드렸지요. 어머니는 언제나 소녀 같았어요. 자기 하고 싶은 일만 하시는 거죠. 하지만 자식들이 당신 원하는 수준에 못 미치는 걸 부끄러워하셨죠. 입학하고 나서 과(科)를 바꾸게 된 것도 다 엄마 성화 때문이에요.

그러던 중에 아빠가 암에 걸렸어요. 엄마는 울고불고 난리가 났죠. 엄마는 아빠를 돌봐주기는커녕 자기 앞가림도 하지 못하셨어요. 자기를 추스르지 못하더니 결국 우울증으로 입원까지 하게 됐고요. 아빠는 제가 살려야 했어요. 엄마는 이 어려운 상황에서 아무런 도움이 못되었어요. 일이 마무리될 때까지 전 학교를 일단 휴학하기로 했지요. 모든 자료를 뒤져 MD 앤더슨 병원에서 치료를 받으시게 하자는 결론을 내렸어요. 미국행 결심부터 비행기 일정, 치료 진행과 간병 등 모두 제가 혼자 했어요. 그런데 귀국하자 엄마는 저보다 엄마가 아빠를 더 잘 알고 더 잘 돌볼 수 있다고 우기면서 제가 간병하는 하나하나를 문제 삼기 시작했어요. 우울증에서 차츰 벗어나게 되자 이제는 아빠를 내게 뺏겼다는 생각이 엄마를 사로잡은 거예요.

아빠는 미국에서 가망이 없다는 선고를 받고 돌아오셨어요. 그나마 실낱같은 희망을 버리지 못해 다시 병원을 찾게 된 건데, 엄마는 모든 걸 부인해요. 그저 아빠는 나을 거라는 이야기뿐이에요. 저도 하나님을 믿지만 엄마의 저런 반응은 아빠까지 안정을 찾지 못하게 하고 있어요. 전 정말이지 저런 엄마를 엄마로 인정할 수가 없어요."

점점 아주머니는 이전보다 더 스스럼없이 자신의 생각과 남편의 병세가 회복되면 무엇을 하고 싶은지 내게 털어놓으셨다. 병실을 찾아갈 때마다 아주머니는 여전히 환자 곁에서 희망에 찬 이야기들을 쏟아놓으셨다. 하지만 환자 분과 맏딸의 얼굴은 굳어 있었다.

자, 이제 새로운 고민이 생겼다. 이 역기능 가정과 임종을 향해 치닫는 환자에게 내가 할 수 있는 일은 무엇인가? 하지만 가족 구성원들 간의 일그러진 관계를 바라보면서 그 관계 사이에 개입하는 것이 부담스러웠다. 가족만의 사생활 아닐까? 내가 개입하는 것은 부질없는 욕심 혹은 교만 아닐까? 하지만 그 가족의 사정을 알면서도 내버려두는 것 또한 책임을 유기하는 것이 아닌지 고민이 생겼다. 그런 고민을 하는 와중에 환자의 상태는 점점 악화되고 있었다.

나는 아주머니께 맏딸에게 들은 이야기 내용은 모른 척하고 자녀와 남편과의 관계에 대해 조심스럽게 질문을 던져보았다. 역시 아주머니는 문제가 무엇인지 잘 인식하지 못하고 있었다. 그녀에게 맏딸은 그저 알아서 잘 커준 자녀 중 하나이며, 현재는 자신과 남편 사이를 멀어지게 만드는 일종의 경쟁 상대였다. 딸아이의 갈등이 무엇인지에 대해서는 별 관심이나 문제의식을 느끼지 못하고 있었다. 아주머니는 다시 내게—당시로는 유일한 환기구였을 듯하다—남편과 맏딸에 대한 서운함과 믿음 없음을 이야기하면서, 여전히 자신이 생각하는 하나님의 역사하심을 이야기했다. 들어주는 것도 도움이 되겠다

싫어 듣기 시작한 지 얼마쯤 지나, 나는 아주머니의 그릇된 영적 환상을 바로잡아 주는 것이 더 필요하겠다는 마음을 갖게 되었다. 하지만 그러기 위해서는 위험을 감수해야 했다. 원만한 관계가 깨질 위험을 무릅쓰고, 한 가족의 사적(私的)인 관계에 개입해야 하는 것이다.

하나님은 우리를 영적인 존재로 창조하셨다. 영과 혼과 육이 서로 조화를 이루며 따로 떼어 생각할 수 없는 인격적인 존재로 말이다. 전인치유라는 개념도 환자의 아픈 육신만을 고쳤다고 해서 온전한 치유가 아니라는 것을 말하고 있지 않은가. 또 병원은 질병만을 상대로 싸우는 전쟁터가 아니다. 고통, 절망, 죽음에 대한 공포, 환자를 둘러싼 가족 간의 갈등, 결정에 대한 스트레스, 이 모든 세력이 싸우는 투기장이다. 이 가정에 진정 필요한 치유는 무엇인가? 나는 환자의 병을 통해 이 가정에 뿌리박힌 쓴 뿌리를 다루시기 원하시는 하나님의 마음을 느꼈다. 더 이상 고민만 하고 있을 수는 없었다. 병실 앞에서 아주머니와 다시 마주치게 되었다. 마침 환자 병실 앞에 위치한 의대생 실습실이 비어 있는 터라 면담을 하기에 알맞았다. 나는 그 가족들과 어느 정도 신뢰를 쌓아가고 있는 중이었기에, 그들 모두에게 좋은 크리스천 의사로 남아 있을 수 있었다. 그러나 나는 모험을 하기로 했다.

… 3 …

"그런데 사모님, 그런 일들에 앞서 먼저 하셔야 할 일이 있습니다. 큰 따님과 어머님과의 관계가 먼저 개선되어야 합니다. 두 분이 서로 사랑하는 마음으로 대화를 풀어가기 시작해야 갈등이 해소될 것입니다. 제 생각에는 이것이 다른 무엇보다 중요한 일입니다."

예상은 했지만, 아주머니의 얼굴이 순간 굳어지더니 흙빛으로 변했다. 보이고 싶지 않던 치부를 들킨 듯, 그녀는 싸늘한 목소리로 짤막하게 대답했다.

"선생님, 너무 깊이 아신 것 같군요. 앞으로 더 이야기하기는 어려울 것 같아요."

그녀는 서둘러 방을 떠났다. 아차, 했지만 이미 저질러진 일. 이후로 한참 대화 없이 서먹서먹한 시간을 보냈다. 과연 적절한 타이밍이었을까? 과연 나의 개입은 하나님의 인도하심을 따른 것이었을까? 애써 마음을 달래보았지만 나 역시 급속도로 냉각된 관계를 바라보고 있기란 편치 않았다. 맏딸은 모습을 잘 보이지 않았고, 따라서 내가 그 환자와 가족을 만날 기회도 매우 적었다. 순환근무 일정상, 나 또한 곧 다른 병원으로 옮겨가야 했다.

병원을 떠나기 전, 병실을 다시 찾았다. 다행인지 아닌지 병실에는 환자 분 혼자 계셨다. 그에게 구원의 확신과 하나님의 동행하심을 느끼고 있는지를 확인해야 나도 마음 놓고 옮길 수 있을 것 같았다.

이 모든 어려움과 갈등 속에서도 그에게는 평안이 있었다. 그날 밤 찾아와준 내게 감사하다면서 마치 하나님께서 천사를 보내신 줄 알았다는 농담까지 곁들였다. 아무 말도 하지 않았지만 이제 생의 끄트머리에 서 있음을 둘 다 말없이 공감하고 있었다. 우리는 다시 하나님께 의탁하는 기도를 드리고 헤어졌다. 그런데 복도에서 아주머니를 만났다. 아주머니는 조금은 어색했지만 애써 웃으며 딸아이와 대화를 좀 해봤노라고 하셨다. 잘 화해했다는 이야기를 다 믿지는 않았지만 적어도 관계 개선의 가능성을 확인한 것만으로도 감사할 이유는 충분했다. 병원을 옮기는 내 마음이 한결 가벼워졌음은 물론이다.

20여 일 후, 일이 있어서 다시 병원에 들렀다가 그 환자의 병실을 찾아갔지만 병실은 이미 비어 있었다. 지난주에 임종하셨다고 한다. 방안 가득히 놓여 있던 큼직큼직한 화분들이 사라진 병실은 더 쓸쓸해 보였다.

한 석 달쯤 지났나? 수첩에 적혀 있던 아주머니의 연락처를 찾은 나는 천천히 다이얼을 눌렀다. 전화를 받은 사람은 맏딸이었다. 나는 깊은 애도의 마음을 전한 후, 맏딸에게 그 이후에 가족들이 잘 지내고 있는지 궁금해서 전화했다고 말했다. 맏딸은 담담히 그 이후의 이야기를 전해주었다. 어머니와 대화를 시작했노라고. 아직 다는 아니지만 화해하게 되었고, 서로 의지하며 살아가기로 했다고 말이다. 이번 학기에 복학하게 되어 다시 학업을 시작했고, 동생과 함께 교회에도 잘 다니고 있다고 했다. 많이 걱정하고 기도했었는데 감사한 일이라고 답하며 앞으로 더욱 꿋꿋이 앞길을 헤쳐나갈 것을 당부하고 통화를 마쳤다. 그리고 일말의 근심을 덜어내면서 연락처를 적었던 종이를 천천히 찢어냈다.

"주여, 그 가정을 돌보아주소서."

적절한 시기에 한 올바른 행동이었는지 아직도 자신이 없다. 하지만 그 경험이 내게 가르쳐준 것이 하나 있다. 어떤 환자에게 육신의 질병은 그 사람이 갖고 있는 아픔에 비하면 빙산의 일각일 뿐이라는 사실이다. 그러므로 육신의 질병뿐 아니라 수면 아래에 도사리고 있는 더 큰 아픔을 볼 줄 알아야 하며, 용기 있게 문을 두드릴 수 있어야 한다. 그 환자와의 만남에서 수면 아래에 있는 큰 아픔을 보지 못했다면, 용기 있게 다가서지 못했다면, 나 또한 죽어가는 말기 암환자를 무기력하게 바라보며 무력감에 빠지는 여느 의료인과 다르지 않았을 것이다.

흰 가운을 입은 의사들은 환자가 전인격적인 존재임을 애써 부인하며, 그네들의 삶에 깊이 관여하기를 기피하는 불완전한 치유자에 너무 일찍 만족하고 있는 것은 아닐까? 보이지 않는 곳에서 육신의 불편함보다 더 깊은 아픔으로 신음하는 우리 이웃들, 환자들. 한 사람의 작은 관심과 개입이 때로는 모든 장벽과 불신의 벽을 허무는 도화선이 될 수 있다는 걸 우리는 너무 자주 잊고 산다.

오늘도 쏟아져 들어오는 메일들을 확인하고 삭제하면서 어느새 불확실성으로 가득 찬 세상에 압도되고 있는 자신을 발견한다. 그 불확실함에 맞서 자신의 앞길을 설계하고 꾸려가기에 바빠 "내가 여기 있음을 누군가 알고 있나요?"라고 애타게 부르짖는 그 눈빛을 날마다 놓쳐버리고 등 떠밀어 내보내는 우리. 의료인이란 어떤 존재인가? 나의 부르심은 무엇인가? 어제 일하는 모습에 도통 의욕이 없어 보여 따끔하게 질책했던 후송계 병사의 어머니가 만성신부전(CRF)으로 수년째 혈액투석 치료 중이라는 이야기를 전해 들었다. 나는 언제쯤 제대로 눈을 뜨고 볼 수 있으려나.

Jesus, Be the Centre

"우리 학교 선배이신데, 위암 말기거든. 오랫동안 병원생활 하신 분이고 지금은 의식이 거의 없어서 TPN(비경구적 영양공급)만 유지하고 있어. 방금 센트럴 라인(Central line catheter : 중심정맥도관)이 빠졌다고 하니 좀 잡아주렴."

파업으로 온갖 일을 도맡아 했던 어느 날, 혈액종양내과 교수님께서 환자 한 명의 중심정맥도관을 잡아달라고 부탁하셨다.

6층 끝에 있는 환자의 병실을 찾았다. 쓸쓸해 보이는 독방에는 보호자와 의식 없이 간간히 신음하고 있는 환자가 있었다. 병실은 조용했지만 절망감이 아닌 평안함이 감돌고 있었다. 나는 마스크를 쓰고 소독을 하고 중심정맥도관을 잡았다. 환자는 의식이 없어서 별로 움직이지 않아 큰 어려움은 없었다.

옆에 성경이 보였다. 분위기를 바꿔볼까 하는 생각에 침묵을 깨고 보호자에게 "교회 다니세요?"라고 물었다. 보호자는 슬픔이 배어 있었지만 기쁜 표정으로 그렇다고 했다. 어느 교회에 다니시느냐고 물었다. A교회라는 말을 듣자 순간 정신이 번쩍 났다. 내가 다니는 교회였기 때문이었다.

알고 보니 환자는 우리 교회 장로님 아들이었고, 보호자는 내 부모님을 알고 계셨다. 대충 상황을 듣고 병실을 나섰지만 뜻하지 않은 만남에 마음이 복잡해졌다. 8개월째 병실에서 말기 암환자로서 투병생활을 하고 있는 남편과 간병을 하는 아내, 그리고 그분들의 아이들 모습이 계속 머릿속을 맴돌았다.

그날 저녁 책 몇 권과 찬양 테이프를 들고 병실을 다시 찾았다. 밤 11시 30분이었다. 아직 주무시지 않고 있던 아내 분이 반갑게 맞아주셨다. 그리고 담담히 그간의 투병생활을 들려주셨다.

"우린 교회 대학부에서 만나 결혼했어요. 나름대로 열심히 교회생활도 하면서 꿈을 키워갔죠. 그런데 아이들을 낳고 병원을 개업할 때쯤 아이 아빠가 조기 위암이라는 걸 알게 되었습니다. 하늘이 무너지는 것 같았어요. 얼마나 힘들었는지……. 위 절제 수술을 받고 차츰 회복하면서 몇 년간 별 탈 없이 생활을 꾸려갔어요. 7년쯤 지나서 병이 재발하고 다시 수술을 받았습니다만, 작년 말에 세 번째로 암이 재발된 것을 알았지요. 올해 1월에 수술하러 들어갔다가 손을 쓸 수 없을 정도로 병이 퍼져 있어서 그냥 닫고 나왔습니다. 아이 아빠는 그때 이후 지금까지 8개월간 저런 상태로 누워 있는 거지요."

나는 잠잠히 들었다. 부인에겐 슬픔이 아닌 다른 무엇이 있었다. 나의 마음속에는 그분의 고백 가운데 내게 주시는 하나님의 메시지가 있을 것 같은 기대가 있었다.

"이 투병생활을 통해서 하나님이 저희 가정에 깨닫게 해주신 것이 있습니다. 하나님은 우리가 생각했던 그런 정도의 분이 아니시라는 것이지요. 우리 편할 대로 사용하거나, 우리가 필요할 때 찾는 분이 아니라, 우리의 주인 되시길 원하신다는 것이지요. 저희는 비로소 올해 그것을 알게 되었습니다. 저는 고 3, 중 3인 두 딸에게 항상 얘기합니다. 아빠가 비록 저렇게 누워계시지만 평생 우리와 함께 살더라도 가르쳐줄 수 없는 귀한 진리를 너희에게 가르쳐주고 계신 거라고 말입니다."

시계는 벌써 새벽 1시를 지나고 있었다. 바쁘게 울려댈 것만 같았던 허리춤의 삐삐도 계속 입을 다물고 있었다. 그 보호자 분의 이야기는 나의 가슴에 큰 파문을 일으키고 있었다. 바로 주되심(Lordship)이라는 것! 입으로는 항상 떠들고 있지만 나는 얼마나 내 편리한 대로 '주되심'을 바꾸어대곤 하는가. 하나님은 내게 어떤 존재이신가. 어느새 다른 것들로 그득해져버린 내 중심. 그분의 고백은 나에게 말씀하시는 하나님의 음성이기도 했다. 그렇게 두 시간을 들었다. 내가 병원에서 주치의 생활을 하면서 환자 보호자와 가졌던 가장 긴 대화시간이었다.

이틀 후, 나는 다시 몇 권의 책과 찬양 테이프를 가지고 그 병실을 찾았다. 그러나 병실은 텅 비어 있었다. 전날 밤, 그 환자가 하나님의 부르심을 받은 것이다. 옷을 갈아입고 병원 영안실에 마련된 빈소를 찾았다. 가장을 잃은 슬픔과 함께 하나님의 위로와 감사가 그 자리에 공존하고 있었다. 마지막 생명의 불꽃이 스러지는 때에 하나님은 두 사람 모두에게 위로와 격려, 그리고 당신의 음성을 듣게 하셨다. 한 사람의 죽음을 통해 주님께 둔감해져 있던 나의 영이 깨어 일어났다. 그것은 하나님이 허락하신 때였다고 믿는다. 그렇다. 그분이 중심이시다. 그분이 주인이시다.

김동호

_목사

의사는 병원의 제사장이란다. 목사는 교회에서 제사장이고, 교수는 학교에서 제사장이지. 그래서 만인이 다 제사장이라고 하는 것이란다.

하나님의 나라 확장을 위하여 두 무대와 역할이 있단다. 하나는 교회이고, 다른 하나는 세상이지. 교회라고 하는 무대의 주연은 목사이고 교인들은 조연이란다. 그러나 세상이라고 하는 무대에서는 교인이 주연이고 목사는 조연이란다. 한 번의 주연과 조연으로 목사와 교인들은 하나님 앞에서 동등하다.

그러나 그동안 교회와 교인들은 세상이라는 무대를 잊었단다. 그리고 오직 교회만 무대인 줄 알았지. 세상이라고 하는 중요한 무대를 잃어버리고 교회에만 몰려서, 누가 주연인가만을 놓고 쓸데없고 지루한 싸움만 계속했지.

그날 중환자실에서 너는 왕 같은 제사장이었다.

네가 자랑스럽다. 그리고 너의 고등학교 시절과 재수 시절에 너에게 설교를 하였던 목사가 나였던 게 자랑스럽다.

하나님께 감사한다. 좋은 의사, 훌륭한 제사장이 되거라. 그곳에서……

3장

아주 특별한 처방전

"브나시 의사는 병을 잘 고칩니까?" 하고 그는 이윽고 그녀에게 물었다.
"잘 모르겠는데요, 선생님. 하지만 그분은 가난한 사람들을 무료로 치료해주신답니다."
"정말 인간적인 분 같군요." 그는 자기 자신에게 말하듯 말했다.
"그래요, 선생님. 정직한 분이지요. 그러기에 이곳에서는 저녁이나 아침 기도에서
그분을 위해 기도하지 않는 사람이 없을 정도예요."

"브나시 의사는 병을 잘 고칩니까?"

하고 그는 이윽고 그녀에게 물었다.

"잘 모르겠는데요, 선생님. 하지만 그분은

가난한 사람들을 무료로 치료해주신답니다."

"정말 인간적인 분 같군요."

그는 자기 자신에게 말하듯 말했다.

"그래요, 선생님. 정직한 분이지요. 그러기에

이곳에서는 저녁이나 아침 기도에서 그분을

위해 기도하지 않는 사람이 없을 정도예요."

_발자크(Honore de Balzac), 《시골의사》

아주 특별한 처방전

병원 응급실 한구석에서 오스왈드 챔버스의《주님은 나의 최고봉》이란 QT 책을 읽고 있는 의사를 만난다면 그 환자는 행운입니다. 그 의사는 환자를 인간으로 대해주고 병뿐만 아니라 환자의 마음도 고쳐주는 크리스천 의사일 테니까요. 안수현은 바로 그런 의사였습니다.

우울증에 빠져 힘들어하는 대학생이 있었습니다. 교회에는 건성으로 나왔지만 그날따라 예배에는 들어가고 싶지 않았습니다. 그때 누군가가 학생의 어깨를 툭툭 쳤습니다. 안수현 그 청년이었습니다.

"우리 얘기 좀 할까?"

"조금 있으면 예배 시작할 시간인데요."

예배를 가장 귀하게 생각하는 수현 형이었기에 학생은 머뭇댔습니다.

"잠깐이면 될 거야."

둘은 벤치에 나란히 앉았습니다.

"요즘 어떻게 지내니?"

학생은 자기도 모르게 마음 문을 열었습니다. 스스로 자신을 짓누르고 있는 것이 무엇인지 알 때까지 그는 학생의 말을 조용히 들어주었습니다. 그리고 낮고 조용한 목소리로 처방을 내렸습니다.

"네 마음은 지금 네 생각으로 꽉 차 있어. 자, 이제 좀 비워봐. 20퍼센트는 남을 위해 베풀어. 사랑을 해. 그럼 네 마음이 기쁨으로 꽉 차게 될 거야."

지금도 그 학생은 안수현 그 청년을 기억합니다. 아무 가치가 없다고 생각한 자기를 위해 예배 시간까지 바꿔가며 곁에 있어주던 그 청년의 '사랑의 처방전'을 잊을 수 없기 때문입니다.

어린 시절, 그 청년은 머슴처럼 밥을 먹었습니다. 한 사발 가득한 밥을 꾹꾹 뭉쳐 세 숟가락으로 끝냈습니다. 밥상 옆에 펴놓은 책을 읽기 위해서였지요. 바쁜 의대시절에도 일주일에 세 권 이상의 책을 읽었습니다. 스테이션과 침대에 각각 한 권씩 책을 놔두고, 아침저녁 한 장씩 읽어나갔습니다. 하루 두 번, 한 번에 20분씩만 내도 2주에 책 두 권은 충분히 읽을 수 있었습니다.

그는 생각의 지평을 넓히기 위해 신앙서적은 물론 음악과 역사서와 심리학, 사회현상을 다룬 전방위적 독서를 했습니다. 그는 스스로를 '이타적 독서가'라고 불렀습니다. 다른 사람에게 도움이 되기 위해 책을 읽는다는 의미지요. 그는 가격이 싼 인터넷보다는 서점을 이용했습니다. 배송일까지 좋은 책을 기다릴 수가 없었고, 또 서점에서 책을 고르다 보면 다른 사람들을 위한 책도 함께 사서 선물할 수 있기 때문이었습니다.

그 청년은 TV를 볼 틈이 없었습니다. 그래서 한창 뜨는 유행어를 못 알아듣고 혼자 멋쩍게 웃는다든가 아니면 아주 오래된 농담을 해서 주위를 썰렁하게 만들기도 했습니다.

그 청년은 헨리 나우웬을 좋아했습니다. 헨리 나우웬의 출판된 책은 거의 다 섭렵했다고 봐도 과언이 아니었지요. 헨리 나우웬을 좋아한 이유는 헨리 나우웬의 책들은 주제가 다양하고 영성이 풍부해서 여러 사람에게 선물하기 좋았기 때문입니다. 그는 원서와 번역서를 함께 보며 잘못된 번역이 있으면 고치기도 했습니다. 책을 읽으면서 오자와 탈자를 꼼꼼하게 기록해 출판사에 보내기도 했습니다. 절판되었지만 좋은 책은 출판사에 요구해 재출판되게 했습니다.

그 청년이 몰던 차 안은 작은 콘서트 장이었습니다. 클래식 음악,

영화 음악, 오페라, 뮤지컬, 찬양 곡……. 그와 동승한 사람들은 자기에게 딱 맞추어 선곡한 그의 음악을 들으며 깊은 위로를 받았습니다.

그 청년은 책과 음악 CD, 커피, 그리고 음악회 티켓을 좋아했습니다. 그리고 자신이 좋아하는 것들을 아낌없이 다른 사람과 나누었습니다. 병원의 환자와 보호자, 간호사, 식당 아줌마, 선후배, 교회의 지체들, 국방장관, 처음 만나는 사람들은 이런저런 이유로 그에게 선물을 받았습니다. 환자들은 평생 처음 의사로부터 책과 음반을 선물 받고 감격했습니다.

그 청년은 생일 선물을 직접 전하지 못하는 경우엔 밤중에라도 우편함에 선물을 넣어주었습니다. 상상해보십시오. 다음 날 아침, 쓸쓸하게 집을 나서던 사람이 문밖에서 기다리던 자신의 생일 선물을 보고 얼마나 기뻤겠습니까? 비록 자신은 도시락과 붕어빵으로 점심을 때우더라도, 사람들에게 선물하기를 좋아한 그 청년은 진심으로 주는 기쁨이 무엇인지 아는 사람이었습니다.

그의 선물 고르는 안목은 탁월했습니다. 책, 음반, 슬리퍼, 나무 십자가, 액자, 작은 케이크 등등. 받을 사람을 사랑하지 않으면 알 수 없는 꼭 필요한 물건들이 그를 통해 전해졌습니다. 선물들은 신기하게도 받은 사람의 인생에 큰 획을 긋거나, 상처를 치유하거나, 사랑의 물줄기를 터뜨려 다른 곳으로 흘러가게 했습니다. 특별한 선물도 있었습니다. 박사학위를 통과하느라 힘들어하던 친구를 여의도 한강 불꽃놀이에 데리고 갔습니다. 갑작스러운 교통사고로 아버지를 잃은 후배의 집에 찾아가 아무 말 없이 《God with Us》 DVD를 같이 보기도 했습니다. 서울이 처음인 사람에게는 드라이브를 시켜주고, 영화나 음악을 좋아하는 사람에겐 극장과 콘서트장에 동행해주었습니다. 그의 선물은 절망 중에 있는 사람들에게 자신들을 지켜보고 계시는 하나님의 따뜻한 눈길을 느끼게 해주었습니다.

그 청년이 다니던 교회 대학부에 재수를 고민하는 한 학생이 있었습니다. 그 학생은 적성에 맞지 않는 학과에 다니고 있었는데, 재수를 해도 성적이 잘 나올지 확신이 없었습니다. 게다가 가정 형편도 넉넉하지 못했습니다. 그래서 학생은 고민만 할 뿐이었습니다.

그가 이 사실을 알았습니다. 어느 날, 그는 아무 말 없이 학생을 데리고 서점으로 들어갔습니다. 그리고 대입방송교재들을 한 아름 사서 그 학생에게 안겨주며 말했습니다.

"의대를 들어갔다고 해서 내가 항상 맨 앞자리에만 있었던 건 아냐. 조금씩 앞으로 나왔지. 지금부터라도 시작해. 아직 늦지 않았어."

현대의학의 아버지라 불리는 윌리엄 오슬러(William Osler)는 "훌륭한 의사는 병을 치료하지만, 위대한 의사는 환자를 치료한다."고 했습니다. 그 청년, 안수현 의사가 내리는 처방은 누가 봐도 환자를 치료하는 최고의 명약이었습니다. ●

소아암 병동의 어린이날

고려대학교 안암병원 소아과에는 다른 큰 병원들이 그렇듯이 소아암 병동이 따로 있다. 주로 백혈병, 신경아세포종, 망막아세포종 등의 병을 가진 아이들이 항암제를 투여 받으며 병과 싸우는 곳이다.

아이들은 오랫동안 입원해야 하기 때문에 항암치료 일정과 매일매일의 혈액검사수치에 예민하다. 행여 의사들이 약간이라도 실수하면 민감하게 반응한다. 나는 병동 일을 맡은 두 주 동안 항암제를 수액에 섞어 들어갈 때마다 마음으로 간절히 기도를 했다.

은진이라는 여자 아이가 있다. 일곱 살짜리지만 누구보다 어른스럽다. 척수강 내로 항암제를 투여할 때도 주치의를 잘 도와주는 아이다. 끝나고 나면 고맙다는 인사도 빼놓지 않는다. 하루는 은진이 옆자리 아이에게 항암제를 투여하러 들어갔는데, 은진이가 사탕을 집어준다. 어제 척수검사 할 때 힘들지 않게 잡아주어서 고맙다면서.

불현듯 작년《누가들의 세계》에 실렸던 전우택 선생님의 글이 생각났다. 심한 심장기형인 두 살짜리 아이가 무엇이건 자신이 가진 것을 만나는 사람에게 나누어주는 것을 보고 이 세상에 남을 도와줄 수 없을 만큼 어려운 상황에 놓여 있는 사람은 아무도 없다는 것을 깨달았다는 글이다. 은진이도 가장 약한 처지에서도 남에게 줄 것이 있다는 것을 보여주었다.

병실을 나서면서 내가 이 아이에게 줄 것은 무엇이 있는지 생각했다. 그리고 아이들을 돌보는 부모들을 향한 안타까운 마음이 들었다. 어떻게 하면 그들을 위로하시는 하나님을 알게 할 수 있을까? 머리에 떠오르는 한 단어가 있었다. 바로 '희망'이었다.

'그래, 아이들과 보호자들을 위해 책을 나누자.'

그날 오후, 누가회의 P선배에게 전화를 걸었다. 선배는 흔쾌히 응답해 주었고 둘이 합친 20만 원으로 소아암 환자 병동인 세 개 병실에 각각 열두 권씩 서른여섯 권의 책을 구입했다. 그 책들은 그동안 우리 조카와 형수님께 선물했던 것으로 임상적인 효능이 검증된 책이 대부분이었다. 또한 마음을 열고 읽으면 그리스도의 복음에 다가갈 수 있는 책들이었다.

나는 어린이 주일 아침을 디데이(D-day)로 정하고, 나누고 싶은 말씀을 열 개 정도 준비해서 각 책의 앞장에 붙였다. 그리고 소아암 환자들의 병실에 책을 조용히 배달했다. 《사랑의 학교》, 《낮엔 해처럼 밤엔 달처럼》, 《로아네 집》, 《그림성경》 등등.

적지 않은 돈이 들었지만, 나는 분명 남는 장사를 했다. 그 책을 읽게 될 환아들과 부모님들이 그리스도로 인한 희망과 기쁨이 어떤 것인지 알게 될 수만 있다면……. 며칠 뒤, 스승의 날이라고 소아암 병동 7호실의 항암치료(CTX) 받는 아이들, 은진, 재진, 찬범, 민영, 영학이가 꽃을 만들어 달아주었다. 내가 제일 많이 받았다. 마음을 열어 준 아이들과 부모들이 고맙다. 정말 값진 선물이었다.

동엽이 어머니

오늘 안과 외래 앞을 지나치다 아이들 둘을 데리고 다가오는 여자 분을 만났다. 동엽이 어머니였다. 오랜만의 해후였다. 몇 년 전, 엄마 품에 안겨 있던 동엽이는 이제 그 나이 또래의 장난치는 여느 아이와 다를 것이 하나 없었다.

동엽이의 병은 유전상의 결함으로 인해 안구 내에 발생하는 종양이었다. 동엽이가 3개월이 지나도 엄마와 눈을 잘 맞추지 못하는 것을 이상히 여긴 동엽이 엄마가 병원에 아이를 데리고 갔다가 청천벽력 같은 소식을 접하게 된 것이다. 둘째인 동엽이를 낳은 기쁨이 채 가시지도 않은 20대 후반의 젊은 엄마에게 말이다.

내가 동엽이를 만난 것은 안암병원에서 소아과 인턴으로 있을 때였다. 당시 동엽이는 4~5개월 된 아기였고, 방사선 치료를 위해 입원해 있었기에 항암주사를 놓는 일이 주된 업무인 나와는 별로 접촉할 일이 없었다. 하지만 같은 병실에 입원한 내 환자를 돌보면서 동엽이 어머니의 자식을 향한 안타까운 시선을 보고 그냥 지나치기가 어려워 말을 건네보았다. 그녀의 가난한 마음은 복음이 전해질 수 있는 좋은 토양이 될 것 같았다. 다음 주일, 교회에서 전도 집회 설교 테이프를 챙겨 동엽이 어머니에게 건넸다. 고맙다는 말을 들었지만 그 이후 나는 다른 과로 옮겨야 했다.

동엽이 어머니를 다시 만난 것은 석 달 후 구로병원에서였다. 동엽이는 결국 한쪽 안구를 적출해야 했다. 의안을 하고 방사선 치료를 마친 동엽이는 수술 후의 경과를 보기 위해 한 달에 한 번씩 병원에 와야 했다. 안과 외래 간호사를 통해서도 그리스도의 복음은 조금씩 동엽이 어머니에게 전해지고 있었다. 나는 동엽이 어머니를 위로하고 돈 모엔(Don Moen)의 《God with Us》 앨범을 사서 전해주었다.

동엽이네를 다시 만난 것은 12월의 어느 날이었다. 안암병원 신경외과 인턴으로 일하던 중 병원복도에서 동엽이와 그 부모를 만나 함께 원내식당에서 식사를 하게 되었다. 며칠 후, 신경외과 의국으로 내게 편지 한 통이 배달되었다.

"가장 힘들고 약해져 있을 때 선생님의 사랑이 동엽이와 저에게 커다란 힘이 되었습니다. 감사드립니다. 또 선생님 덕분에 하나님을 제 마음 속에 등불로 삼을 수 있었습니다. 주님의 축복이 가득하길 두 손 모아 기도드립니다. 아멘. 동엽이 엄마."

1년 동안 환자와 보호자들로부터 받았던 편지 중 참 기억에 남았던 편지였다. 그 편지는 지금도 내 방 한쪽에 잘 놓여 있다. 때때로 그 편지를 읽으면서 하나님의 간섭하심과 사랑을 다시 기억하곤 한다.

어떤 보호자의 편지

고단한 내과 1년 차의 생활에 차츰 적응해가던 여름나절 주말이었다. 나는 중환자를 맞닥뜨리더라도 대처할 수 있는 방법들을 터득해 가고 있었다. 토요일 늦은 저녁, 나는 내과 의국에 아무도 없는 것을 확인하고 가운 주머니에 넣고 다니던 찬양 테이프를 꺼내 크게 틀었다. 데이빗 루이스(David Ruis)의 '경배하리 내 온 맘 다해(You're worthy of my praise)'였다. 환자의 입원차트와 온갖 저널의 복사물, 어지럽게 펼쳐진 원서들로 잔뜩 어수선했던 의국과 그보다 훨씬 고단하고 어지러웠던 나의 내면은 순식간에 주님을 경배하는 성소로 변했다. 혼자 찬양하며 고백을 드리는 귀한 시간을 갖고 의국을 나서던 나는 문밖에 서 있던 사람과 마주치게 되었다. 의국 맞은편이 화장실이었는데 아마도 화장실에 들어가 있는 환자를 기다리고 있었던 보호자인 모양이었다. 얼핏 그분의 표정을 보니 문밖에서 찬양을 듣고 있었던 게 분명했다.

몇 주 후, 동료 주치의가 여름휴가를 다녀오게 되어 나는 한꺼번에 많은 입원 환자들을 떠맡게 되었다. 그 가운데는 폐암환자로 여러 군데에 뼈전이와 그에 동반된 심한 통증으로 동료 주치의를 고민하게 했던 K 씨가 있었다. 그분 곁을 지키고 있던 보호자 옆에 놓인 책 한 권이 내 눈길을 잡아끌었다. 헨리 블랙커비(Henry Blackaby)의 성경공부 교재인《하나님을 경험하는 삶(Experiencing God)》원서였다. 이윽고 우리는 서로가 구면임을 알게 되었다. 그분은 의국 앞에서 마주쳤던 '어떤 보호자'였다.

이후 나는 책과 찬양 음반을 그 보호자와 나누며 격려를 보냈다. 불과 이삼 일 후, 회진 중에 그 환자 분이 가슴이 답답하다고 호소했다. 진통제 주사를 많이 투여하고 있는 중인데도 평소보다 훨씬 불편해 보였고 고통을 호소하는 부위도 달랐다. 나는 환자의 상태가 심상치 않음을 감지했다. 서둘러 혈액을 채취하고, 엑스레이와 심전도를 찍었다. 이유가 밝혀졌다. 심근경색이었다. 환자가 누워 있던 침대를 그대로 끌고 심초음파실로 직행했다. 심실 중격의 운동장애(dyskinesia) 소견이 보였다.

나는 그 환자의 딸에게 상황을 설명하고 상태의 위중함을 알렸다. 어렵사리 목숨을 이어오던 환자에게 들이닥친 이 합병증은 그의 생명을 당장이라도 앗아갈 수 있었다. 환자는 처치실로 옮겨졌고, 그날 밤 보호자는 환자 곁을 뜬눈으로 지새웠다. 밤새 신음소리만 내며 혼미한 의식을 보이던 환자는 다음 날 아침 회진을 돌기 직전에 조용히 숨을 거두었다. 흐느끼며 아버지를 목 놓아 부르는 그녀의 목소리를 뒤로 하고 처치실을 나서는 나의 발걸음이 어찌 그리 무겁던지…….

열흘쯤 지났다. 주말을 맞아 잠시 외출을 하려던 참에 병동에서 호출이 왔다. 어떤 여자 분이 병원 현관에서 기다린다고 전했다. 내려가 보니 그 보호자였다. 검은 정장 차림의 그녀는 CD와 책을 늦게 돌려줘서 미안하다며 내게 편지 한 통을 같이 주었다. 나는 집에 가면서 편지를 읽었다.

"갑작스러운 아빠의 폐암말기 선고. 그리고 그것을 현실적으로 받아들이고 아빠께 어떻게 전해야 할지 갈등하던 7월의 어느 날 밤, 내과 의국에서 흘러나온 찬양이 저를 그곳에 멈추게 했습니다. 제가 스위스에서 눈물로써 고백했던 찬양이었기 때문이었습니다. '이런 한밤중에 찬양을 듣는 의사도 있구나.' 하는 신선함도 있었고요.

선생님이 빌려주신 《영적 발돋움》에 보면, "우리는 잠깐 동안 실로 슬픔과 근심으로 가득 찬 시간에 살고 있습니다. 이 짧은 시간을 예수 그리스도의 영 안에서 산다는 것은 아픔의 한가운데에서부터 발돋움하여 우리에게로 오신 그분의 사랑으로 아픔들을 기쁨으로 바꾸는 것을 뜻합니다."라는 구절이 있더군요. 아픔의 한가운데에서 발돋움하는 시간이 지금이라면 마냥 앉아서 슬픔이 밀려오는 대로 감정을 흘려보내는 것을 주님이 기뻐하지 않으시겠지요?"

편지에는 슬픔을 기쁨으로 바꿀 줄 아는 훈련된 크리스천의 성숙함이 엿보였다. 그녀는 내가 빌려준 책과 찬양 음반으로 받은 위로에 대해 감사하다고 말했지만, 나는 편지를 읽으면서 하나님께서 내게 주시는 위로하심을 맛보았다. 이후 그분은 내 지속적인 중보자 중의 한 분이 되었고 지금까지 주님 안에서 나눔을 이어가고 있다.

어제 인터넷을 검색하다가 이 찬양을 다시 만났다. 내과 의국에서 낡은 오디오에 테이프를 넣고 플레이 버튼을 누르던 그 순간이 떠올랐다. 그날 그곳을 당신의 음성 들려주실 장소로 삼으신 주님의 놀라운 계획을 다시금 기억한다. 우리네 찬양의 고백들은 현실의 삶에서 주님의 주되심을 더욱 인정하고 반응하는 것으로서만 비로소 진실의 여부가 가려지는 것이 아니겠나.

"하나님을 사랑하는 사람들, 곧 하나님의 뜻대로 부르심을 받은 사람들에게는, 모든 일이 서로 협력해서 선을 이룬다는 것을 우리는 압니다."(롬 8:28, 표준새번역)

넌 특별해, 달수야!

"내일이면 달수가 사고 난 지 꼭 6년째 되는 날이에요."

봄비가 추적추적 내리는 늦저녁, 달수 어머니의 목소리가 내 귓가에 맴돈다.

'벌써 시간이 그렇게 되었구나.'

안방에 누워 엄마를 찾는 달수의 외침에 달수 어머니는 일어나 다시 방으로 들어가셨다. 달수가 퇴원했다는 사실을 알게 된 건 지난주 금요일이었다. 재택인공호흡기(home ventilator)를 단 채 퇴원했다는 병동 간호사의 말을 듣고 아쉬움이 남았다. 병원기록에 있는 집주소를 보니 다행히 달수가 사는 아파트는 병원에서 멀지 않은 곳이었다. 달수를 처음 알게 된 것이 달수가 여덟 살 때였는데, 안방 부모님 침대 옆에 나란히 놓인 침상 위 달수는 이제 어린아이로만 보이지 않았다. 얼굴에는 여드름도 제법 많이 나고 앳된 티도 많이 가셨다.

달수는 사지를 쓰지 못한다. 여러 번 인공호흡기를 떼보려고 했지만 아직도 스스로 숨쉬기를 유지하기가 힘이 든다. 6년 전 수영장에 다녀오다 교통사고를 당했을 때 응급후송 된 병원에서는 동공이 거의 풀려 있는 달수를 포기하고 집에 데려가라고 했다. 안산병원 중환자실로 옮겨왔던 달수는 내가 인턴으로 근무하고 있을 때 우연히 동료의 부탁으로 신경외과 환자의 드레싱을 해주다가 만났다.

달수는 손가락 하나 꼼짝할 수 없지만 하루 종일 라디오를 들으면서 찬양도 익히고 설교도 듣기 때문에 교계의 모든 사건들을 알고 있었다. 그때도 우리 교회에서 난 사고를 물어보며 쉴 새 없이 내게 질문을 했었다.

"모든 게 하나님의 은혜예요."

달수 어머니는 요원하기만 한 아들의 병구완을 6년째 해오면서 한 번도 아이를 포기할 생각을 해본 적이 없다고 한다. 달수 가족이 다니는 안산 제일 교회 담임 목사님과 성도들은 지금도 철야기도 때마다 달수의 이름을 부르며 기도하신다. 주일이면 집에 찾아와 성경공부를 같이 해주시는 주일학교 선생님도 있다.

지난 6년 동안 달수의 가족 중 병에 걸린 사람은 한 명도 없었고, 종갓집 맏며느리인 달수 어머니가 기독교 신앙이 없으신 시부모님을 전혀 챙겨드릴 수 없었음에도 시부모님께서 많이 이해해주셨다고 한다. 나는 이 가족을 보호하시는 하나님의 손길을 느꼈다.

"제가 불평할 게 있어야지요. 감사할 뿐이에요. 달수를 좀 더 잘 돌봐야 하는데……."

이제는 몸이 약해졌는지 아들의 자세를 바꿔줄 때마다-두세 시간마다 자세를 바꿔주지 않으면 욕창이 생기기 쉽다-어깨가 결린다면서도, 쉬지 않고 아들의 먹을거리를 준비하시는 달수 어머니의 모습은 "여자는 약하지만 어머니는 강하다."라는 영화 〈데드 맨 워킹〉의 대사 한 대목 그대로였다.

달수를 위한 선물로 맥스 루케이도(Max Lucado) 목사님이 쓴 동화책《너는 특별하단다》를 준비해 갔다. 아무래도 누워서 긴 분량의 책을 읽기는 어려울 것 같아서였다.

"어! 피노키오 동화랑 비슷한 건가 보네?" 하더니 날 보고 한 장씩 넘겨서 보여달라고 한다. 달수의 시력이 많이 약해져서 책을 눈앞에 바짝 들이대주었다. 달수의 눈동자는 바쁘게 움직였고, 다 읽었다는 신호가 떨어지면 다음 장으로 넘겨주었다.

"내가 널 만들었기 때문에 너는 특별하단다."

맥스 목사님도, 하나님도, 나도 한 목소리가 되어 달수에게 말해주고 있었다. 길지 않은 시간을 함께 보내고 집을 나서기 전, 나는 달수에게 한 가지 임무를 주었다.

"달수야, 선생님이 달수에게 부탁하고 싶은 일이 하나 있어. 그건 뭐냐면 중보자가 되는 거야. 너를 위해 기도해주고 찾아와주고 돌봐준 많은 분들이 있잖니? 그분들을 위해 기도하는 거야. 또 네가 라디오를 들으면서 밖에서 일어나는 여러 사건들에 대해 목사님의 설교를 들으며 하나님의 음성을 들을 때면 그 목사님과 교회를 위해 중보해주렴. 넌 더 이상 남에게 신세지는 사람이 아니라 섬기며 중보하는 동역자란다. 하나님은 달수를 특별하게 만드셨고 사랑하시잖아. 찬양할 수 있고 말씀을 들을 수도 있고. 네가 받은 사랑의 빚을 다른 이들을 중보함으로 갚아주렴. 네 기도를 통해 하나님께서 일하실 수 있단다. 또 선생님을 위해 기도해줘. 내가 안산에 아주 든든한 중보자 한 명을 가지고 있다고 자랑할 테니까."

달수는 기억력이 나빠 잘 까먹는다고 걱정했지만, 기억날 때마다 해보겠노라 대답했다. 그래, 달수에게도 하나님이 맡기신 큰일이 있다. 그가 누워 있는 작은 방이 바깥의 수많은 사람들을 중보하며 위로하는 곳이 될 수 있을까? 대답은 '그렇다!'이다. 비록 인공호흡기를 달고 있어 목소리를 잘 낼 수 없지만 하나님은 누구보다도 중보하는 달수의 음성 듣기를 기뻐하실 것이다. 달수와 작별인사를 하고 밖에 나와 하늘을 바라보면서, 나는 선물로 함께 준비해간 액자에 쓰여 있던 말씀을 나직이 되뇌었다.

"달수, 너 하나님의 사람아(You, O man of God)."(딤전 6:11)

나환자를 위한 아름다운 손, 폴 브랜드

얼마 전 한 신문에서 '오마도 사건'에 대한 기사를 비중 있게 다뤘다. 베스트셀러이자 소설가 이청준의 대표작《당신들의 천국》의 배경이 된 사건이기도 하다. 1962년 전남 고흥군 소록도의 음성 나환자들이 생활터전을 마련하기 위해 피땀 흘려 거의 완성 단계에 이른 간척사업을 정부가 개입해 중단시킴으로 허무하게 좌초된 사건이다. 당시 "나환자들과 함께 육지에서 살 수 없다."라는 주민들의 민원이 빗발치자 총선을 의식한 군사정권은 육지 주민들의 손을 들어주었다. 330만 평의 오마도 간척지는 1989년에 완성돼 일반 주민들에게 분양됐다. 이 사건은 '실미도 사건'과 함께 역사 속에 묻혀 있던 대표적 인권유린 사례로 손꼽힌다.

인류가 수천 년 동안 '문둥병'이라 불러온 한센씨 병(이하 나병, 나환자로 칭함)은 성경뿐만 아니라 다른 종교에서도 저주의 흔적을 지닌 병으로 묘사된다. 어느 나라든 나환자들은 사람들로부터 철저하게 소외당했으며, 고향 땅에서 추방되어 특정 지역에 격리 수용돼야 했다. 코뼈가 주저앉고 눈썹이 없어진 나환자들은 주로 낙후된 나라의 빈민층에서 많이 발생하기 때문에 이 질병에 대한 연구는 미미했다. 그런 버려진 질병에 깊은 애정을 가지고 접근한 의사가 있으니 바로 폴 브랜드(Paul Brand) 박사이다. 그의 일생을 조망할 수 있는《폴 브랜드 평전》이 얼마 전 출판되었다.

폴 브랜드는 1914년, 영국인이며 인도 선교사인 제시 맨 브랜드와 이블린 브랜드 사이에서 태어났다. 브랜드의 부모는 정식 의사는 아니었으나 열대의학지식과 복음의 열정을 바탕으로 인도 의료선교에 평생을 바친 분들이었다.

유년시절을 인도 산악지방에서 보낸 폴 브랜드는 영국에서 런던 의과대학을 졸업하고 정형외과 의사가 되었다. 1946년 인도 벨로아로 돌아간 그는 그곳 기독의과대학에서 의술을 펼치기 시작했다. 폴 브랜드는 나환자 요양원을 방문했다가 평생의 소명을 발견하고 나환자들의 손과 발을 외과적인 수술로 교정하는 일에 전력투구하게 된다. 3천여 건의 수술 케이스와 대규모 환자 군에 대한 치밀한 연구에 근거한 그의 주장은 학계의 인정을 받게 된다. 그는 2003년 뇌출혈로 숨을 거두었다.

폴 브랜드 박사가 의학계와 기독교계 양쪽의 존경을 받게 된 것은 단지 나환자를 위해 인도에서 그의 일생을 바쳤다는 점 때문만은 아니다. 그의 의학적 지식이 말씀 안에서 사유를 통해 통합되면서 고통에 대한 새로운 통찰을 낳았기 때문이다. 폴 브랜드는 이 통찰을 복음주의 계열의 손꼽히는 작가 필립 얀시(Philip Yancey)와 함께 여러 권의 책으로 펴냈고, 고통에 대한 이 새로운 시각은 많은 크리스천들로부터 폭넓은 지지를 받았다.

그는 정형외과 의사로서 나환자들의 신체적 결함을 적극적으로 교정하고, 사회로 복귀시키는 데 큰 공헌을 했다. 불구가 된 나환자들이 손과 발을 사용할 수 있도록 수천 건의 재건수술을 했고, 발의 손상을 막는 나환자 전용 신발을 개발하고, 또 나환자 특유의 눈썹과 코의 기형을 보완하는 성형수술을 통해 전염성이 없는 환자들이 정상적으로 사회활동을 할 수 있도록 실제적인 도움을 주었다. 또 나병 환자의 피부가 문드러지는 것이 나병 자체로 인함이 아니라, 감각신경 손상으로 인한 감각저하에서 비롯된 이차적인 문제임을 밝혀내는 등 나병에 대한 잘못된 인식을 바로잡는 데도 큰 기여를 했다.

그는 어느 의과대학에서도 가르쳐주지 않는 질병의 새로운 측면을 개척했을 뿐만 아니라 환자들의 동반자가 되어 사회의 잘못된 인식을 바꾸고 동시에 광범위한 재활사업을 통해 상한 영혼들의 존엄성을 회복시켜준 '참 의사'였던 것이다.

전술한 오마도 사건에서 보듯 질병의 역사를 살펴보면, 단순한 질병이 여러 가지 오해로 인해 천형(天刑)으로 둔갑하고 온 사회구성원들로부터 철저하게 버림받고 소외되는 경우를 보게 된다. 100년 전 우리나라에서는 폐병에 걸린 것이 커다란 수치였다. 나병이 그 오명을 벗기 시작한 현대는 에이즈라는 또 다른 병에 새로운 낙인(stigma)을 찍고 있다.

불현듯 인턴시절 응급실에서 만났던 한 에이즈 감염환자의 기억이 되살아난다. 입원을 위해 혈액채취를 해야 하는데 아무도 그에게 다가가려 하지 않았다. 내가 해야겠다고 마음먹고 자리에서 일어나는 순간, 내게 혈액채취 도구들을 건네주려고 손을 내뻗은 간호사와 딱 마주쳤다. 크리스천인 그녀는 내가 그 환자에게 다가가길 바랐다고 나중에 말해주었다. 나 또한 그 간호사가 내게 도구들을 건네주리라는 것을 감지하고 있었다.

단지 그 병을 얻었다는 이유만으로 환자들의 인격은 만신창이가 되고, 사회는 그들을 보호해주지 않는다. 그러나 그런 인식에 대한 변화의 선두에는 브랜드 박사를 비롯한 크리스천들이 있었다는 것이 우리의 자랑이요, 복음의 능력이다.

《폴 브랜드 평전》은 군중 속에 숨어 피상적인 사랑과 긍휼을 입으로만 우물거리는 우리, 또 병태생리학적 측면에만 매달려 고통의 본질을 총체적으로 보는 시각을 상실한 의료인들을 향한 겸허한 도전이 될 것이다.

응급실,
새벽 2시에 읽던 책

병원 응급실(ER)에서 근무했다고 하면, 누군가는 이렇게 물어본다.

"진짜 TV에서 보는 미국 드라마 'ER'처럼 하나요?"

물론 난 ER이란 미드를 보지 않아서 대답해줄 수 없다.

보통 새벽 2시쯤 되면 응급실도 안정을 되찾고 조용해진다. 정신없이 일하던 의사와 간호사들도 비로소 한숨 돌리고 서로 가볍게 농담을 주고받는다. 24시간 단위로 교대근무 하는 인턴들이 한 구석에 웅크리고 눈을 붙일 수 있는 유일한 시간이기도 하다. 물론 응급환자가 구급차에 실려 오지 않는 한 말이다.

인턴시절, 나는 나름대로 이 시간을 활용해 가운 주머니에 넣어둔 QT 책 한 권을 꺼내어 읽었다. 바로 오스왈드 챔버스(Oswald Chambers)의 《주님은 나의 최고봉》이다. 수많은 1년 묵상집 중에서도 단연 탁월한 기독교 고전으로 자리 잡은 이 책은 원서로 읽는 것이 번역된 책보다 훨씬 깊고 풍성한 맛이 있다. 응급실의 숨 가쁜 순간들 가운데 잠시 하나님을 묵상할 수 있는 싱그러움에 잠기게 해주었던 이 책에 대한 애정은 아직도 각별하다.

한 달에 한 번 모이는 기도 모임이 있다. 나이 지긋하신 권사님부터 목사님, 전도사님, 후배까지 정말 다양한 연령층의 사람들이 함께 기도 제목을 나누고 중보하는 모임인데 서로 사랑하고 귀하게 여기는 모습이 넘쳐 더욱 아름답다.

말씀을 전하시는 권사님은 영어 책을 좋아하셔서 성경 말씀을 영어로 자주 언급하신다. 두 달 전 모임 때, 마침 내 가방에는 오스왈드 챔버스의 《주님은 나의 최고봉》 원서 한 권이 있었다. 권사님께 이 책을 드리면 좋겠다는 생각이 불현듯 일기 시작했다. 순간적인 충동이 아닌가하여 고민 고민……. 결국 모임이 끝나고 귀가하는 길에 권사님께 책을 전해드렸다. 혹시 맘에 드실지도 몰라서.

지난달엔 당직 관계로 참석하지 못했다가 이번 달 시간을 내어 갔다. 약간 늦게 도착했는데, 모인 사람들마다 모두 이 원서를 한 권씩 가지고 있지 않은가! 어라라, 이게 무슨 조화람! 알고 봤더니 책에 푹 빠져버린 권사님께서 아예 원서를 사서 모두에게 선물하신 것이다.

이렇게 좋은 책을 소개해줘서 고맙다고 말씀하시는 권사님의 표정이 그렇게 밝고 기쁨에 차 있을 수 없었다. 칠십 평생을 사시면서 하시고 싶던 말씀, 풀리지 않던 매듭의 실마리들이 그 책 여기저기에 담겨 있더라는 서평이 이어졌고, 그날 말씀 중에 책의 내용이 여러 차례 인용되었다. 1만 원도 안 되는 책값으로 '대박'을 터뜨린 셈이다.

《주님은 나의 최고봉》은 하루에 한 페이지씩 읽으면서 1년 치의 묵상을 할 수 있게 만든 책이다. 챔버스가 쓴 원본과 현대식 영어로 개정한 책 두 종류가 있는데 나는 개정판을 권한다. 문제는 원서 구하기가 어렵고 가격이 비싸다는 것인데 충분히 값어치를 한다. 길지 않은 내용이지만 챔버스의 메시지는 쉬이 읽고 넘어갈 내용이 아님을 날마다 느낀다.

하나님께서 베풀어주시는 영혼의 양식이 되어주리라 기대하며 나는 하루하루 이 책을 읽는다. 그러나 책보다 더 중요한 것은 하나님의 말씀과 매일 동행하는 삶이란 것도 기억한다.

책 까마귀

나와 친한 집사님께서 내 싸이월드의 일촌 평에다가 '책 까마귀'란 닉네임을 남겨놓고 가셨다. 열왕기상 17장에서 선지자 엘리야가 아합 왕에게 하나님의 경고를 전달한 후 피신할 동안 먹을 것을 물어다 놓고 간 까마귀를 빗대어 표현한 것이다. 퍽 재치 있는 발상을 하셨다는 생각이 든다.

대학교 1학년 CMF 여름 수련회 때였다. 처음 수련회에 참석했던 나는, 수련회장 책 판매대에 진열된 수백 권의 책들과 찬양 테이프가 마냥 생소했다. 모태신앙인으로 주일 예배에 빠짐없이 출석하는 신앙의 범생인 척 했지만, 실상 이렇게 다양한 기독교 책들이 있다는 것도, 그런 책을 읽어야 한다는 것도 모르는 얼뜨기였기 때문이다.

그해 여름이 끝날 즈음, 내 수중에는 수련회에서 선배들이 선물해 준 십여 권의 책들이 있었다. 내 독서생활의 새로운 시작이었다. 물론 만화책이 주류를 이루긴 했지만, 초등학교 때부터 책 읽기를 좋아하는 습성은 가지고 있었다. 그리고 성경공부를 할 때도 참고 서적을 한두 권 스스로 훑어보는 게 여러모로 도움이 된다는 것을 예과 2학년 초쯤에 터득했다. 내가 속했던 성경공부 팀인 '스티그마'에서도 여러 책을 읽었기 때문에 나의 독서는 더욱 탄력이 붙었다.

본과에 들어가면서 '스티그마' 리더로 서게 되었는데, 의대 학사

일정으로는 주일 하루를 내는 것 자체가 전쟁이었다. 학교 CMF 모임에 성경공부 리더 훈련까지 받는다는 것은 도저히 무리였다. 그래서 나는 책으로 자습을 시작했다. 책의 여러 저자들은 '글'이라는 방식을 통해 나를 만나주었고 가르쳐주었다. 예과 시절, 조금씩 읽어가던 책들과 수련회에서 입수한 양서 정보, 수시로 들락거리던 서점 나들이 등이 바탕이 되어 적절한 저자와 책을 고르는 선책안(選册眼)이 생긴 덕이었다.

책 읽기의 첫 테이프를 선배들의 애정 어린 선물로 끊게 된 나는 자연히 책에 빚진 자가 되었다. 사랑의 빚을 갚기 위해 나는 책을 선물하기 시작했다. 적절한 책을 '맞춤 선물'하기 위해서는 책의 내용을 알아야 했다. 그저 베스트셀러니까 주는 건 예후(prognosis : 치료 등의 어떤 행위 후 일정 시간이 지난 뒤 환자의 반응과 결과를 판정하는 것)가 영 좋지 않았다.

한동안은 그 사람이 읽었으면 좋겠다는 책을 한 번에 여러 권씩 안겨주곤 했다. 재정도 만만치 않게 들었다. 하지만 여러 권을 준다고 다 효과가 있는 것도 아니었다. 필요한 책 한 권이 더 중요하다는 것이 나의 중간 평가였다. 이후로 책을 골라주는 내 기준은 '전반적으로 다루는(broad-spectrum)'에서 '터치가 필요한 곳을 선택적으로 다루는(narrow-spectrum)' 것으로 선회했다. 의대 혹은 병원 일에 종사하는 분들이라면 이 말뜻을 좀 더 잘 이해하시리라.

또 중요한 것은 하나님이 주시는 '확 당기는 때'를 무시하지 않는 것이다. 예를 들면 어떤 책을 볼 때 누군가가 떠오를 때가 있다. 또는 어떤 이를 만나다가 그에게 꼭 필요할 것 같은 책이 뇌리를 떠나지 않는 때도 있다. 이럴 때는 한 박자 늦추면서 이 강렬한 느낌이 과연 어디서 오는 것인지를 가려내야 한다. 그러나 일단 확신이 서면 책이 비싸든 말든, 그로 인해 내 일주일 생활이 궁핍의 극치를 달린다 해도 상관치 않는 용기가 필요하다. 필요한 사람에게 필요한 책(혹은 음반)이 흘러가는 것은 하나님의 뜻이 이 땅에 실현되게 하는 또 하나의 길이 된다고 생각한다.

보통 서점에 가면 40퍼센트는 내 책을 사고 60퍼센트 정도는 다른 사람에게 줄 책을 구입한다. 일 년 동안 다른 이들에게 흘러가는 책의 분량도 이제는 3백 권에 다다른다. 내 주머니는 늘 가볍다. 아마 나중에 결혼하면 아내로부터 엄청난 구조조정을 당할 것이다.

그러나 좋은 책에서 만났던 한 줄의 문장이 나의 내면을 온통 뒤흔들어 깨웠던 순간을 생각하면, 또 내가 전달했던 작은 책 한 권이 잠자고 있던 누군가의 영혼을 하나님께로 다시 향하게 했다는 그 값진 고백이 내 영혼에 돌려준 축복을 생각하면, 적자 계산서에 잠시 고민하던 내 머릿속엔 한 문장만 또렷해진다.

'그래, 이건 적자가 아니야. 남는 장사야.'

하나님께서 허락하신 이 땅에서 삶을 사는 동안, 영적으로 주리고 목마른 누군가에게 꼭 필요한 메시지들을 책으로, 삶으로 전하면서 살 수 있는 인생이 될 수 있기를 기도한다.

내과 중환자실 11번 침대

안산병원 ICU(중환자실) 11번 자리에 간경화, 간암 말기 환자 한 분이 있다. 지난 두 달 동안 간성혼수로 세 번이나 병원 신세를 졌고, 이번에는 가출 사흘 만에 자해로 혼수상태에 빠진 채 발견되어 응급실로 내원, 중환자실에서 치료 중인 K 아주머니(43세)였다. 아직 젊은 나이기에 간경화 환자 특유의 검고 거친 피부가 더 아쉬운 분이었다.

저녁 면회시간이었다. 환자 보호자들과 면담을 하다가 자리로 오니 K 아주머니가 울고 있었다. 아침에 배가 아프다고 했는데 빨리 조치를 안 해줘서 힘들었다면서 불평을 한다. 보호자인 남편과 딸에게 내일쯤 병실로 가면 따뜻하게 간병해주도록 당부하고 돌아서려는데 환자의 눈에 슬픔이 가득하다. 한편 미안한 마음이 들어서 침대에 걸터앉아 K 아주머니의 손을 잡았다.

"아주머니, 아침에는 그럴 수밖에 없었어요. 약이 들어갔는데 아프시지요. 많이 힘드신 거 왜 모르겠어요? 미안해요."

K 아주머니는 쉬이 잦아들 것 같지 않던 울먹거림 끝에 띄엄띄엄 자기 이야기를 시작했다. 아주머니가 젊었을 때부터 겪어야 했던 숱한 고생들. 남편의 이중적인 모습과 심한 의처증, 폭력, 철저한 경제 독점 등등. 결국 아주머니는 아이를 데리고 나와 살다가 간경화, 간암까지 걸리게 되었고 파출부 일을 하면서 모았던 돈은 병원비로 다 썼

다고 했다. 병원에서 보호자를 요구해서 할 수 없이 남편에게 연락했지만, 간암 혈관치료를 두 번 받고 집안 사정이 더 나빠진 데다 최근 간성혼수상태에 빠지자 남편으로부터 심한 냉대를 받았다고 했다. 정확하지는 않지만 인생을 마감할 마음을 먹고 자해를 한 것 같았다. 짧은 얘기였지만 그녀의 깊은 슬픔을 충분히 느낄 수 있었다.

"의사 선생님은 교회 다니시나요?"

갑자기 아주머니가 내 타이밍을 빼앗았다. 내가 그 말을 해야 할 순간인데…….

"아주머니는 하나님 믿으시나요?"

"제가 어떻게 믿겠어요. 죄가 너무 커서 안 돼요."

아주머니가 다른 병원에 입원했을 때 옆자리에 있던 재생불량성 빈혈 환자가 교회에 다니라고 권하더란다. 그리고 지난번에 입원했을 때는 옆자리 환자의 교회 목사님이 예수님을 설명해주시고 마지막에 예수님을 믿겠냐고 질문하시더란다. 하지만 그 질문에는 대답하지 못했다고 하신다.

'이 사람에게 하나님을 전해야 한다!'

내 마음이 흥분되기 시작했다.

전도할 때마다 느끼지만, 각 사람에게 맞는 지혜로운 말을 전하기는 정말 어렵다. 특히 의사는 간결한 몇 마디로 핵심을 집어내 말하는 요령이 필요하다. 활용할 수 있는 시간이 짧기 때문이다.

"성경은 가지고 계신가요?"

"그때 목사님이 가지고 오셨다는데 못 만나서 아직은 없어요."

시간이 벌써 50분을 넘어서고 있었다. 간호사들의 눈치도 있고 해서 다른 환자들 검사 결과를 확인한 다음 추가 오더를 내고 급히 병원 밖으로 뛰어나갔다. 기독서점을 향해서.

조용한 시간에 다시 K 아주머니께 갔다. 그분의 가슴에 성경을 놓아드렸다. 다행히 글씨가 커서 읽기에 적당하다고 하신다.

"어디부터 읽어야 하는 거죠?"

함께 사온 책을 얼른 아주머니께 보여드렸다.

"잘 모르시면 이 책이랑 같이 읽어보세요. 그리고 이 테이프도 들어보시고요."

나는 내 워크맨을 들고 와《최덕신 15 years》테이프를 들려드렸다.

환자 오더를 내면서 틈틈이 K 아주머니 모습을 유심히 살폈다. 테이프 속에 있는 가사를 하나하나 읽어가며 찬양을 듣고 있었다. 한 시간쯤 지나 K 아주머니께 갔다.

"주신 책은 읽어볼게요. 그렇게 성경 읽고 교회 가고 그러다 혹시 예수님이 때가 되어 부르시면 나도 신앙인이 될 수 있겠지요?"

이런, 지금 바로 잡아야겠군. 이제 나아가기만 하면 되는데…….

나는 영화 〈라이언 일병〉 얘기를 꺼냈다. 마지막 장면에서 톰 행크스가 라이언(맷 데이먼)에게 "잘 살아야 돼." 하며 숨을 거두고, 화면은 처음 장면으로 돌아가 그 라이언이 손자와 손녀를 데리고 상관의 묘지를 참배하며 이렇게 말하는 것으로 영화는 끝난다.

"당신의 그 이야기를 평생 기억하고 그대로 살려고 노력했어요."

정확한 대사는 아니지만 영화 속 그 장면은 크리스천이 왜 선하게 살아야 하는지 잘 나타내주고 있다.

"아주머니, 그러니까 그저 예수님께 나아가기만 하면 돼요. 아주머니가 어떻든 그분이 아주머니를 사랑하기로 결정하셨기 때문이에요. 탕자는 아버지의 사랑을 깨달아서 돌아온 게 아니라 그저 배가 고프고 비참해서 돌아왔을 뿐이죠. 하지만 하나님은 우리에게 고상한 동기를 요구하지 않으세요. 우리가 어떤 이기적인 이유로 아버지께 돌아온다 할지라도 하나님은 우리를 받아주세요. 그 사랑을 그냥 받아들이세요."

아주머니의 마음이 열리기 시작했다. 하나님을 영접하는 기도를 드리자고 말씀드리고, 아주머니와 나는 함께 기도했다. 기도하는 순간, 나는 계시록 3장 20절 말씀이 내 눈앞에 열리고 있음을 알았다.

"볼지어다. 내가 문 밖에 서서 두드리노니 누구든지 내 음성을 듣고 문을 열면 내가 그에게로 들어가 그와 더불어 먹고 그는 나와 더불어 먹으리라."

영접기도를 하는 그녀의 입에서 '아멘'의 고백이 흘러나왔다. 그 눈에서 참된 회개의 눈물이 비쳤다. 고려대학교 안산병원 내과 중환자실 11번 침대. 소망 없이 잦아들던 한 생명의 마음 문을 두드리시던 예수님께서 비로소 그 마음 가운데 들어가셔서 주인이 되셨다.

이보다 더 좋은 약은 없다

모처럼 조용해진 새벽, 응급실 한구석에서 QT를 하는 내 모습을 보고 있던 간호사 K와 말을 나누게 되었다. 응급실 근무 2년 남짓 되어 가는 그 자매는 응급실의 분위기가 원래 그래서인지, 아니면 다른 학교 출신이라 겪는 보이지 않는 차별 때문인지 모르지만 근무하면서 많은 스트레스를 받고 있었다. 신실한 크리스천을 만났다는 반가움에, 또 마침 그날이 생일이라는 소리를 듣고 찬양 테이프 하나를 선물해주었다. 돈 모엔의 《God with Us》였다.

며칠 후 휴가를 받고 고향 집에 다녀온 K 자매가 나를 만나자마자 던진 첫마디는 이것이었다.

"저는 하나님이 저를 버리셨다고 생각했어요. 그 테이프를 듣기 전까지."

K 자매는 회복되었고, 지금은 다른 많은 동료들을 위해 중보하며 믿음을 세우는 일에 매진하고 있다.

선배 한 분이 서울을 떠나 지방으로 가게 되었다. 별다른 지역적 연고나 인맥도 없이 하나님의 뜻에 순종하여 내딛은 한 걸음이었다. 선배의 어려움에 대해 나는 어렴풋이나마 느끼고 있었다. 《약속의 땅에도 기근은 오는가》를 읽고 있는데 계속 그 선배 생각이 났다.

'이 책을 그 선배에게 주면 좋겠는데. 많은 위로가 될 거야.'

선배에게 전화를 걸어 책을 소개하고 꼭 사서 읽을 것을 권해드렸다. 일주일 후, 선배와 함께 식사를 했다. 선배는 내가 권해드린 책을 읽고 많은 유익을 얻었고, 같은 고민에 빠져 있는 친구에게 그 책을 선물했다는 이야기를 들려주었다.

외과 중환자실(SICU)에서 중환자를 지켜야 하는 임무를 띠고 스테이션에 앉아 있다가 근무 중인 간호사 한 명과 대화를 했다. 학생 때부터 어떤 선교단체에서 활동했다던 그 자매는 그곳에서 생긴 갈등으로 인해 깊은 고민 중에 있었다. 나는 그 자매를 위해 기도하고 마음에 확신을 주는 찬양 테이프 하나를 빌려주었다. 돈 모엔의 《Rivers of Joy》였다. 나흘 뒤, 내가 빌려주었던 테이프가 책 한 권과 함께 돌아왔다. 그 책에는 편지가 들어 있었다.

"내 영혼이 가장 바닥에 있을 때, 하나님이 보내주신 종을 만나게 해주셔서 찬양을 통해 하나님의 말씀을 들었습니다. 저는 이 하나님을 믿어요. 저는 안구건조증으로 수년간 고생하고 있어요. 하지만 테이프를 들으면서 너무나 큰 감동으로 실컷 울 수 있었고, 울 수 있다는 것이 기뻐 또 울었어요."

편지를 받고도 별로 기분이 들뜨지 않았던 것은 내가 한 일이 없다는 것을 이젠 잘 알고 있기 때문일 것이다.

병원에서 일하면서 있었던 작은 사건들 중 일부를 적어놓았던 것은 결코 자랑하려는 것이 아니다. 이런 사건들은 내게 경이의 연속이었다. 하나님은 '이 일에도 이렇게 개입하시고 역사하셨구나.' 하는 것들을 내게 배우게 하시는 것이다.

의학 교과서에는 임상증상과 검사소견에 따라 어떤 진단과 치료를 행해야 하는지, 어떤 약을 어떤 방법(먹는 약, 정맥주사, 근육주사 등)으로 쓸 것인지가 나와 있다. 크리스천인 우리에게도 사용할 수 있는 치료의 방법들이 있다. 기도해줄 수 있고, 말씀을 전할 수 있고, 신앙서적이나 찬양 테이프를 전할 수도 있다. 각자 경험에 따른 처방이 있을 것이다. 성령께서 함께하실 때 그 방법은 그 상대에게 'Drug of Choice(치료에 최선의 선택이 되는 약)'가 될 수 있다. 당신도 다른 이들을 섬기거나 도우면서 경험했던 드라마틱한 순간들을 기억하지 않는가? 하나님만이 하실 수 있다.

이번 주말에도 신앙서적과 찬양 테이프를 구입해서 숙소에 갖다 놓았다. 적절한 주인들을 하나님께서 알려주시기를 기도했다. 이 무기들이 좌우에 날선 검이 되어, 전달받은 사람들의 심장을 찔러 쪼개는 '사건'이 일어나기를 기대하면서 말이다. 하나님의 도구로 사용되는 이 시간, 내겐 가장 기쁜 순간이다.

약속의 땅에도 기근은 오는가

하는 일이 늘 시간에 쫓기는 일이다 보니, 지금 내 신앙이 어느 위치에 있는지 인식하기 어렵다는 게 의사로서 근무하면서 가장 답답한 일이다. QT를 빼먹지 않고 한다고 하나님과의 관계가 바른 것일까? 늘 찬양 테이프를 듣고 찬양을 부른다고 과연 나의 영이 깨어 있을까? 스스로 돌이켜볼 때 그럭저럭 잘해나가고 있는 듯하지만 정말 잘하고 있는 것일까, 아니면 내 수준이 낮아서 잘하고 있다고 착각하는 것일까? 분별하기가 점점 어려워진다.

학생 때나 공동체 안에 있을 땐 좀 더 쉬웠다. 선후배들이 있었고, 나를 비추어볼 간사님들의 말씀이 있었다. 무릎 꿇고 하나님 앞에 나아갈 수 있는 준비된 공간과 시간이 있었다. 그러나 이젠 스스로 서야 할 때였다. 그 시기에 이 책을 만났다. 아브라함의 이야기가 그려진 김서택 목사님의 창세기 강해 설교 3권인《약속의 땅에도 기근은 오는가》였다. 아브라함은 적절한 시기에 만난, 내 믿음의 '본'이었다.

창세기를 알면 성경의 반 이상을 아는 것이나 다름없다고 한다. 그만큼 창세기에 깊은 의미가 담겨 있고 그 가운데 복음의 메시지가 숨어 있는 것이리라. 다수의 크리스천들에게 창세기는 어릴 때부터 수없이 들어온 익숙한 내용이라 쉽게 간과한다. 대학생 선교단체들이 처음에 다루는 부분이 창세기다. 그만큼 창세기의 내용은 기독교 신앙의 중요 근간을 이룬다. 창세기는 달라스 윌라드가 쓴 책의 제목처럼《하나님의 모략(Divine conspiracy)》이기 때문이다.

대학청년부와 선교단체의 소문을 통해 알려진 김서택 목사님의 창세기 강해 설교가 책으로 출판되었다는 소식을 듣고, 열 권의 책을 찾아 읽었다. 이 책들은 여느 강해서와 달랐다. 주일 설교를 직접 듣는 듯한 착각에 빠질 만큼 책 속의 생생한 메시지가 나를 사로잡았다. 전공의 과정에 있던 나는 새벽 두세 시에 잠자리에 들면서도 이 책을 하루 한 장씩 읽어가며 영적 회복의 귀한 시간을 누렸다.

이 책은 다른 책에서는 경험하지 못했던 '높이'를 제공했다. 나는 고공에서 보다 먼 곳을 바라볼 수 있었고, 구약에서 신약의 숨겨진 약속과 구원의 계획을 발견할 수 있었다. 더 이상 창세기는 흥미로운 옛 성경인물들의 '이야기'가 아니라 내 곁에 일어나는 '사건'이 되었다. 하나님 말씀에 사로잡힌다는 것이 무엇일까? 그것은 세상의 눈으로 볼 때 너무나 불안하고 비이성적인 판단에 따라 행동한다는 것을 의미한다. 그렇기에 나 역시 말씀에 사로잡혀 살기를 갈망하면서도 또 한편으론 그 불안한 위치를 걱정했다. 이 책은 그런 나에게 "걱정하지 말라."라며 어깨를 토닥여준다.

아브라함과 롯의 신앙을 보자. 롯 또한 하나님을 알고 있고 하나님을 믿는 신자임엔 틀림없으나 그의 신앙은 이성적 판단을 절대 벗어나지 않는 범위에서만 순종한다. 책을 읽으며 나는 생각했다. 내 신앙은 롯의 신앙인가, 아브라함의 신앙인가? 또 내 주위의 수많은 '롯'

들을 생각했다. 그들이 변해야 하는데……. 우리가 보아야 할 것은 눈에 보이는 풍요가 아니라 하나님의 약속인데……. 마음이 아파왔다. 수많은 타협 속에 살고 있는 내게 이 책은 귀한 도전이요, 격려였다.

죽음과 싸우고 있던 백혈병 환자에게 창세기 강해 설교 5권인 《죽음의 한계를 넘어선 신앙》을 선물했다. 책을 전하면서 그 환자에게 말했다.

"선생님의 병을 낫게 하실 분은 하나님이십니다. 제가 기도하는 것은 병이 낫는 것보다 선생님이 주어진 곡을 최선을 다해 연주하고 나서, 성도들과 천사들의 우레 같은 갈채를 받으며 무대에서 내려가는 것입니다."

그 환자는 나의 마음을 이해하고 지금까지 강건하게 투병생활을 하고 있다.

이동명

_회사원

3.1절이었다. 우리 야고보 반은 안수현 선생님과 함께 영화를 봤다. 괜찮은 커피숍이 광화문에 있다기에 그쪽으로 걸어가면서 1907년 평양 대부흥과 그때 우리나라에 오신 선교사들 이야기를 나누었다. 나는 얼마 전 서점에서 봤던《닥터 홀의 조선회상》이란 책에 대해 선생님께 여쭤봤다. 선생님은 고려대학교 의대와도 관련이 있는 책이라고 하면서 책과 저자에 대한 이런저런 얘기를 해주셨다.

커피숍에서 커피를 마시며 케이크를 먹고 있는데 선생님이 나가시더니 한참이 지나도 오시지 않으셨다. 화장실에 오래 계시나 보다 했는데, 들어오시는 선생님 손에 책 두 권이 들려 있었다. 두 권 다 생일을 맞은 제자들을 위한 선물이었다. 그중 한 권이《닥터 홀의 조선회상》이었다. 그 책에 대해 이야기한 게 불과 몇 분 전이었는데 그 책을 생일선물로 받게 된 나는 너무 큰 감동을 받았다. 제자의 필요를 즉각적으로 채워주는 선생님이 너무 멋져 보였다. 지금도 책꽂이에 꽂혀 있는 그 책을 볼 때마다 그때 그 장소와 느낌이 새록새록 떠오른다.

4장

보이 소프라노였던 소년

"어쩌다 나팔소리가 귀에 들리든가 무슨 음악소리가 귓전을 스치기만 해도 모두들 일제히 멈춰 서서 그 사나운 눈초리가 온순한 눈빛으로 변하지 않던가요. 그게 바로 아름다운 음악의 힘이오. (……) 마음속에 음악이 없는 사람, 아름다운 조화에 감동하지 못하는 사람, 그런 사람이란 배신이나 음모, 강도질밖엔 하지 못하는 인간이라오. (……) 그런 자를 믿어선 안 되오. 자, 음악을 들어봐요."

"어쩌다 나팔소리가 귀에 들리든가
무슨 음악소리가 귓전을 스치기만 해도
모두들 일제히 멈춰 서서 그 사나운 눈초리가
온순한 눈빛으로 변하지 않던가요.
그게 바로 아름다운 음악의 힘이오. (……) 마음속에
음악이 없는 사람, 아름다운 조화에 감동하지 못하는
사람, 그런 사람이란 배신이나 음모, 강도질밖엔
하지 못하는 인간이라오. (……) 그런 자를 믿어선
안 되오. 자, 음악을 들어봐요."

_셰익스피어, 《베니스의 상인》 5막 1장, 로렌조의 대사

보이 소프라노였던 소년

1990년, 대성학원 재수생 반은 우중충했습니다. 대입에 실패한 재수생들의 정서는 어딘지 메마르고 불안했습니다. 그 가운데 유난히 '멀쩡해 보이는 얼굴'로 매번 도시락을 앞에 두고 기도를 하는 학생이 있었습니다. 더 특이한 것은 그의 플라스틱 파일엔 클래식 음악 테이프가 열 몇 개씩 꽉 차 있다는 것이었습니다. 그는 쉬는 시간마다 파일에 든 클래식 테이프를 하나씩 꺼내 음악을 들었습니다. 저러고도 공부가 될까 싶지만, 그의 성적은 좋았습니다. 그는 안수현이었습니다.

같은 반이던 온석훈(현 한림대 성심병원 재활의학과 교수)은 그가 좋아 보였습니다. 팝송이 아닌 클래식을 듣는 것과 대놓고 기도하는 모습이 신선했습니다. 예수님을 믿는다고 해서 아무나 그런 모습을 보여주는 건 아니었습니다. 교회를 다니다 말다 했던 그에게 짝이 된 안수현이 전도를 했습니다. 자기는 A. J. 크로닌의 《성채》를 읽고 의사가 되기로 결심했다며, 나중에 의대에 진학하면 반드시 기독의사들의 모임인 CMF에 들어가겠다는 얘기도 했습니다. 마음속으로는 의대를 지망했지만, 드러내놓고 말은 못하던 온석훈은 수현의 말을 마음에 새겨놓았습니다.

그 후 수현과는 다른 의대에 진학한 온석훈은 CMF에 들어갔고 수련회에서 예수님을 정식으로 영접했습니다. 우연히 자신이 신앙을 갖게 된 계기가 재수시절 만났던 안수현의 신실한 모습 때문이었다는 걸 간증했고, 이를 들은 고려대학교 의대생들이 수현 형제에게 알려 두 사람은 다시 만나게 되었습니다. 본과 1학년 때 예수님 안에서 다시 만난 두 사람은 진짜 친한 친구가 되었습니다.

어린 시절 통통하고 귀여웠던 수현은 영락교회 안봉순 장로와 한효순 권사의 막내로 태어났습니다. 늦둥이인 수현을 어머니가 '우리 요셉이' 하고 예뻐하면, 형제들은 "수현이가 요셉이면 우린 뭐야, 나쁜 형제들인가?" 하고 볼멘소리를 했습니다. 그러나 누나들은 가족의 기쁨조인 수현을 넘치게 사랑했습니다. 그렇게 받은 사랑이 그로 하여금 사랑이 풍성한 청년이 되게 했을 것입니다.

누나들이 피아노와 성악을 전공해서 그런지 그 역시 노래를 잘했습니다. 바이올린을 배우고 싶어 했지만 형편이 따라주지 않았습니다. 수현의 사당초등학교 친구들은 그가 천상의 목소리 알레드 존스와 같은 보이 소프라노를 거쳐 성악가가 될 줄로 알았습니다.

중학생이 되어 뒤늦게 변성이 시작되자 수현은 노래를 부르기보다는 팝송 듣기에 심취했습니다. 빌보드차트에 상위 랭크된 최신 외국 가요들을 테이프에 녹음해서 친구들과 같이 듣기도 했고, 영어가사를 번역하기도 했습니다. 이때부터 쌓인 영어실력이 나중에 외국의 현대 기독교 찬양 곡들을 소개하는 일을 할 때 큰 도움이 되었습니다.

영락고교 시절에는 부모님 몰래 음악회에 드나들었습니다. 그는 음악회가 끝나면 무대 뒤로 가서 연주자들, 지휘자들을 만나 이야기를 나누고 함께 사진을 찍었습니다. 그의 앨범에는 지휘자 정명훈과 외국의 유명 연주자들과 같이 찍은 사진들이 여러 장 붙어 있습니다. 그는 점점 클래식 마니아가 되어갔습니다.

본격적으로 의사 생활을 하면서 수현의 클래식 음악 감상은 취미를 넘어서 개성 있는 음악리뷰를 쓰는 전문가 수준에 이르렀습니다. 크리스천 내과의사만의 독특한 시각으로 음악과 연주자들을 소개했고, 기독교 신앙이 없는 사람들과 벽을 허물고 소통할 수 있는 도구로써 클래식 음악을 활용했습니다. 그가 일하는 곳에는 언제나 잔잔한 음악이 흘렀습니다. 보통은 찬양 곡이었지만 듣기 쉬운 클래식 음악도 있었습니다.

"그 음악 슈베르트의 아르페지오 소나타지요?"

지나던 사람들이 발을 멈추고 물어옵니다.

"이 음악 좋아하세요?"

"첼로 음악은 다 좋아해요."

"아! 그럼 이거 한번 들어보세요. 로스트로포비치가 연주한 곡이에요."

수현은 쉽고 아름다운 클래식 곡들을 CD에 담아서 사람들에게 선물했습니다. 그 덕분에 많은 동료들이 클래식에 입문했습니다. 또 수현의 선물을 계기로 하나님을 믿게 된 영혼들도 있습니다.

의사란 육체적으로 힘들고 정신적으로 무미건조해지기 쉬운 직업입니다. 아픈 사람들을 하루 종일 돌봐야 하고, 때로는 생사의 갈림길이 촌각에 달린 환자들을 대해야 하는 극한 상황이 오기도 합니다. 그러다 보니 자신도 모르는 사이에 인간성이 메마를 수 있습니다. 클래식 음악은 스트레스가 많은 의사생활에 활력을 공급해주었습니다.

그가 존경했던 완벽한 지휘자 므라빈스키는 "음악 없이 살아간다는 것은 행복을 저버리는 일이다. 나는 음악이 가지고 있는 초월적인 힘을 굳게 믿는다."라고 했습니다. 그러나 수현은 클래식 음악을 들으며 음악이 주는 행복을 누렸지만, 초월적인 힘은 결국 하나님께 올리는 찬양에서 찾게 되었습니다. ●

코러스의 추억

내가 음악에 소질이 있다는 걸 초등학교 5학년 때 발견했다. 3학년 때부터 교회 성가대에 있었지만 유달리 노래를 잘하는 것은 아니었다. 그런데 소년부 성가대 지휘자로 새로 오신 장세완 선생님(현 숭실대 교수, 당시 연세대 성악과 학생)을 만나면서 음악에 소질이 있음을 알게 되었다. 선생님은 파트를 정하기 위한 오디션을 보셨다. 교회 교육관 3층 소박한 성가대 연습실, 몸집이 좋아서 청바지가 꽉 끼던 장 선생님은 피아노 건반을 두드리셨고, 우리에게 '도레미'를 발성하게 하셨다. 내 차례가 되었다. 고음을 내는 것이 의외로 수월했고, 그걸 보신 선생님은 계속 반음계씩 올리셨다. "소프라노!" 하고 내 파트를 정해주셨다. 비로소 그때 알았다. 내가 고음을 잘 낼 수 있다는 것을.

그때부터 중학교 3학년까지 나는 음악적 전성기를 맞았다. 남아 있는 녹음 테이프가 없어서 과장처럼 들릴지 몰라도, 교회 성가대에서 솔로와 헌금 송을 수시로 맡으면서 확실한 보이 소프라노로 자리매김했다.

프랑스 영화 〈코러스(Les Choristes)〉를 보고 중학교 시절 추억이 떠올라 한참 기억의 주변에서 서성였다. 주인공인 음악 선생님과 솔리스트 모항주의 이야기는 중학교 시절 내 추억과 완전히 똑같지는 않지만 감정이입하기에는 충분했다.

나는 영화 속 주인공 모항주처럼 우수에 찬 눈빛을 가지지도 않았고, 그다지 호감 가는 마스크도 아니었다. 중학교 2학년 때 내 키는 157센티미터에 불과했고 통통한 체구였다. 부모님으로부터 공부 안 하고 놀아서 살만 찐다는 핀잔을 듣기 일쑤였다. 그때의 나는 그저 '노래 잘 부르는 애'였다. 오랜만에 만난 중학교 동창들 중에는 내가 나중에 성악을 전공할 줄 알았다는 애들도 꽤 된다. 나는 교회나 학교에서 인기가 많은 주류가 아니었다. 주류에서 한 발짝 떨어져 있는 비주류였다.

이런저런 음악회에 발걸음을 시작한 것은 초등학교 4~5학년 즈음이다. 세종문화회관 대강당이나 국립극장 대극장 안에 들어서는 것만으로도 내 가슴은 뛰었다. 점차 묘한 긴장과 흥분이 감도는 연주회장의 분위기를 즐기게 되었다. 연말에 있는 메시아 연주회 때는 악보를 들고 가서 눈으로 따라가며 연주를 듣기도 했다. 작은 누님이 성악을 전공한 찬양대원이라 집에는 악보가 꽤 있었다. 어려운 집안사정으로 1년밖에 살지 못했지만, 널찍했던 남현동 집에서 가장 기억에 남는 일은 하교 후 전축 앞에 앉아 개신교 백주년 기념 성가 곡 전집 LP판을 듣고 멜로디를 피아노로 짚어보며 노래를 불렀던 것이다. 음악을 사랑했지만, 음악을 전공하겠다는 생각은 하지 않았다. 이미 그때, '누리되 매이지 않겠다.'라는 생각을 어렴풋이 했던 것 같다.

중학교 1학년 때 음악선생님이 담임선생님이 되었다. 대통령 이름과 같아서 '각하'라는 별명을 가졌던 박정희 선생님은 지금까지도 연락을 드리며 찾아뵙는 은사님이시다. 음악을 좋아하고 노래를 잘하는 반장과 음악 담임선생님은 찰떡궁합이었다. 선생님은 학교에서 만나는 또 다른 어머니셨다.

반장을 맡았지만 반 친구들 통솔에는 영 은사가 없었다. 음악시간과 특활시간의 합창단이 내게 가장 특별했다. 가끔 선생님께서는 나에게 한국 가곡을 부르도록 시키시고 당신은 반주를 하시면서 그걸 녹음하셨다. '별', '선구자', '4월의 노래', '님이 오시는가' 등등. 그렇게 녹음했던 노래를 한 달에 한 번, 음악조회 때마다 전교생이 따라 부르게 하셨다. 반별 리듬체조 경연대회에서 전교생 앞에서 노래했던 적도 있고, 미림여고 강당에서 학교 대표로 노래했던 기억도 어렴풋이 난다.

중학교 3학년 늦여름, 변성기를 남들보다 한참 늦게 겪으면서 하이 C까지 올라가던 목소리가 굵게 변했다. 음감과 초견 실력은 남아 있었지만 음성은 보통 남학생이 되었다. 어차피 성악을 전공할 생각이 없었던 터라 별 아쉬움은 없었다. 중학교 시절, 음악과 더불어 지냈던 시간은 참 행복했다.

영화 〈코러스〉를 보며, 자신이 쓴 곡에 몰입하여 노래 부르는 아이들과 하나가 되는 마티유 선생님의 모습 속에 박정희 선생님의 모습이 비쳤다. 음악을 평생에 둘도 없는 친구로 삼게 된 내 모습도 겹쳐져 어른거렸다. 마티유 선생님은 전쟁의 후유증을 단단히 앓고 있는 말썽꾸러기 아이들에게 음악을 통해 삶의 의미와 생기를 불어넣어 준 것이다.

박정희 선생님께 전화를 드렸다. 이제 환갑을 바라보는 나이지만 아직도 매주 화요일 부부합창단 연습에 빠짐없이 참석하신다며 예나 다름없는 활기찬 음성을 들려주셨다. 나도 너스레를 떨며 영화를 한 편 보여드리고 싶으니 시간을 내주십사 부탁을 드렸다. 올해는 꼭 장가를 가라는 걱정 아닌 걱정—여전히 어머니 같으신 반응—을 하시면서도 제자의 영화 초대가 반가우셨는지 조만간 시간을 맞춰보신다고 하셨다. 함께 영화를 보고 나서 선생님께 말씀드리고 싶다. 선생님 덕에 음악을 평생지기로 누리며 살게 된 또 한 명의 증인이 여기 있다고 말이다.

카르미나 부라나

고등학교 1학년 즈음이었다. 찬양 연습을 갔다가 당시 대우합창단 단원이셨던 지휘자 선생님께서 마침 좋은 음악회가 있다며 몇몇 대원을 데려가 주셨다. 독일의 칼 오르프(Carl Orff) 합창단 공연이었다. 음악회를 여러 번 들락거렸지만 해외 연주자들의 공연현장은 처음이었다. 칼 오르프가 누군지도 몰랐고, 그날 레퍼토리가 뭔지도 몰랐다. 하지만 공연이 시작되자마자 세종문화회관 대강당을 가득 메운 '오

운명의 여신이여(O Fortuna)'의 원초적 합성은 낯설지 않은 선율이었다. 합창단과 함께 온 관현악단의 강렬한 리듬은 원시적이고 형이상학적인 멜로디와 맞물려 나의 머릿속에 깊이 각인되었다. 나와 '카르미나 부라나(Carmina Burana)'의 첫 만남이었다.

대학생활이 시작되면서 내 클래식 세계도 급물살을 타기 시작했다. 도시락을 싸가지고 다니며 절약한 용돈으로, 눈여겨보았던 음반들을 CD로 업그레이드 했고 클래식 잡지들을 샅샅이 섭렵하며 각 곡에 대한 기준이 될 만한 음반들을 찾아 나섰다. 다양한 사람들이 저마다 기준을 가지고 명반을 추천하기에 추천 음반은 일치하기 어려운데 유독 어떤 음반에 대한 평가는 의견이 하나로 수렴되는 경우가 있다. '카르미나 부라나'가 그런 경우였다. 많은 전문가들이 오이겐 요훔(Eugen Jochum)의 1968년 음반(DG)을 첫째로 손꼽았다. 이미 나는 재수시절 이 음반을 테이프로 들으며 곡의 진가를 충분히 맛보았고 CD로 수입되기를 손꼽아 기다리는 중이었다.

다행히 음반이 국내에 라이선스 되면서 구하기는 손쉬워졌다. 그런데 이번에는 내가 음반 구입하기를 미루다가 몇 주 전 다른 음반을 대신 구입하게 되었다. 매스컴의 선전 탓이었을까? 사이먼 래틀(Simon Rattle)이 이끄는 베를린 필하모닉의 2004년 송년음악회 실황녹음이 매력으로 작용했다. 유례없이 발 빠른 발매에 레퍼토리의 시의적절함과 현장의 열기가 잘 살아있지 않을까, 하는 예상에 마음이 동했던 것이다. 어느 잡지에서 본 래틀의 열정적인 지휘 모습도 한몫했다. 요훔의 명반은 그만 뒤로 밀려버렸다.

카랑카랑한 유희의 노래 '카르미나 부라나'는 '카툴리 카르미나(Catuli Carmina)'와 '아프로디테의 승리(Trionfo di Afrodite)'와 연결성을 가지는 3부작의 첫 작품에 해당하는 합창곡이다. 라틴어 가사는 1803년 뮌헨 근교 수도원에서 발견된 '보이에른의 노래' 필사본에서 오르프가 직접 선택한 24편의 시가 텍스트이다. 13세기에 제작된 것으로 추정되는 이 노래는 음유시인과 어릿광대들의 노래에서 비롯된 것으로, 전체적으로 향락주의적인 탐닉을 묘사하고 있다. 첫 곡 '오 운명의 여신이여(O Fortuna)'가 여러 영화와 CF의 효과음악으로 알려졌듯, 이 합창곡은 어느 고대제국의 장엄한 종교의식을 그린 영화의 배경음악으로 적격일 것 같다. 영화 〈이집트 왕자〉나 〈피라미드의 저주〉 등이 연상되어 피식 웃음이 났다.

하지만 음반을 들으면서 아차 싶었다. 구입을 미뤘던 요훔의 음반과 비교해볼 때 독창자들의 차이, 정확히 말하자면 바리톤 디트리히 피셔 디스카우(Dietrich Fischer-Dieskau)의 존재 여부가 주는 차이였다. 독창자들을 신인으로 대거 기용한 래틀의 생각이 무엇인지 알 수 없으나 바리톤에서 현격한 차이가 나는 것은 어쩔 수 없었다. 그건 크리스티안 게르하어(Christian Gerhaher)가 부족해서가 아니라 디스카우의 한 치의 빈틈도 용납하지 않는 완벽함 때문일 것이다. 이에 비해 소프라노 샐리 매튜스(Sally Matthews)와 테너인 로렌스 브라운리(Lawrence Brownlee)는 기대 이상의 호연을 보여준다. 브라운리는 흑인이 드문 남성 성악 계에서 앞으로의 활동이 기대된다. 베를린 필의 치고 빠지는 다이내믹함과 웅장함은 최신 녹음기술의 도움과 어우러져 요흠의 음반 이상의 만족을 준다. 끝으로 굳이 덧붙이자면, 간간히 일시적으로 멈칫거리는 래틀의 지휘는 2퍼센트 아쉬움으로 남는다. 좀 더 활기차게 밀어붙였으면 어땠을까?

"이번 공연에서 래틀의 공로는 이 곡이 베토벤의 '합창 교향곡'과 함께 연말을 장식할 레퍼토리로 자리매김하게 했다는 점"이라는 어느 평론가의 의견에 전적으로 동의한다. 이번 공연에서 곡마다 바뀌는 원색적 조명이 그야말로 일품이었다는 소문은 DVD가 나오면 확인할 수 있을 것이다. 하지만 나는 아무래도 디스카우의 절창(絶唱)이 다시 듣고 싶다. 오늘 질러봐야겠다.

명반
masterpiece

지난 주말, 클래식음반 매장에 들러 몇몇 클래식 신보를 구했다. 가장 흥미 있었던 음반은 이안 보스트리지의 《겨울여행(Winterreise)》과 안네 소피 무터의 차이코프스키 · 코른골트(Korngold) 바이올린 협주곡이었다. 거기에 올해 가장 좋아하는 성악가가 된 토마스 크바스토프(Thomas Quasthoff)의 바흐 칸타타 신보와 조지 셀(George Szell)이 지휘하는 드보르작 교향곡 7, 8, 9번이 2CD로 재수입된 것도 반가움을 더해주었다. 결국 주머니를 털어 음반을 샀다.

조지 셸의 음반을 제외한다면, 언급한 음반들은 하나의 공통점을 가지고 있다. 바로 그 곡에 대한 탁월한 명반(masterpiece)이 이미 존재하며, 이름 있는 연주자라면 누구나 한 번씩은 도전해 보는 레퍼토리라는 점이다. 대가의 반열에 선 이들로서도 비평가들의 따가운 시선을 충분히 의식했을 것이고, 그만큼 많은 준비와 내면화를 거쳐 녹음에 임했으리라는 것은 짐작하기에 어렵지 않다. 《겨울여행》 음반 속지에 담긴 소개 글에는 여타 전문가가 아닌 보스트리지 자신의 변(辯)이 담겨 있음이 좋은 예이다. 옥스퍼드 대학에서 역사학 박사과정을 마친 후 뒤늦게 성악가의 길로 접어든 그에게 역사적 근거에 의거한 음악 만들기는 당연한 귀결이 아니겠는가?

음반을 사기 전, 몇몇 잡지에 나온 비평가들의 평을 읽어보았다. 예상대로 양분되어 있었다. 음반사에서 광고에 인용한 평은 너무 호의적이었고, 고매하신 비평가들의 평은 당혹감은 아니어도 어느 정도의 문제를 제기하고 있었다. 음반을 한 장 한 장 꺼내 들으면서, 나는 어느 편인가 하는 생각을 했다.

보스트리지의 《겨울여행》은 확실히 밝다. 높은 음조와 보스트리지의 미성은 그동안 이 곡에 깊이 배어 있던 잿빛 정서를 걸러내고 그 공백을 어느 맑은 겨울날의 차가운 아름다움으로 바꿔놓았다. 정제되었으나 약간은 불안정한, 새로운 겨울 나그네를 만난 것은 비평가의 근거 있는 지적과는 별개로 반가운 일이다.

안네 소피 무터의 차이코프스키 바이올린 협주곡 역시 남편 앙드레 프레빈과 새롭게 녹음한 음반인데, 이전의 시벨리우스 협주곡이 기대 이상의 명연주였기에 기대감이 컸다. 예전 카라얀과 협연했을 때는 카라얀이 협주곡의 중심이었다면, 이번 협주곡에서는 단연 소피 무터가 중심이다. 음색과 주법에 있어 한결 도드라지고 자신감이 넘친다. 이제 소피 무터를 외모로 한몫 보는 연주자들과 같은 부류로 판단하는 오류를 범해서는 안 될 것이라는 확신이 선다. 그렇다고 이 음반을 차이코프스키 협주곡의 최고 명반으로 인정하는 것은 아니다.

클래식 음악을 들을 때 좋은 음반을 골라야 한다는 것은 클래식을 이해하는 데 굉장히 중요한 부분이라고 생각한다. 같은 곡이라도 연주자에 따라 하늘과 땅 만큼이나 큰 차이가 나는 것을 여러 번 경험했기 때문이다. 명반을 소개한 책을 사서 읽으면서 선배들의 조언을 듣고, 각자 기준에 의거해 나름대로 명반 목록을 채워가기도 한다. 나는 카라얀처럼 거의 모든 레퍼토리를 기본 수준 이상 정도로 녹음을 남긴 연주자보다 소수의 결정적 명반을 남긴 이들을 더 선호한다. 넓이보다 깊이를, 양보다 질에 무게를 둔다는 말이 될 것 같다.

과연 명반이란 무엇일까? 작곡자의 의도를 가장 잘 표현해낸 연주를 말하는 것일까? 연주자가 혼신을 다해 그의 최고 기량을 보여준 연주를 말하는 것일까? 아니면 작곡 당시의 시대상황과 연주기법을 가장 잘 재현한 연주일까? 또는 리파티의 브장송 페스티벌 실황이나 쿠벨릭의 모국에서의 '몰다우' 녹음처럼 뭔가 극적인 상황이 개입된 녹음일까?

우린 어느새 어떤 곡에 대해 단 하나의 명반이 존재한다는 착각을 한다. 그러나 단 한 장의 명반이 존재한다면 그 나머지 음반과 음악가들의 수고와 노력은 모두 의미 없는 하나의 몸짓일 뿐이란 말인가? 교회찬양대나 찬양 팀, 혹은 속해 있는 밴드에서 갖은 고생을 해가며 소화해냈던 그 노래를 다른 유명 가수나 팀에서 부르는 걸 들었을 때 그 감동이 때로는 기대에 훨씬 못 미칠 때가 있다. 흠잡을 데 없이 완벽한 녹음에서조차 말이다.

소수의 명반을 남긴 거장들이 공통적으로 시달렸던 고통은 완벽을 향한 지독한 자기성찰이었다. 므라빈스키는 자신의 대표적 레퍼토리인 차이코프스키 교향곡 5번을 연주하는 데 무려 150회 이상의 풀리허설 기록을 남기고 있다. 클라이버는 연주가 있기 몇 주 전부터 감정적으로 기복이 아주 심하고 사소한 일에도 극도로 예민했다고 한다. 그들이 사랑하고 그들의 존재를 규정지은 음악이 역설적으로 그들을 옭아맨 것이다.

어제 새 음반들을 감상하면서 나는 좋은 음반에 대한 스스로의 정의를 확대하기로 했다. 그것은 내가 듣던 음반보다 더 나은 연주 실력과 곡 해석뿐만 아니라, 다른 연주를 통해서는 미처 듣지 못했던 디테일한 부분을 새롭게 알게 해주는, 다시 말해 '새 노래를 들려주는' 연주에 대해서도 명반이란 의미를 부여하기로 했다. 그런 면에서 어제 내가 구입한 음반들은 모두 만족스러운 선택이었다.

그것은 우리네 삶에도 마찬가지 아닐까? 우린 너무 많은 사람들에게 최고의 작품으로 인정받기 위해 안달한다. 하지만 심원(深遠)한 감동은 완벽한 사람보다는 오히려 연약함 가운데 삶의 아름다움을 잔잔히 보여주는 이들에게서 넉넉히 흘러나오지 않는가. 비움 가운데 더 큰 채움의 은혜가 임한다는 사실을 우리는 종종 잊고 산다.

하나님이 우리를 어느 한 명 똑같은 사람이 없는 독특한 인격으로 창조하신 데는 각자에게 맡겨진 삶의 노래를 온몸으로 연주해보라는 뜻이 있다. 그것은 서로 누가 더 나은가를 가리는 경쟁의 문제가 아니다. 각 사람만이 고유하게 낼 수 있는 그 아름다운 소리, 그 숨겨진 멜로디를 누가 들려줄 것인가의 문제이다.

삶이 거창하지 않아도, 섬기는 일이 주목받지 않아도 된다. 너무 웅장한 곡은 쉬이 피곤해지기도 하는 법이다. 찬양 곡의 가사 한 구절이 이런 생각을 잘 요약해준다.

“저 높이 솟은 산이 되기보다 여기 오름직한 동산이 되길”

믿을 만한 권고안,
펭귄 가이드북

클래식에 문외한이었을 때는 왜 같은 곡에 이리도 많은 음반이 있는

지 이해하기 어려웠다. 클래식에 입문하면서 가장 먼저 깨달은 것은 같은 곡이라도 누가 어떻게 곡을 해석해 들려주느냐에 따라 엄청난 차이가 난다는 것이었다. 그걸 처음 알게 해준 이는 레닌그라드 필하모닉 오케스트라(현 페테르부르그 필하모닉)의 지휘자 므라빈스키(Evgenii Mravinskii)였다. TV 프로그램에서 배경음악으로 으레 쓰이는 글린카의 '루슬란과 루드밀라 서곡'을 숨 막히는 템포와 완벽한 합주력으로 들려주는데, 얼마나 큰 충격을 받았는지 모른다. 이후 재수생활을 거쳐 대학에 입학하면서 나의 클래식 여정이 본격적으로 시작되었다.

하지만 용돈 받아 생활하는 가난한 대학생 주머니 사정이야 빤한데 음악 좋아한다고 닥치는 대로 아무 음반이나 덥석 살 수는 없는 노릇. 일주일 점심 값을 아껴 고민 끝에 CD 한 장을 사들고 집으로 향하곤 했다. 그 덕에 나의 의예과 생활 2년 동안 점심은 늘 도시락이었다. 예과 2학년 때는 식구들 모르게 아르바이트를 해서 매달 10만 원 정도를 음반 구입에 쓰게 되어 그나마 숨통이 트였다. 이렇게 어렵사리 구하는 CD인데 별로면 정말 우울했다.

CD는 테이프의 서너 배 값을 하므로 그 정도의 가치는 더 있어야 한다는 생각을 했다. 좋은 CD를 고르기 위한 기준이 필요했다. 클래식에 발을 들여놓는 보통 사람들, 재정적 여유가 넉넉하지 못한 이들이 하는 공통된 고민일 것이다. 다행히 이런 고민을 상당 부분 덜어줄 책이 있는데 그중 대표적인 것이 《펭귄 가이드북》이다.

대학교 1학년 여름방학 때 모 신문사에서 주관하는 컴퓨터 강좌를 수강했다. 아침 일찍 가서 듣기는 했는데 뭘 배웠는지 기억이 안 난다. 하지만 어느 날 아침, 눈이 번쩍 뜨이는 '사건'이 있었다. 일찍 신문사에 도착해서 우연히 어떤 방에 들어갔다가 캐비닛 위에 버려진 클래식 음악잡지 과월호 더미를 발견한 것이다. 열다섯 권쯤 되었다. 냉큼 집어 들고 와서 사흘 밤낮을 샅샅이 읽었던 기억이 난다. 작곡가들 이야기, 음반 소개, 음악 칼럼 등을 정신없이 머릿속에 집어넣었다. 평론가들의 공통된 추천을 받은 음반들이 우선적으로 리스트에 차곡차곡 정리되기 시작했고, 클래식 감상의 중요 골격을 갖추게 되었다. 차츰 귀도 트이게 되어 나름대로의 식견을 가지고 음반을 고르게 되었으니 과월호 잡지들이 내게 기여한 바는 매우 컸다고 할 수 있다.

안동림 교수의《이 한 장의 명반》은 90년대를 풍미한 국내음반 가이드북이다. 안 교수님이 약간 과거 취향의 음반을 선호한다는 아쉬움을 빼고 나면 그래도 좋은 책이라고 생각한다. 이 책을 통해 푸르트뱅글러의 명반들과 디누 리파티의 가슴 아린 사연을 알게 되었다. 최근에는 정신과 의사면서 클래식 전문매장 '풍월당' 주인장인 박종호 씨의《내가 사랑하는 클래식》을 꼽을 수 있겠다. 비단 음악 해설이나 음반 비교 감상에만 머물지 않고 발품을 부지런히 팔면서 축적된 유럽의 명소들과 작곡가 이야기, 본인의 에피소드와 심도 있는 곡 해설이 독자의 눈길을 잡아끈다. 덕분에 한동안 식어 있던 클래식에 대한 열기가 다시 피어오르게 되었으니, 나중에 박 선생님을 만나면 책임을 지시라고 따질까 고민 중이다.

대학병원에 가보면 꾀죄죄한 모습으로 환자들 돌보기에 여념 없는 주치의들을 쉽게 마주칠 수 있다. 원래는 분명 흰색이었을 가운엔 보통 핏자국이나 베타딘(Betadine : 살균소독제)이 여기저기 묻어 있다. 위쪽 호주머니에는 펜을 잔뜩 꽂아놓아서 이름이 잘 보이지도 않고, 아래쪽 주머니 양쪽에는 정체 모를 수첩과 유인물로 그득하다. 내과의사라면 보통 워싱턴 매뉴얼이나 소속 과에서 만든 매뉴얼, 또는 항생제 사용에 관한 소책자(샌포드 가이드)가 들어 있을 것이다. 두꺼운 텍스트북을 들춰볼 짬이라곤 없을 주치의들에게 이 호주머니 속의 책자들은 정말 유용한 자료다. 적어도 이 포켓북을 제대로 찾아본 다음에 약을 처방했다면 다음날 교수님으로부터 이 약을 왜 썼냐고 혼나지는 않을 테니까. 아, 물론 이 책자들이 말해주는 것은 현 시점에서의 믿을 만한 권고안(guideline)이지 '반드시 이렇게 해야 한다'라는 절대적 결론은 아니다.

두 손이 전하는 희망 메시지

2005년 6월 1일, 서울에서 있었던 레온 플라이셔(Leon Fleisher)의 독주회에는 국내의 유명 피아니스트들과 음대 교수들이 유난히 눈에 많이 띄었다. 그의 가르침을 받았거나 영향을 받은 피아니스트들이 국내에 이렇게 많았구나, 하는 것을 피부로 느낄 수 있었다. 연주회의 막을 여는 두 곡은 바흐의 '인간 소망의 기쁨 되신 예수(Jesus, joy of man's desiring)'와 '양들은 한가로이 풀을 뜯고(Sheep may safely graze)'였다. 피아니스트로는 치명적인 손가락 마비라는 좌절을 딛고 재기한 그의 이야기를 알고 연주회장을 찾아온 나는 그의 존재가 주는 감동과 곡 자체가 전해주는 심원한 평안에 깊이 잠길 수 있었다.

연주회 후 사인회에서 '양들은 한가로이 풀을 뜯고'를 선곡한 이유에 대해 질문하자, 플라이셔는 목자 되신 예수님과 저편에서 한가로이 풀을 뜯는 양의 이미지에서 오는 균형감과 안정감을 전하고 싶었다고 흔쾌히 대답해주었다.

레온 플라이셔는 1928년 미국 샌프란시스코에서 태어나 4세부터 연주생활을 했고, 9세에는 유럽으로 건너가 당대 피아니스트로 손꼽히는 아르투르 슈나벨(Artur Schnabel)에게 사사했다. 슈나벨은 16세 이하는 가르치지 않는다는 철칙을 가지고 있었는데, 플라이셔는 지휘자 피에르 몽퇴(Pierry Monteux)의 추천으로 그의 제자가 된다. 이번 한국공연에서도 슈나벨의 가르침을 언급했던 그는 "내가 그에게 배운 것은 테크닉이 아니라 열정이었다."라고 말했다. 1952년 플라이셔는 벨기에에서 열린 퀸엘리자베스 콩쿠르 우승이라는 큰 선물을 미국에 안겨준다.

미국 클래식 연주자가 국제 콩쿠르에서 처음으로 세계를 제패하면서 커다란 반향을 불러일으켰다. 당시 유럽에서는 미국 클래식 연주자들은 기술은 능란하지만 깊이는 부족하다는 편견이 뿌리박혀 있었다. 플라이셔의 연주는 이를 상쇄하기에 충분했다. 이후 플라이셔는 CBS와 계약을 맺고 여러 음반을 녹음한다. 31세의 나이로 피바디 음악원의 교수가 된 그는 1959년부터 클리블랜드 오케스트라를 이끄는 조지 셀(George Szell)과 함께 베토벤, 브람스의 피아노 협주곡들을 녹음한다. 이 음반들은 지금까지도 명반의 대열에 빠지지 않고 오르고 있다.

아, 그러나 운명은 가혹한 것일까? 전성기를 구가하던 34세, 그의 오른손에 이상이 감지된다. 오른손 넷째, 다섯째 손가락에 원하는 대로 힘이 들어가지 않는 것이었다. 열 손가락을 모두 치열하게 사용해야 하는 피아니스트에게 이것은 사형선고와도 같았다. 증상은 더욱 악화되어 두 손가락이 말려들어가기 시작했고, 1965년에는 결국 무대를 떠나게 된다. 음악이 전부였던 그는 깊은 실의와 좌절에 빠져 허우적대다 결국 이혼까지 하게 된다. 칠흑같이 어두운 밤이 이어졌다.

"불현듯 저는 양손으로 연주할 수 있느냐 없느냐의 문제가 삶에서 가장 중요한 것이 아님을 깨달았습니다. 가장 중요한 것은 음악 그 자체인 것이지요."

2년 후, 플라이셔는 좌절을 떨치고 일어나게 된다. 더 이상 무대에 설 수 없게 된 자신의 처지를 비관하는 대신 1967년 케네디센터에 챔버 오케스트라인 'Theater chamber players'를 창단하면서 지휘자로서 첫발을 내디딘다. 그는 세계 굴지의 오케스트라를 두루 지휘하는 한편, 왼손만을 위한 연주곡들을 찾아보기 시작한다. 왼손을 위한 피아노작품이라면 보통 라벨의 '왼손을 위한 피아노 협주곡' 정도를 생각할 뿐인데 놀랍게도 1천 곡이 넘는 곡들이 그의 손길을 기다리고 있었다. 제1차 세계대전에서 오른팔을 잃은 피아니스트 비트겐슈타인(Ludwig Wittgenstein)을 위해 헌정된 곡들이 다수였지만, 여러 현대 음악작곡가들이 그를 위해 새로운 왼손연주용 음악을 작곡해 헌정하게 된다.

이렇게 후학들을 가르치는 교수로, 지휘자로, 새로운 현대음악의 초연 연주자로서 그의 음악적 탁견과 영향력은 오히려 강력해졌다. 후학들은 그를 '피아노의 오비원 케노비(영화 〈스타워즈〉에 나오는 이상적인 스승)'로 부르면서 존경을 보냈다. 현재 그는 클래식 명예의 전당에 등재된 거장들 중 유일한 생존자이기도 하다.

1991년 플라이셔는 자신의 병이 FTSD(국소성근긴장이상증)라는 진단을 받고, NIH(미국국립보건연구원)에서 시도 중인 새로운 치료법에 동참한다. 그것은 최근 주름살 제거에 널리 사용되는 보톡스를 주사하는 것이었다. 이 치료를 통해 마침내 수십 년 동안 오그라들어 있던 그의 손가락이 서서히 펴지기 시작했다.

1995년부터 플라이셔는 제2의 연주생활을 재개하고 마침내 2004년, 그는 40년 만에 두 손으로 녹음한 새 음반《Two hands》를 내놓았다. 새 앨범은 열렬한 반응을 얻었고, 플라이셔는 음반 수익 일부를

DMRF(Dystonia Medical Research Foundation : 근긴장이상증 의학연구재단)에 기부한다고 밝혔다. 플라이셔는 자기처럼 손에 이상이 온 것을 알면서도 연주자 생활이 위협받을 것이 두려워 드러내지 못하는 수많은 음악가들이 자신과 같은 희생자가 되지 않도록 조언을 아끼지 않았다. 처음에 병이 발생했을 때 더 혹독하게 연습을 강행하므로 돌이킬 수 없는 결과를 초래한 자신의 실수를 되풀이하지 않기 바라는 마음 때문이었다.

얼마 전 나는 인턴 후배들을 격려할 기회가 있었다. 단 위에 서서 그들에게 전할 수 있는 격려와 위로가 어떤 것이 있을지를 생각했다. 그때 깨닫게 된 사실은 내가 현재 열매를 맺는 영역들은 내가 겪었던 좌절들에서 파생된 결과라는 것이었다. 플라이셔에게 오른손을 쓸 수 없게 된 비극은 그에게 음악의 새로운 지평을 열어주었다. 그 역시 "다시 기회가 온다 해도 나는 원래대로 돌아가고 싶지 않다. 나는 음악의 더 넓고 새로운 영역에 눈을 떴고, 좋은 스승이 될 수 있었다."라고 말한다.

그날 연주회장에서 기립박수를 보내던 수많은 한국인 제자들 또한 그의 잃어버린 오른손으로 인해 키우게 된 열매들인 셈이다. 연주회 레퍼토리 중에 있었던 브람스의 샤콘느 역시 무리한 연주생활로 오른손에 무리가 온 클라라 슈만을 위해 브람스가 왼손만을 위한 피아노곡으로 편곡한 곡이었다. 이렇듯 예상치 못한 역경은 새로운 열매를 잉태하는 씨앗이 된다.

"언제나 희망은 존재합니다(There is always hope)."

연구자들과 새로운 실험에 동참할 환자들이 한자리에 모인 NIH 에서, 그리고 서울에서 기립박수를 보내던 청중들에게 플라이셔가 그의 '두 손'으로 전하고 싶어 했던 메시지였다.

음악으로 배우는 똘레랑스

그제 풍월당에 막 입고되자마자 첫 테이프를 끊은 바렌보임 · 웨스트 이스턴 디반 오케스트라의 차이코프스키 교향곡 5번 음반의 DVD를 죽 훑어보았다. 지난 달 클래식 잡지에서 약간의 정보를 접한 터라 궁금하기도 했고, 내가 천착하는 레퍼토리인 차이코프스키 5번이었기에 더 망설일 필요가 없었다.

직접 실황을 보게 되면서 거의 10대 후반에서 20대 초반(최고령자가 26세)으로 구성된 유스(Youth) 오케스트라임을 알게 되었다. CD로 들었을 때 느꼈던 아쉬움-게르기에프나 므라빈스키 등 대표적 음반들에 비해 디테일이 부족한 것-은 상당 부분 상쇄되었다. 그래서 비평가들도 그들에게 훈훈한 격려의 시선을 보내주었을 것이다. 이들의 합주력이 약간 부족하다 해도 차이코프스키의 관현악을 포르테에서 피아니시모까지 충분히 소화할 수 있는 두터운 음색과 다이내믹

한 흐름이 있었다. 간간히 단원들이 긴장한 채 연주에 임하는 모습에서 엿보이는 풋풋함은 기존 유명 오케스트라에 익숙해지면서 어느새 잊고 있던 음악에의 가슴 떨린 첫사랑의 기억을 되살려준다.

웨스트 이스턴 디반 오케스트라는 아르헨티나에서 태어난 유태인 음악가 다니엘 바렌보임(Daniel Barenboim)과 팔레스타인 출신 기독교인 석학 에드워드 사이드(Edward Said) 교수, 두 공동설립자의 협력을 통해 지난 1999년에 시작되었다. 단원은 유태인과 팔레스타인인 각각 절반씩이라는 다분히 실험적이고도 이상적인 구성이다. 1999년에는 유태인 포로수용소가 있었던 독일 바이마르에서, 2001년에는 무슬림과 기독교인, 가톨릭교도가 공존하고 있는 스페인 안달루시아 지방에서 워크샵을 가져 지정학적 의미를 강조하기도 했다. 팔레스타인인 피아니스트와 이집트인 바이올리니스트, 그리고 이스라엘인 첼리스트가 생전 처음 만나 한 그룹으로 묶여 음악을 연주하면서 의견을 조율하고 한 팀이 되어갔다. 요요마 같은 세계적인 첼리스트와 세계 유수의 오케스트라 단원들이 기꺼이 이들을 가르치는 교사가 되어주었다.

컬럼비아 대학 교수로서 《오리엔탈리즘》 등의 저서를 통해 팔레스타인 민족의 입장을 세계에 대변하는 '소리'였던 공동설립자 사이드는 그토록 바랐던 라말라(팔레스타인 반군의 중심지)에서의 공연을 보지 못하고 2003년 9월 지병인 백혈병으로 세상을 떠났지만, 2005년 8월 웨스트 이스턴 디반 오케스트라는 라말라 공연을 열어 그의 꿈을 이루어주었다.

이 오케스트라의 설립과 걸어온 길을 보여주는 30분 분량의 다큐멘터리 'Lessons in harmony'는 팀에 대한 이해를 높여주는 보너스 영상이다. 에드워드 사이드와 다니엘 바렌보임, 요요마가 나란히 테이블에 앉아, 모인 청년들의 아이덴티티에 대해 토론하며 음악을 공유하는 모습은 이 복잡하고 풀리지 않는 매듭으로 가득한 중동의 현 상황에서 음악이 열어 보일 수 있는 새로운 차원의 똘레랑스(tolerance)를 보여준다. 재작년에 읽었던 바렌보임과 사이드의 대담집 《평행과 역설(Parallels & Paradoxes)》의 한 대목이 생각난다.

> *"우리는 가능한 모든 고민을 공유화하는 친한 친구로서, 우리의 삶이 가지고 있는 역설뿐 아니라 평행까지도 함께 풀어보고자 했습니다. 자의식을 털어버린 채 그렇게 하는 것이 뭐가 잘못이겠습니까?"*
> *"타자를 이해하려는 노력으로써, 정체성을 타자의 편에 두어야 합니다."*
> *"서로 다른 역사관을 하나로 뭉뚱그리지 않고 서로 다른 상태로 유지한다는 것은 분명 가치 있는 일입니다. 나는 서로 다른 견해에서 오는 긴장이 오히려 사회를 건강하게 만드는 힘이라고 생각합니다."*

아울러 라말라를 비롯한 아랍권에서 연주회를 가지기 위한 첫 발걸음으로 바렌보임이 포연(砲煙) 자욱한 라말라 시가를 둘러보며 그곳의 음악학교를 방문하여 독주회를 갖는 모습을 볼 수 있다. 과연 그곳에도 음악을 사랑하는 사람들이 살고 있었다.

60대에 들어선 바렌보임이 "내 인생에서 가장 중요한 일이다. 이 일은 나의 삶을 이전과 비교할 수 없이 풍성하게 해주었다."라고 역설하며 열정을 쏟는 모습은 그간 바렌보임에 대해 그다지 애착을 갖지 않았던 내게도 그에 대한 새로운 인식의 지평을 열어주었다. 이스라엘과 아랍 양 진영으로부터 쏟아지는 온갖 위협과 엄청난 반대에 대해 음악 평론지 '그라모폰'의 기사 마지막을 장식하는 바렌보임의 일갈(一喝)이 오래도록 뇌리에 남는다.

"그러나 양쪽 모두를 불쾌하게 하는 것이 잘 하고 있는 것입니다!"

전환진

_의사

수현이는 부대 내 군의관과 직업군인(상관) 사이의 완충기(buffer)였다.

대부분의 의사들은 대학생활, 수련 기간 동안의 폐쇄성으로 의사들 간의 의사소통은 이루어지지만, 주변 조직과의 의사소통은 원활하지 않은 경향이 많다. 그러나 수현이는 그렇지 않았다. 군의관의 대표 격인 치료소 대장을 하면서 군의관들의 불만을 잘 수렴하여 상관들에게 전했고, 상관의 요구도 잘 조율하여 군의관들에게 전달했다. 동료 군의관이나 상관들, 심지어 사단장도 스스럼없이 대할 정도였으니 수현이를 싫어하는 사람들은 아마 하나도 없었을 것이다.

환자인 병사들을 대할 때도, 친절하지만 환자에게 끌려가는 법은 없었다. 병사들은 작은 증상도 크게 말해 의사들을 헛갈리게 하는 경우가 많다. 그는 병사들을 잘 치료해주었을 뿐만 아니라 의무대 내의 병사들을 위해 음반이나 책 들을 선물해주었다.

특히 우리 부부를 클래식으로 이끌어준 것도 수현이었다. 클래식에 대한 지적 호기심과 욕구만 있었지 어떻게 접근할지 몰랐던 나에게 자신이 가진 많은 명반들을 빌려주고, 클래식에 관한 책들을 선물해주었다. 특히 로스트로포비치가 연주한 슈베르트의 아르페지오 소나타는 수현이가 추천해준 음반 중 내가 가장 좋아하게 된 음악이다.

기독교를 믿는 사람들끼리는 낯선 사람들도 신의 이름 아래 좋은 유대가 형성되고 형제가 된다. 하지만 나처럼 기독교를 믿지 않는 사람들은 신앙인들과의 인간관계가 불편과 제약을 주는 경우가 많다. 수현이는 내가 본 사람 중 신앙을 가짐으로써 오히려 인간관계의 반경이 더욱 커진 유일한 사람이다. 물론 믿지 않는 사람도 포함해서 말이다.

5장

외로운 양치기

그대의 기도 속엔 몇 사람이나 등장하고 있는가? 그대의 생각과 뜻이 다른 자들
몇 명을 위해 그대는 날마다 기도하는가? 그대의 기도가 품고 있는 자만 실은 그대의
마음이 품은 자요, 그대는 그들의 입장에서 그들과만 공생하고 있다.
만약 그대의 기도가 그대 자신과 가족 이외에 그 누구도 품고 있지 못하다면,
그대는 현재 누구와도 더불어 살지 못하는 외톨이에 지나지 않는다.

내과

그대의 기도 속엔 몇 사람이나 등장하고있는가?
그대의 생각과 뜻이 다른 자들 몇 명을 위해
그대는 날마다 기도하는가?
그대의 기도가 품고 있는 자만 실은 그대의
마음이 품은 자요, 그대는 그들의 입장에서
그들과만 공생하고 있다. 만약 그대의 기도가
그대 자신과 가족 이외에 그 누구도 품고 있지
못하다면, 그대는 현재 누구와도 더불어 살지 못하는
외톨이에 지나지 않는다.

_이재철, 《인간의 일생》

외로운 양치기

인공신장실에서 혈액투석을 받던 한 환자가 갑자기 숨소리가 이상해지더니 헐떡거리기 시작했습니다. 간호사는 급히 담당 의사를 호출했습니다. 키가 훤칠한 젊은 의사 하나가 뛰어왔습니다. 기도 확보를 위해 인공삽관이 필요했지만 외래 개념의 인공신장실에는 준비가 잘 돼 있지 않았습니다. 급기야 환자는 얼굴이 흙빛으로 변하면서 쓰러지고 말았습니다. 보통 의사들 같으면 간호사에게 불같이 화를 냈을 텐데 그 의사는 달랐습니다. 그는 간호사에게 끝까지 존댓말을 잊지 않고 침착하게 후속 처치를 했습니다. 환자 침대에 올라탄

채로 앰뷰를 짜면서 중환자실로 내달렸습니다. 인공신장실의 간호사는 충격을 받았습니다. 최선을 다했지만 자신이 뭔가 잘못한 게 아닌가 하는 죄책감으로 괴로워했습니다.

얼마 후, 그 젊은 의사가 인공신장실로 간호사를 찾아왔습니다.

"많이 놀라셨죠? 환자가 의식을 되찾았다는 소식 전해주려고요."

간호사는 젊은 의사가 아주 특별한 은사를 지닌 사람이라고 생각했습니다. 그 의사는 안수현이었습니다. 얼마 후, 간호사는 교회에 등록하고 신앙생활을 다시 시작했습니다. 지방에서 올라와 연고가 없던 그 간호사 자매가 새 교회에 잘 적응하도록 수현은 끝까지 마음을 써 주었습니다.

수현은 가는 곳마다 양들을 쳤습니다. 자기 비용을 들여 양들을 먹이고, 홀로 설 수 있을 때까지 곁에서 도왔고, 달란트를 살려 주님께 봉사할 수 있도록 지지해주었습니다. 업무상 자주 보는 간호사들뿐만 아니라, 방사선과 기사, 일반 행정직 직원, 식당 아줌마들, 매점 아르바이트생, 심지어 성미가 까다롭거나 다른 사람들에게 미움을 받는 사람과도 친하게 지내며 복음을 전했습니다.

그의 수첩에는 중보하고 있는 사람들의 이름과 기도 제목들이 빽빽하게 적혀 있었습니다. 그는 말로만 기도해준다고 하는 사람이 아니었습니다. 언제고 필요하면 부를 수 있고, 지쳤을 땐 기댈 수 있도록 항상 어깨를 빌려주는 그런 사람이었습니다.

"수현 선배는 다윗 같아요."

차를 같이 타고 가던 후배가 수현에게 말했습니다. 그러나 수현의 답은 의외였습니다.

"아냐, 난 유다 같은 사람이야."

후배가 당황하며 수현을 쳐다봤습니다. 그는 평소처럼 멋쩍게 웃었습니다.

"예수님을 판 가룟 유다가 아니라 야곱의 넷째 아들 유다를 말하는 거야. 요셉을 애굽에 팔아버렸던 형이지. 그는 며느리 다말에게서 아이까지 낳는 패륜을 저질렀던 사람이야. 그의 인간성은 죄악덩어리지만 단지 예수님의 계보에 속해 있다는 이유로 점점 더 주님을 닮아갔거든. 나도 그렇게 되길 바라."

수현은 어느 곳에서든 약하고 힘들어하는 사람들을 알아보고 먼저 다가갔습니다. 그의 영이 청결한 까닭이었지요. 사실 그는 내성적이고 부서지기 쉬운 내면을 가지고 있었습니다. 그러나 이것이 그가 본능적으로 소외된 자들을 알아보는 긍휼한 눈을 가지게 했습니다. 그는 스쳐 지나가는 사람의 영적 공허함까지도 볼 수 있는 타고난 양치기였습니다.

그는 용모가 단정한 잘 생긴 청년이었습니다. 신앙도 좋고 음악에 조예도 깊고 목소리도 부드러웠습니다. 게다가 소위 말하는 최고 신랑감인 의사였습니다. 그를 따르는 자매들이 많았습니다. 그도 건강한 청년답게 사랑하던 자매들이 있었습니다. 그러나 여러 이유로 결혼에 이르지는 못했습니다.

그는 늘 바빴습니다. 연인보다 양들을 돌보는 일에 더 마음을 쏟았습니다. 성경공부 리더를 하고, 대학부 교사를 하고, 찬양으로 예배를 드리는 '예흔' 팀을 이끌고, 책과 음반 · DVD 리뷰를 쓰고, 전도하던 분을 위해 다른 교회에 가서 일 년을 같이 예배 드리고, 환자들을 개인적으로 돌보는 데는 아낌없이 시간을 썼지만, 교제하는 자매에게는 항상 그만큼의 시간을 할애하지 못했습니다. 만약 시간이 없어 한 가지를 포기하라고 한다면 그 청년은 사귀는 자매와의 데이트를 줄이는 것을 당연하게 여겼을 것입니다. 그가 가르치던 대학부 제자들은 선생님이 총각을 못 면할 것 같아 걱정을 했습니다. 그도 혹시 자신에게 '독신의 은사'가 있는 것은 아닐까 생각할 정도였습니다. 그렇다고 결혼의 꿈을 아주 버린 것은 아니었습니다. 그는 이렇게 기도했습니다.

"하나님 저를 나눔의 큰 기쁨을 잊지 않는 자로 서게 해주십시오. 저를 바쁘게 만들어주십시오. 하나님의 사람으로 훌륭한 의사로 다듬어주십시오. 그 위치에서 주를 찬양하며 더 열심히 주와 이웃을 섬기겠습니다. 한 가지 바라는 것은 남을 섬김에 감정이나 기타 인간적인 생각은 억누르게 하시고 저의 반려자 될 사람 또한 그의 마음이 그쪽으로 활짝 열릴 수 있길 기도합니다. 그러한 주의 일을 하기 위해 언제라도 교만하지 않게 하시며 언제나 열심을 다해 학업에 몰두하게 하소서."

그는 지나칠 정도로 예의 바르고 반듯한 청년이었습니다. 예수님의 흔적을 지닌 자로서 항상 모범을 보여야 한다는 부담이 있었을지도 모릅니다. 그것이 그를 더 외롭게 만들었을 것입니다. 그를 아주 사랑했던 선배 하나가 그에게 이상한 처방을 내려줬습니다.

"오늘부터 '앗싸', '얼라리요' 같은 속어 쓰기, 빨간 줄무늬 양말이나 짝짝이 양말 신기."

그리고 싸이월드 미니룸 장식으로 아주 생뚱맞은 캐릭터를 선물했습니다. 그가 하늘나라로 떠난 지금도 그의 홈페이지에는 눈망울을 이리저리 굴리며 망토를 휘날리는 우스꽝스러운 캐릭터 하나가 이렇게 말하면서 방문객을 반기고 있습니다.

"생각만 해도 콧구멍이 벌렁벌렁하나?"

그렇습니다. 생각만 해도 가슴이 벌렁벌렁합니다. 뒤따라오는 양들을 위해 조심스럽게 눈길을 걸어가던 외로운 양치기, 그 청년이 너무도 보고 싶기 때문입니다. ●

끈질긴 녀석 호진이

파일을 넘기다 보니 작년 여름에 호진이에게 받았던 이메일이 눈에 띈다. 대학을 졸업하고 미국 유학길에 오른 호진이는 교회 대학부에서 만났던 후배 중 한 명이다.

어느 주일, 찬양대에서 회중석을 돌아보다가 우연히 낯선 두 사람을 보게 되었다. 예배 후 접수처 앞에서 서성거리는 그들은 처음 교회에 나온 사람들임이 틀림없었다. 나는 당장 달려가 대학부 신입 조에 두 사람을 안내했다. 공교롭게도 그 둘은 재수생이었고, 내가 다녔던 학원에 다니고 있었다. 재수생 시절 넉넉하지 못했던 주머니 사정이 나 또한 고민스러웠기에, 나는 두 후배의 주일 점심을 책임지기로 했다. 그렇게 8개월간 점심을 해결해주었고, 시험기간이나 생일이면 재수학원에 찾아갔다.

다시 치른 대입에서 두 후배 모두 합격해 보람을 느낄 수 있었다. 문제는 이 후배들이 대학에 들어가고 난 뒤였다.

둘 다 재수 생활을 하는 동안에는 믿음이 쑥쑥 자랐는데, 대학에 입학하면서 그만 신앙의 열심이 시들해지기 시작한 것이다. 나는 이 두 후배들의 신앙의 훈련 스케줄을 구상하고 있었는데, 야속하게도 두 후배들은 따라주지 않았다. 안타까움과 답답함으로 가슴을 쳤지만 어쩔 수가 없었다. 이들을 통해 나는 예수님께서 우리들을 사랑하시지만 우리에게 자유의지를 부여하신 의미에 대해 배우게 되었다. 다만 꾸준히 연락을 취하면서 옳은 길로 돌아오게 되기를 바랐다. 조금씩 나아지기는 했지만 아직 완전히 제 길에 들어서지는 않았다. 벌써 이들을 알게 된 지 10년이 되었다. 그중 한 명은 결혼을 했다. 그래도 큰일이 있을 때면 연락해주고 찾아주는 이들이 고맙다.

호진이는 작년에 유학 가기 전에 만나자고 연락이 왔었다. 헤어지기 전에 교회 기도실에서 기도를 해주었는데, 기억에 남았는지 편지글에 그 이야기가 있었다.

“(……) 오늘 예배 드리러 본당에 들어가면서 그런 생각이 들었어요. 나처럼 오랜만에 교회에 온 사람도 있을까? 생각해보면 나처럼 우리 교회에서 사랑받은 사람도 없을 거예요. 알고 지낸 사람들은 다 권력의 핵심들이었죠. 그 친구들 다 나를 위해서 열심히 기도해줬죠. 오빠처럼 바라는 것도 없이 끝없이 잘해준 선배도 됐죠. 내참, 오빠는 왜 그렇게 못난 후배들한테 잘해줬어요?”

여름에 차가 없어 내가 이야기해준 코스타(KOSTA) 집회에는 가지 못했다고 한다. 10년 전에 만나 아직까지 연락이 닿고 있으면서도 완전히 주님께 돌아오지 못한 호진이, 끈질긴 녀석. 하지만 나는 그 녀석이 꼭 돌아오리라 확신한다.

양들을 먹이라

오래전 일이다. 1991년 여름이 막 시작될 무렵, 예과 1학년 한 형제가 저녁 일곱 시에 본과 3학년 선배를 만나기로 약속했다. 당시 예과 1학년 형제는 한 가지 고민이 있었는데, 그 이야기를 들은 본과 3학년 선배가 만나자고 약속을 한 것이다. 선배는 어찌 보면 그 나이에 한 번씩 겪게 되는 후배의 고민을 진지하게 들어주고 조언을 해주었다. 후배는 그때 선배가 무어라 조언했는지 뚜렷이 기억나지 않는다. 다만 그 바쁘다는 본과 3학년 선배가 예과 1학년 후배의 작은 고민을 들어주기 위해 시간을 내주었다는 사실만이 가슴속에 강하게 남아 있을 뿐이다.

예과 1학년이던 내가 본과 3학년이 되었을 때, 나는 예과 1학년을 섬길 소망을 키워가기 시작했다.

'내가 배우고 행한 대로, 또 그때 본과 3학년 선배가 내게 해주었던 것처럼 예과 1학년을 섬겨보리라.'

고려대학교 의대 앞에는 작은 교회가 하나 있었다. 한 학기 동안 나는 매일 아침마다 예배실에서 무릎을 꿇고 기도했다. 예과 1학년 후배들 하나하나를 놓고 기도했고 교회 대학부를 위해 기도했다. 그리고 마지막으로 나의 개인적 기도를 드렸다.

한 학기 동안 후배들과 나눌 말씀의 주제는 '하나님을 아는 것

(Knowing God)'이었다. 단순히 '좋으신 하나님'으로 전락(?)하신 하나님의 형상과 그 하나님의 거룩하심과 크고 두려우심을 알게 함으로써 복음의 참 기쁨과 의미를 알게 해주기 위해서였다.

성경공부 교재는 내가 직접 만들었다. 물론 부족함을 면할 수는 없었지만, 시중에 나온 교재들의 한 주 분량이 너무 적어 조원들이 성경공부 직전에 대충 준비하는 폐단을 막고, 나 또한 교재를 완전히 소화하기 위한 방법이었다. 이 작업에는 교회에서 1년 반 동안 성경공부 리더로 섰던 경험이 큰 도움이 되었다. 매주 주중에 성경공부 문제를 만들고 편집해서 주말에 예과 1학년 학보함에 꽂아놓았다. 다음 주 화요일에 성경공부를 하고, 피치 못할 사정 때문에 참여하지 못한 사람들은 따로 시간을 내어 보강을 했다. 그 대가로 한 학기 동안, 사귀던 자매와의 주중 데이트가 희생되었다.

한 번은 성경공부 조원들에게 나의 간절함을 전달하고자 편지를 쓰기도 했다.

"제가 이렇게 강압적(?)으로 여러분에게 이야기할 수 있는 것은 제가 여러분을 책임지겠다고 하나님과 약속했기 때문입니다. 저는 작년부터 하나님께 간호학과, 의예과 지체들을 섬기기로 기도했고, 지금도 매일 아침 6시 반에 학교 앞 교회에서 여러분 한 분 한 분을 위해 기도하고 있습니다. 제게 여러분은 더할 수 없이 소중합니다. 이런 이야기를 하는 것은 절대 잘난 체하거나 저를 잘 봐주기를 바라서가 아닙니다. 하나님을 향한 열심을 조금이나마 기억해주셨으면 해서입니다. 그것만이 저의 자랑할 일입니다."

리더를 맡으면서 신경을 많이 쓴 것은 '연속성'이었다. 시험 때면 성경공부는 흐지부지 되었다. 나는 기필코 두 주 이상 성경공부를 거르는 일 없이 연속성을 지키겠다는 각오로 임했다. 나를 가르친 교회 성경공부팀 리더 선배 역시 단 한 사람이라도 공부에 빠지면 꼭 따로 보강을 했다. 나는 그것을 보고 리더로서 진짜 헌신된 모습이란 저런 거라고 느꼈다.

4월에 문제가 발생했다. 둘째 주에 예과 시험, 그다음 주에 학교 행사가 잡혔다. 나 역시 중간고사 준비로 일일이 보강을 해줄 수 없는 처지였다. 연속 3주나 빠지게 생겼다. 그럴 수는 없다는 생각이 들었다. 예과 2학년, 본과 2학년 중간고사와 기말고사 기간이었던 한 달 동안 관심이 멀어진 그 틈에 잃어버린 두 명의 '양'에 대한 기억이 나를 괴롭혔다.

결심을 굳혔다. 시험을 3일 앞둔 목요일에 성경공부를 강행했다. 서로를 나누는 데 아직 익숙지 못한 우리들의 모습을 깨고자 찬양과 나눔의 시간을 가졌다. 조금씩 마음이 열리는 것이 느껴졌다. 고민이 있던 한 지체에겐 때를 놓치지 않고 조언할 수 있었다. 선후배의 대화는 수직적 관계가 아닌 수평적 관계에서 이루어졌다.

결국 여덟 번의 성경공부 모임을 빠짐없이 해냈다. 그뿐이랴! 두 권의 책을 발제 토의했고, 방학 중엔 함께 MT도 갔다. 마지막 성경공부 시간에 함께 모인 우리는 '구름같이 허다한 증인들의 기록'인 히브

리서 11, 12장을 읽었다.

"(……) 이러므로 우리에게 구름같이 둘러싼 허다한 증인들이 있으니 모든 무거운 것과 얽매이기 쉬운 죄를 벗어버리고 인내로써 우리 앞에 당한 경주를 하며 믿음의 주요 또 온전케 하시는 이인 예수를 바라보자."

홀딱 젖다

오후 늦게부터 비가 추적추적 내리더니 밤이 되니까 아예 퍼붓는다. 오늘 대학부 찬양 팀을 대상으로 강의를 했다. 강의가 끝나고 대학부 토요기도회가 마무리될 즈음 긴장이 풀리면서 몹시 졸음이 왔지만 기도회에 참석했던 교사들과 목사님, 선교사님들과 식사를 하고 헤어졌다. 그런데 내 차는 집이 아닌 서점을 향하고 있었다. 아까 누군가와 통화했는데, 그분이 찾던 찬양 테이프를 구하지 못하고 돌아왔다는 이야기를 들었다. 내 마음에 그 테이프를 구해서 갖다드리면 재미있겠다는, 주책없는 발동이 걸렸다.

청계천 2가 사거리에서 좌회전을 하려고 깜박이를 켜고 자세히 보니 좌회전 신호가 없어졌다. P턴을 해야 한단다. 별 수 없이 한 블록을 돌아서 턴을 하고 다시 그 사거리로 진입했다. 신호만 떨어지면 바로 튀어나갈 참이었다. 그런데 차창 밖으로 어떤 분이 다가왔다.

"저기요, 차 앞바퀴가 빠져서 안 나오는데 어떻게 해야 해요?"

보아하니 운전경력이 짧은 초보인 듯했다. 말로 설명할 수도 없고 해서 얼른 차를 근처에 주차하고 그분의 차로 가보았다. 흰색 엘란트라. 반가운 차. 내가 작년 1월까지 10년 동안 몰던 차랑 똑같았다. 상태를 보니 청계천 복원공사 때문에 찻길 옆으로 몰아놓은 토사에 바퀴가 좀 깊이 들어가 있었다. 옆에 놓여 있던 고무발판을 바퀴 밑으로 밀어 넣고 후진해보라고 했다. 갑자기 차바퀴가 '왱' 하고 돌더니 흙탕물이 나한테 온통 튀어 올랐다. 에라, 이왕 옷 버린 거 할 수 없지. 자세히 보니 차 뒷좌석에 한 사람이 타고 있길래 내리라고 하고 다시 다른 물건을 바퀴 쪽에 대 보았지만 계속 헛바퀴가 돈다. 할 수 없이 차를 후진하라고 하고 우산을 접고 차를 밀었다. 그러나 내 힘으로는 차를 밀어 흙속에서 빼기가 역부족이었다. 길지 않은 순간이었지만 비로 속옷까지 흠뻑 젖었다. 마지막으로 내가 한번 운전을 해보기로 했다. 몇 번 모드를 바꾸어 후진을 했더니 차가 빠졌다.

'먼저 내가 운전해보겠다고 할걸…….'

소기의 목적을 달성하고 얼른 서점에 가서 찬양 테이프를 찾았다. 찬양 테이프를 찾긴 찾았는데, 홀딱 젖은 몸으로 서점에 들어서는 게 좀 민망하긴 했다.

몇 년 전이더라, 학교에 가던 중 터널을 통과하다가 차바퀴가 펑크가 났었다. 당시 나는 타이어를 교체할 줄 몰랐다. 지나가던 택시

기사 아저씨에게 사정을 얘기했더니, 차를 세우고는 방법을 가르쳐주셨다. 공짜는 아니었다. 그 이후, 나는 지나가던 길에 차바퀴를 두 번 정도 갈아주었다. 물론 공짜로. 솔직히 나는 차에 대해 바퀴 가는 것 밖에 할 줄 아는 게 없다.

어려운 처지에 놓인 사람을 기분 좋게 그냥 도와주고 빙그레 웃으며 제 갈 길을 가는 넉넉함이 우리 안에 얼마나 있을까? 오늘도 순식간에 무언가를 결정해야 하는 상황이었던 셈인데, '저 사람 참 난처하겠다.'라는 역지사지(易地思之)의 마음이 오 리를 가게 하거든 십 리를 동행할 수 있도록 하게 한 첫 단추였으리라. 비록 오늘 나는 비를 맞아서 홀딱 젖은, 약간 볼썽사나운 모습이었다. 하지만 곤란한 처지에 있던 상대방은 누군가의 도움으로 가슴을 쓸어내릴 수 있었으니, 의미 있는 행동을 한 것 아니겠는가! 이렇게 오늘도 예상치 못한 재미있는 일이 있었다. 주님 가르쳐주신 대로 살다보면 심심치 않게 일어나는 일들이다.

도어 투 도어 서비스 10년

예과 1학년 때, 학교에서 기독학생회 모임이 끝나고 나면 같은 방향으로 귀가하는 선배들이 자신의 차에 가끔 태워주곤 했다. 은하 누나,

진용이 형 차에 탔던 기억이 나는데, 나는 그 선배들의 행선지에 폐가 되지 않기 위해 가장 무난한 지점을 얘기해서 내려달라고 했다. 혹시 선배가 더 태워주고 싶은 마음이 있었더라도 그것까지 요구할 수는 없었다. 예과생에게 본과 선배들은 너무 바빠 보였기에 아무리 짧은 시간이라도 시간을 쓰게 하는 건 결례라고 생각했기 때문이다. 그래도 좀 더 집 가까이 가줬으면 하는 마음이 있었다.

나는 운전을 하게 되면서 차에 태운 사람의 집 앞까지 간다는, 즉 '십 리를 확실하게 간다.'라는 원칙을 세웠다. 내가 차를 운전하게 된 것은 차 없이 다니는 친구들에게 빚진 마음으로, 가능한 한 섬기고 도와주라는 하나님의 뜻이라고 생각했다. 비슷한 방향의 사람들을 태워주던 평소 운전 원칙이 본과 2학년 2학기에 들어서면서 중요한 분수령을 맞게 되었다.

여름 진료봉사를 함께 했다가 기독학생회 모임에 나오기 시작한 간호학과 후배 진의가 모임 도중 슬그머니 사라지는 것이었다. 키도 큰 아이라 대번 눈에 띄었다. 이유를 물었더니 집이 성남이라 모임 끝나고 가면 자정이 넘는데, 신앙이 없는 아버지에게 이해를 구하기가 어렵다고 했다. 난처한 숙제처럼 다가왔다. 임상수업이 시작되어 수업량과 자습해야 할 시간은 눈덩이처럼 불어나 있었지만, 공동체를 섬길 방향을 놓고 고민하고 있었기에, 이 딱한 상황을 그냥 지나칠 수 없었다. 결국 나는 후배에게 이렇게 통보했다.

"끝나고 데려다줄 테니 끝까지 있다가 가라."

그날부터 한 학기 내내 나는 모임이 끝나면 고려대학교에서 성동구청 앞을 지나 성남시청 앞까지 들렀다가 사당동으로 매주 한 번씩 드라이브를 했다. 지금도 그 후배를 만나면 그 일을 회고하곤 한다.

오늘도 감사하게 예흔 예배를 위한 마지막 편집 작업을 마칠 수 있었다. 이를 위해 우리 예흔 팀 모든 이들의 크고 작은 역할이 필요했다. 꼭 필요한 역할을 하는 사람들을 실어 날라주는 일이 나에게는 필수였다. 어제는 자막작업을 맡은 완영이를 파주 교하지구에 있는 집까지 데려다주었고, 오늘은 종편작업 장비를 다룰 준호를 양수리 수양관으로 데리러 갔다가 작업 마치고 다시 데려다주었다. 어제 오늘 이틀 동안만 해도 벌써 300여 킬로미터를 주행했다. 결국 오늘 내 차는 구입한 지 39주(9개월, 272일) 만에 2만 5천 킬로미터를 돌파했다. 예전에 몰던 엘란트라가 10년 동안 19만 4킬로미터를 주행했던 것과 비교하면 꽤나 돌아다닌 셈이다.

사람에게 투자하는 시간과 재정은 아까운 것이 아니다. 오늘도 약간의 수고로 인해 예배 준비가 가능해졌다는 것만으로도 나는 감사하고 기쁘다.

본

처음 그 선배를 보았을 때, 나는 두려웠다. 크고 매서운 눈빛과 결코 부드러워 보이지 않는 어투, 참작의 여지를 별로 기대하기 힘들 것 같은 성격. 그 선배와 5분만 말하면 알량한 성경지식으로 위장한 나의 밑천이 모두 드러나 바닥이 훤히 보일 것 같았다. 그래서 가까이하기를 피했다.

그는 주일 예배 시간이면 조금 독특한 일을 했다. 예배 전, 사람들에게 자리 안내를 하면서 무섭게 생긴 인상을 이용하여 성도들이 여기저기 퍼져 앉지 않도록 조정했고, 예배 시작 직전엔 쪽문 밖에 서서 주보를 나누어주며 기도 시간에 사람들이 드나들지 않도록 제어하는 일을 했다. 선배가 되면서 이상하게 나도 그 일을 해보고 싶을 정도로 매력(?) 있어 보였다.

그 선배가 인도하는 성경공부 팀에 들게 되었다. 숙제 준비를 잘 해가지 못해 항상 민망했지만 염치없이 출석했다. 선배는 약속보다 늦게 온 사람이 있으면 늦은 시간을 적곤 했다. 한 번은 내가 늦었다. 선배는 나에게 말을 나누는 셰어링(sharing) 기회를 주지 않았다. 그날따라 넋두리하고 싶은 말이 엄청 많았는데……. 집에 돌아오면서 왜 내가 그 시간에 그토록 이야기가 하고 싶었는지 생각해보았다. 그것은 리더인 그 선배가 사람들의 말을 정말로 경청했기 때문이었다. 내 말에 깊은 관심을 갖고 들어주는 선배를 만났을 때 나는 더 이상 교회에서 혼자가 아니었다.

이후에도 그 선배가 아주 편했던 것은 아니다. 그러나 옆에서 그의 모습을 보며 나는 배워나갔다. 그가 뭘 가르쳐주려고 해서가 아니라 그의 모습 자체가 배움의 '본'이었다. 선배는 나를 한 인격체로 대해 주었다. 내가 본과 1학년 때, 리더훈련도 없이 성경공부 리더 겸 팀장으로 섰지만, 그는 나를 신뢰하고 별로 터치하지 않았다. 한 번은 집으로 불러 거하게 밥을 사주면서 근황을 물어봐주었다. 교제하던 자매와 관계가 위태로웠던 날엔 직접 우리 집으로 뛰어와 내 방에 마주 앉아 내 이야기를 들어주었다. 그 선배를 만났던 그 성경공부 팀. 그곳이 내가 모태신앙의 껍질을 벗고 하나님을 알게 된 나의 고향이다.

1년쯤 지나 선배가 진지하게 "이제 곧 결혼을 할 것 같다."라고 말해주었다. 선배의 결혼식은 공교롭게도 나의 본과 3학년 기말고사 기간 중이었다. 그러나 선배가 항상 후배들의 사진을 찍어주었듯 이번에는 내가 선배의 결혼식 사진을 찍을 차례였다. 한 장 한 장 그렇게 조심스럽게 선배의 결혼식 사진을 찍었다. 내가 선배에게 줄 수 있는 최고의 선물은 이것뿐이었다. 예상대로 선배는 신혼여행에 가서도 사진사를 쓰지 않아 여행 사진이나 결혼식 사진이 별로 없었다. 선배에게 진 그 많은 빚을 조금이나마 갚았다는 생각에 무척이나 기뻤다.

선배는 늦깎이 유학을 떠났다. 어쩌다 선배에게 받은 메일을 읽으며 눈물을 흘렸고 선배에게 카드를 쓰다가 또 울었다. 나의 '본'이 되었던 선배가 잠시 귀국을 한다. 내일이 몹시 기다려진다. 주 안에서가 아니었다면 결코 없었을 만남이다. 예전 그 시간은 다시 오지 않을 것이고 선배 또한 일주일밖에 머무르지 않는다. 그러나 성도의 교제와 만남이 얼마나 큰 축복인지 이제 알 것 같다.

하나님은 우리들 각각을 대사(ambassador)로 부르셨다. 따라서 혼자 서야 한다. 그런 성도들이 함께 모일 수 있다는 것이 얼마나 기쁜 일인가! 이런 만남을 허락하신 하나님께 다시 감사드린다.

어린양의 방문

금요일, 반가운 손님을 맞았다. 후배 K가 아내 될 사람을 대동하고 부대를 찾아와준 것이다. K는 《다니엘 학습법》으로 유명한 김동환 전도사의 친동생이고, 내가 본과 3학년 때 섬겼던 예과 1학년 성경공부 팀의 사랑하는 후배이다. 그는 올해로 군복무를 마치고 고려대학교 병원 신경외과 전공의라는 고단한 길을 걸어갈 예정이다.

본과 3학년이라는 의대생활 중 가장 치열하게 바빴던 시기에 만났던 여섯 명의 예과 1학년 후배들. 매일 아침마다 학교 앞 교회에서 그들을 위해 기도했던 그날들이 벌써 10년이 지났다. K는 누가회 모임보다는 교회에 더 비중을 두고 있었고, 그 시기 이후로는 조금 거리가 생겼다. 온갖 일에 치여 지칠 수밖에 없었던 인턴시절, 나는 그에게 큰 도움을 주지 못했다. 결국 K는 지원했던 신경외과에 아쉽게 실패해 군대에 가야 했다. 그러다 지난 10월, '그때 그 조원들' 중 한 명인 진기의 결혼식에서 내가 신랑 쪽 접수를 받다가 그를 만난 것이다.

K는 내가 근무하는 곳과 얼마 멀지 않은 2군 지사에 군의관으로 근무하고 있었다.

얼마 후 K는 직접 우리 부대에 찾아왔다. 결혼을 생각하는 자매가 있다면서 몇 가지 겪고 있는 어려움에 대해 이런저런 얘기를 주고받다가 돌아갔다. 그런데 그 자매와 함께 부대를 찾아오겠다는 연락을 받고 마음이 몹시 기뻤다.

우리는 진료실에 앉아 커피 한잔을 나누며 이야기를 나눴다. 미리 포장해둔 책 두 권을 선물했다. 아직도 총각 처지인 내가 신부가 될 자매에게 주제넘은(?) 덕담을 했다. 지혜로운 여인인 아비가일의 이야기를 예로 들면서 한결같은 신뢰가 남편에게 가장 큰 힘과 위로가 될 것이라고 말이다. 나이 어린 신부가 이제 레지던트 1년 차가 될 신경외과 의사를 남편으로 맞이한다는 게 그리 쉽지는 않을 것이다. 하지만 두 사람에게는 성숙함이 엿보였다. K의 믿음직한 모습에서 나는 그가 그 힘든 신경외과(NS) 1년 차 생활 속에서도 하나님과 멀어지지 않고 아내를 사랑하며 견고한 신앙인으로 살아갈 가능성을 보았다. 동두천까지 일부러 찾아와준 그들의 마음 씀씀이가 무척이나 고맙고 소중했다. 그렇게 우리를 주 안에서 만나게 하시고 10년이란 시간을 동일한 마음으로 이어가게 하신 하나님의 섭리에 감사드렸다.

키다리 아저씨 되어주기

어제는 은행에 가서 두 건의 계좌이체를 신청했다. 하나는 누가회 팀 서포트였고, 다른 하나는 지난 12월에 적어낸 컴패션(Compassion) 후원 신청서에 대한 응답으로 전달받은 볼리비아 아이 '칼라'를 위한 후원이었다. 사실 그제 은행에 갔었는데 그만 도장을 잊고 가는 바람에 한 번 더 다리품을 팔아야 했다.

컴패션이 월드비전이나 국제기아대책기구 등의 구호기관과 다른 점이 있다면, 지역 교회를 통해 연결된다는 것과 단지 먹고 입을 물자를 전달하는 것이 아니라 교육을 비롯한 아이의 성장에 필요한 전반적인 부분을 감당한다는 데 있다. 물론 당장 먹을 것이 필요한 아이들도 많다는 걸 알지만, 그들이 진흙탕을 벗어나기 위해서는 배를 채울 물고기를 던져주는 것만으로는 충분하지 않다. 고기를 낚는 법을 가르쳐줘야 한다.

이 단체가 한 아이를 후원자와 연결시켜 주는 것은 단지 한 달에 3만 5천 원이라는 후원금을 대주는 익명의 인물을 세우는 게 아니라, 그 아이의 영혼의 부모(spiritual parents)가 되어달라는 뜻이 포함되어 있다. 그런 면에서 호감과 신뢰를 가지게 되었고, 지난 달 우연히 인사를 나누었던 한국 컴패션 대표 서정인 목사님에 대한 믿음도 플러스로 작용한 것 같다.

나는 컴패션에서 발송해준 아이에 대한 유인물을 찬찬히 훑어보았다. 그리고 내 책상 옆 벽면에 잘 보이게 붙여놓았다. 이제 갓 다섯 살이 되는 볼리비아 소녀 칼라 세자스. 아버지는 일정한 직업 없이 노동 일을 하고 엄마는 가사를 돌보는 가정의 네 아이 중 하나. 집안청소를 맡고 있고, 인형놀이를 좋아하고, 아직 학교는 못 가지만 성경학교에 꾸준히 참석하고 있는 아이.

지구 반대편에서 자신을 위해 작은 도움이 되어주기로 마음먹은 아저씨가 있는지 모르겠지만, 나는 꼬마 소녀 칼라를 위해 기도하는 '키다리 아저씨'가 되기로 했다. 글쎄, 훗날 볼리비아에 가볼 기회가 혹시 주어진다면 만날 수도 있지 않을까?

가을의 시작, 예수원에서

예수원 도착 시간, 저녁 5시 50분. 일단 만도(저녁 기도) 시간이니 바로 나사렛 건물로 올라가 저녁 식사부터 하라는 안내에 따라 짐을 내려놓고 서둘러 예배실로 향했다. 예배실 내부는 예전과 달라진 것이 없었다. 여덟 개의 나무 식탁에는 이미 사람들이 둘러앉아 식사할 채비를 하고 있었다. 낯선 남자들 여덟 명이 멋쩍은 표정으로 시선을 어디 둘까 고민하는 가운데 종소리가 들렸고, 짧은 기도 후 식사가 시작되었다. 밥을 먹으면서도 어색함이 풀리지 않았다. 내 오른편에 앉은 형제에게 시선이 쏠렸다. 까무잡잡한 피부에 짧은 머리, 영락없는 군인이었다.

"군인이시죠?"

"엇? 그런데요."

남양주 모 부대에 있다는 그 형제는 상병 9박 10일간의 휴가를 쪼개 예수원을 찾은 것이다. 얘기를 듣던 왼쪽에 앉은 형제도 26개월 군 생활 중 세 번이나 유격훈련을 다녀왔다며 대화의 물꼬가 트였다. 맞은편의 중년 집사님도 표정이 밝아지면서 내게 어디 근무하는 군의관인지 물어보셨다. 금방 우리 테이블의 주제는 '군대'가 되었다.

숙소로 올라오면서 식사 때 마주 앉았던 중년의 집사님과 대화를 나눴다. 울진에 있는 한 해군부대 대대장이신 현역 중령님으로 석 달 만에 얻은 2박 3일의 외박을 가족들이 있는 서울 대신 태백의 예수원에서 보내기로 하고 오신 것이다.

군대 생활을 잠시 잊고, 기도하고 조용히 묵상하겠다고 찾아온 예수원에서 나는 또 여러 군인들과 함께하게 되었다. 그분들에게도 예상치 못한 '돌발 상황'이 아니었을까? 은사예배를 위해 예배실로 내려가는 길에 하나님께서 '소리 없이 머물다 가겠다.'라는 나의 원래 의도와는 다른 방향으로 이끄시는 게 아닌가 하는 불길한(?) 생각이 들기 시작했다.

예수원의 저녁 예배는 매일 다른데 목요일은 은사예배였다. 성령님의 인도하심에만 의지하여 자유롭게 예배를 드리는 것이다. 머리가 희끗희끗한 분이 기도를 부탁하러 가운데로 나오셨다. '높은뜻숭의교회' 이승률 장로라고 자신을 소개하셨다. 그분은 지난 15년간 연변과기대를 도와왔지만 이제 학교가 적극적 자립을 위해 뛰어야 할 때가 되어 사업을 아내에게 맡긴 채 연변과기대 대외 부총장직을 맡게 되었다고 하셨다. 예순이 넘은 나이에도 조금도 식지 않은 복음의 열정과 믿음의 결단을 하신 장로님께는 이를 지탱해줄 중보기도가 어느 때보다 필요했던 것이다. 모두의 마음이 뜨거워졌고, 함께 간절히 기도했다. 저녁 식사 때 내 옆에 앉았던 군종병 형제도 11개월 정도 남은 군 생활 동안 믿음으로 더욱 성장해서 본이 되고, 자기를 통해 많은 이들이 주님께 돌아올 수 있도록 기도를 부탁했다.

기도의 보따리들이 풀리면서 생면부지의 서먹했던 이들은 점차 성령 안에서 의미 있는 존재들로 거듭났다. 나는 말씀을 나누고 싶은 마음이 점차 뜨거워짐을 느꼈다. 지난 한 달 동안 여호수아 성경공부를 준비하면서 계속 내 마음속에 메아리치는 문장은 "스스로 성결케 하라(Consecrate yourself)!"였다. 이 말씀은 이스라엘 민족이 요단강을 건너가기 전 여호수아가 온 백성에게 특별히 주문한 유일한 일이었다. 그리고 아이 성 전투에서 패한 후 하나님께서는 여호수아를 통해 다시 이것을 요구하신다. 가나안 정복은 하나님이 하시는 일이며, 이 백성이 할 일은 스스로를 성결케 하는 것뿐이었다. 모두들 부탁할 중보기도의 보따리를 지고 왔고, 각자 나름대로 윤곽을 잡아놓은 '하나님의 개입과 도움의 계획'이 있겠지만, 우리가 할 일은 먼저 '스스로 성결케 하는 것'이었다. 지난 수 주 동안 마음에 진하게 남아 있던 찬양 '나의 마음을 정금과 같이'를 함께 부르며 성도들이 이 마음을 품기를 기도했다. 예배는 자정까지 이어졌다.

뒤척이는 소리에 잠을 깨니 몇몇 분들이 벌써 아침 채비를 하고 있다. 새벽 5시 40분. 이불을 개키고 6시 조도(아침 기도) 준비를 했다. 이를 닦고 입을 헹굴 때는 낮은 세면실 천장에 머리가 부딪히지는 않을까 조심스럽게 고개를 쳐들었다. 새벽바람은 제법 선선했고 야트막이 깔린 안개는 예수원 건물에 신비로운 기운을 더해주었다. 긴팔 옷을 걸쳤다.

나사렛 예배실에 디귿 자로 배열된 방석 중 하나에 자리를 잡고 조금은 낯선 규례에 따라 기도 시간을 가졌다. 식사 시간은 어제 저녁보다 훨씬 화기애애했다. 어제 은사예배로 인해 독특한 유대감이 싹튼 것 같았다. 사람들은 티룸(Tea Room)에 모여들었다. 티룸은 교제를 위한 정겨운 작은 공간이다. 그 안에는 책과 음반, 자체적으로 생산하는 기념품을 파는 '선물의 집'이 있다. 대학부 우리 조원들에게 줄 작은 선물로 예수원 십자가 여러 개와 기도 의자를 구해간다는 계획을 일찌감치 잡아놨으나 십자가 목걸이는 두 가지 사이즈뿐이고 그나마 소량이라 심히 아쉬웠다. 성경 말씀에 말린 꽃이 예쁘게 어우러진 책갈피는 오후에나 들어올 예정이었다.

어제 기도 제목을 나눈 분들에게 책과 CD를 드렸다. 해군 중령님은 가장 많은 대화를 나눈 분인데, 내가 군에 대해 가지고 있던 일부 부정적 시각을 바로잡는 데 많은 도움을 주셨다. 그러나 예수원에 온 본래 목적을 찾아야겠기에 자연을 벗 삼아 말없이 걷기 시작했다. 아직 여름의 푸름이 채 가시지 않은 자연의 싱그러움 속에서 나는 빡빡한 일상으로부터 잠시나마 물러나 있을 수 있었다.

침묵 기도실을 찾았다. 마침 아무도 없었다. 1998년 1월, 졸업과 병원생활 시작이란 시점에서 한 해 기도 제목을 정리하던 기억이 서린 곳이다. 이번에는 수첩을 꺼내들고 기도를 '쓰기' 시작했다. 쓰린 과거, 현재의 어둠, 가족, 결혼, 교회, 예흔, 학문, 군 생활, CMF, 친구들 등등. 두서없이 제목을 적어놓고 떠오르는 생각들을 브레인스토밍하듯 써 내려갔다. 새롭게 발견되는 사실, 미처 생각지 못했던 구체적인 기도 제목들이 가닥을 잡아갔다. 사람들에 대한 중보기도가 이어지면서 예수원의 소중한 시간은 흘러갔다.

오후에 약간의 노곤함을 달랠 커피 한잔을 위해 다시 티룸을 찾았다가 테이블 위에 지도를 놓고 열심히 들여다보고 있는 한 사람을 발견했다. 그냥 지나치지 못하고 말을 붙여본 것은 지도가 영어였기 때문이었다.

"May I help you?"

그렇게 해서 올해 서른여덟 살의 음악 선생님 일로나(Gruber Ilona)를 알게 되었다. 일로나는 스위스 국적을 가지고 있지만, 여덟 살 때 입양된 한국인이다(한국 이름 차일숙). 그러나 18세 때 양부모가 이혼하는 바람에 그녀는 홀로 서야 했다. 돈을 벌며 대학에 다니느라 여러 차례 휴학을 하며 오래 학교를 다녔다는 그녀의 짧은 이야기 속에는 많은 아픔이 스며 있었다. 한국을 찾아오기는 했지만 일로나는 친부모를 찾을 생각은 없었다. 일로나 같은 입양아에게 한국이란 어떤 나라일까? 우리는 그들에게 고향이라는 이름에 합당한 사랑과 배려를 전해주고 있는 것일까?

저녁 식사 때 다시 일로나를 만났다. 예수원 십자가 목걸이와 감기약을 전했다. 일로나가 강원도 일대를 여행하다가 혹시 감기라도 걸리면 의사소통도 잘 안 되는 상황에 적절한 치료를 받기 어렵다는 생각 때문이었다. 일로나는 무척 기뻐하면서 예수원 십자가를 맘에 들어 했다. 다음 날 아침기도 시간에 내가 가지고 있던 한영성경을 조용히 일로나에게 전해주었다. 일로나는 한글과 영어가 같이 있는 이 성경을 매우 좋아했다.

"It's yours."

그렇게 또 한 권의 책이 내 손을 떠나 제 주인을 찾아갔고 내 짐은 더 가벼워졌다.

담을 뛰어넘기

내 ID이자 글 마무리에 항상 쓰는 '스티그마(흔적)'란 단어는 교회 대학부 성경공부 팀의 이름인 '스티그마'에서 가져온 것이다. 또 갈라디아서 6장 17절 말씀인 "이후로는 누구든지 나를 괴롭게 말라. 내가 내 몸에 예수의 흔적을 가졌노라."라는 바울의 고백에서 인용한 것이기도 하다. 스티그마는 나에게 무척 각별하다.

내가 고 3 때 고등부 담임 목사님이셨던 김동호 목사님이, 몇 년 전 오디오 북 《스티그마》를 내셨다. 사실 김동호 목사님은 대입이란 높은 고지를 앞에 둔 고 3 시절, 풍성한 말씀으로 주일을 기다려지게 만드셨던 분이다. 목사님은 이제 막 신앙의 싹을 틔운 청소년들에게 복음과 열정을 통한 생명의 말씀을 전해주셨다.

또한 나는 교회 안의 성경공부 팀 '스티그마'를 통해 내 신앙과 삶의 본이 될 선배들을 만났고 모태신앙의 껍질을 벗었다. 선배들이 내게 보여준 헌신은 내게 큰 충격이자 도전이었다. 그들은 매주 성경공부 교재를 직접 만들어왔고, 직장인이면서도 성경공부에 불참한 조원들을 위해 평일 보강을 해주었다. 깊이 있는 말씀을 위해 '스티그마'가 아닌 '숙제그만'이란 우스갯소리까지 들어가며 많은 과제를 내주고, 자신들도 철저하게 준비하던 선배들. 부족하기 짝이 없는 후배를 위해 눈높이를 맞추며 이야기를 들어주고, 무자비(?)하게 밥을 사주며 집으로 초대하던 선배들. 그 선배들 밑에서 나는 난공불락으로만 보이던 믿음의 요새들이 사실 도전해볼 만한 대상이라는 것을 알게 되었다.

너무나 높아 보이는 담벼락을 만난 적이 있는가? 도저히 넘을 수 없을 것처럼 소름끼치게 높이 막아선 담벼락들 말이다. 그러나 그런 담을 뛰어넘는 사람들이 있기에 그 광경을 목도하는 순간 '나도 저 담을 넘을 수 있겠구나!' 하는 새 희망을 갖게 된다. "내가 주를 의뢰하고 적군을 향해 달리며 내 하나님을 의지하고 담을 뛰어넘나이다."(시 18:29)라고 외쳤던 다윗의 고백은 우리의 현재형 고백이 된다.

내가 사랑하는 책 중 하나인 유진 피터슨의 《다윗 : 현실에 뿌리박은 영성》의 원제목이 《Leap over a wall》이었던 것은 무척 인상적이었다. 개인적으로 돌이켜볼 때 큰 집회나 대규모의 행사보다는 눈에 띄지 않는 작은 모임 중에 내면적으로 더 큰 영적 각성과 결단의 순간들이 있었던 것 같다. 내게 관심과 사랑을 가지고 다가와 주던 작은 모임, 한 사람과의 만남에서 더욱 하나님을 알 때가 많았다. 나는 외형적으로는 큰 교회에 출석하고, 여러 직분을 감당하고 있다. 하지만 '작은 자'와 만나는 순간보다 나를 흥분시키는 순간은 없다. 주님도 작은 자들을 사랑하셨다. 그 사람이 주님의 뒤를 이어 큰 사역을 담당할 재목감이어서가 아니었다. 주님은 당신의 울타리 안에 들어와 있는 수많은 양이 아닌, 울타리 밖에서 헤매는 길 잃은 한 마리의 양을 품기 원하셨기 때문이다.

우린 믿는 자의 모임 안에서는 '착하고 충성된 종'일 수 있지만, 바깥에 나가면 도움이 필요한 '작은 자'를 무시하고 지나치는 '바쁘고 악한' 종교인이 될 수도 있다. 누구를 위한 분주함이며 누구를 위한 사역일까? 우린 더 이상 교회 안의 친한 크리스천들끼리만 상대하고 교제하는 영적인 도색(桃色)을 그쳐야 한다.

나는 '스티그마' 성경공부 팀의 헌신적이었던 선배들을 통해 희생하시는 예수님의 사랑을 접하게 된 한 명의 '작은 자'였다. 그 사랑을 만난 사람으로서 그 사랑을 더욱 전하고 싶다. 그 사랑이 더욱 커지게 하고 싶다.

작은 자를 돌아봄

"고향집에 가지 못하는 사람이 누구더라?"

이번 주간은 구정 연휴기간이다. 나는 추석이나 구정 같은 명절연휴에 집에 가지 못하고 혼자 지내는 사람이 누굴까 찾아보고 밖으로 불러내 같이 지내는 버릇이 있다. 이번에는 리(Lee)와 만날 약속을 잡았다.

교회 후배의 직장동료인 리는 신실한 크리스천이다. 미국인이면서도 한국을 좋아하는 그는 나보다 대여섯 살이나 손아랫사람이지만, 얼굴로는 앳된 티가 거의 나지 않는다. 우연히 한 번 만나 인사를 하게 된 그 친구 생각이 나서 후배와 함께 만나자고 했다. 한국 사람이면 누구나 가족과 친척들과 훈훈한 자리를 가지는 이 시간에 혼자 방에서 라면을 끓여먹고 있을 생각이 들자 모른 체 할 수 없었다.

이틀간의 병원당직이 끝나고 두 사람과 합류한 후, 서울 드라이브를 하게 되었다. 합정역 근처 양화진 외국인 묘지, 일산 호수공원, 워커힐 언덕배기. 매서운 강바람 때문에 충분히 경관을 둘러볼 수는 없었지만 서울의 동서를 가로지르며 차 안에서 이런저런 대화를 나누다 보니 서로의 마음이 훈훈해지기 시작했다. 짧은 영어로 대화를 이어가느라 애먹은 것도 사실이지만, 리는 고맙게도 내 부족한 영어실력을 이해해주었다.

어렵게 얻은 이틀간의 오프 기간에 만나고 싶은 사람들이 많이 있었지만, 리를 집까지 바래다주고 나서 잘했다는 생각이 드는 건 어쩔 수 없었다.

작은 기쁨

한바탕 봄비가 내리고 구름이 막 걷히려는 오늘 낮, 내가 교사를 맡고 있는 교회 대학부 성경공부 팀 야고보 반 조원들과 함께 남산 나들이를 갔다. 늘 그랬듯이 즉흥적으로 책 한 권을 현이에게 주었다. 코스타 인기강사이자 마취과의사인 박수웅 장로님의《우리 사랑할까요?》였다. 현이는 현재 우리 조원들 중 이성교제를 하고 있는 유일한 친구이기에 뜻하지 않은 선물을 받은 셈이다.

저녁 때, 이어지는 약속들로 몸이 차츰 빼근해지기 시작할 때 문자 하나를 받았다. 다음 날 전공시험이 있는데도, 월말에 일산 홀트 시설에서 올릴 인형극 연습 때문에 산책 후 교회로 돌아왔던 현이다.

"책 감사합니다. 집에 가면서 좀 읽었을 뿐인데 찔리는 게 엄청 많네요. 책 보고 좋은 교제할 수 있을 거 같아요.^^ 사실 셤 땜에 예배만 드리고 갈까 고민했는데 역시 괜한 생각이었습니다. 하나님을 믿을수록 제겐 평강이 함께함이 느껴져요. 앞으로도 많이 부족하지만 하나님 말씀대로 잘 이끌어주세요. 감사합니다."

며칠 전 볼 일이 있어 숭실대에 잠시 들렀을 때는 역시 우리 조원인 욱이를 찾아가 잠시나마 담소를 나누었다. 두 사람뿐 아니라 다샘, 동명, 향미, 상필, 윤재, 오늘 늦잠 자느라 함께 못한 혜정, 6월 이후에나 함께할 영훈……. 모두 귀한 하나님의 사람들이다.

'올해 한 명씩 학교로 기습방문을 해보면 어떨까?' 하는 재미있는 상상을 해보았다. 얼마 후, 야고보 반 올해 프로젝트의 첫 스타트를 끊었다. 이름 하여 '조원들 학교 방문하기!' 첫 순서는 아직 교회 적응이 덜 된 착한 상필이 찾아가기였다. 마침 부대 일과가 일찍 끝나서 경희대 근처 교회에 차를 주차하고 캠퍼스로 들어섰다. 도서관에서 공부하고 있는 상필이를 불러내 학교 앞 '도읍지'라는 식당에서 배불리 점심을 먹이고, 지난주에 새로 생겼다는 커피 빈에서 차를 마셨다.

교회에서 조원들이 함께 모였을 때의 나눔도 물론 좋지만, 개인적으로 만났을 때 나눌 수 있는 이야기는 또 다른 것 같다. 은밀한 이야기를 들을 수 있었고 나름대로 약간의 조언도 해줄 수 있었다. 상필이와의 만남이 그리 길지는 않았지만, 상필이에게 '너는 나에게, 우리 공동체에게 소중한 사람'이라는 마음이 조금이라도 전달되었으면 했다.

이들이 하나님 안에서 점차 뿌리를 내리고 바른 신앙을 몸으로 체득해가면서 하나님이 원하시고 기뻐하시는 삶을 알아가도록 말씀과 삶을 나누고, 미약하나마 도움이 될 수 있다는 게 얼마나 의미 있고 감사한 일인가.

박윤재

_회사원

신앙이 점점 식어가고 있었을 때, 교회 누나가 딱 반년 만 버티고 있으면 그다음엔 안 나와도 좋다고 하면서 넣어준 반이 안수현 선생님의 야고보 반이다. 나오기 싫은 대학부 성경공부 반에, 그것도 깐깐해 보이는 남자 선생님이랑 반년을 보낼 생각을 하니 까마득했다. 처음 자기소개를 한답시고 고려대 의대를 나와 내과전공의이고, 군의관을 하고 있으며, CCM 전문가로 라디오 방송도 한다는 얘기를 들으며 '잘나디잘난 사람이군.'이라고 생각했다. 그런데 선생님이 "원래 주님을 좀 안다고 생각하는 사람이 진짜 주님을 알기 어렵고, 주님을 이용해 먹으려고만 한다."라는 말을 하셨다. 그때가 딱 주님을 이용해 먹고 떠나려 했던 찰나여서 그런지 그 말이 아주 쓰게 들렸다.

그 후 예배에 들어갈 때면, 어디서 나를 발견하시는지 꼭 붙들어 예배당 중간에서 예배를 드리게 하셨다. 아마 삐딱한 내가 이탈할까 봐 그렇게라도 잡아두려 하셨나 보다.

내가 다니는 경영학과 특성상 팀원끼리 함께 움직이는 경우가 종종 있다. 한번은 그 약속을 일요일에 잡았다. 나는 예배에 참석도 않고 얼굴만 비치고 가려고 했는데 선생님께서 화를 버럭 내시면서 "주일에 예배를 제대로 드리지 않는 게 어디 있으며, 그 팀원들이 아무리 시간이 없다 해도 예배보다 우선해서 그런 약속을 잡을 수 있느냐?" 하고 책망하셨다. 선생님께 잘못했다고 하자, "나한테 미안하다고 사과할 것 없어. 너 자신에게 미안해하고, 네 안에 계신 하나님께 여쭤 봐."라고 하셨다. 지금도 그 말씀이 잊히지 않는다.

안면도로 MT 가던 날, 같은 반 조원 자현이의 안경알에 손때가 많이 묻어 지저분하다고 선생님이 직접 안경을 벗겨 화장실로 가져가 손수 비누를 묻혀 닦아가지고 오던 모습, 자신이 안경집 아들이라며 웃던 모습, 그 모습이 그립다.

6장

그분을 위한 노래

"아무리 높고 넓은 댐을 세워도 찬양의 거센 물결은 가둘 수가 없다.
그분을 만나게 되면, 그분의 이름이 당신 입술에서 계속 울려 퍼지게 될 것이다.
그래서 어디를 가든지 사람들과 눈이 마주치기를 기다리겠지.
눈이 마주치자마자 웃음을 가득 머금고 두 팔을 뻗어 그 사람에게 달려간다.
그분의 마음으로."

"아무리 높고 넓은 댐을 세워도
찬양의 거센 물결은 가둘 수가 없다.
그분을 만나게 되면, 그분의 이름이 당신 입술에서
계속 울려 퍼지게 될 것이다. 그래서 어디를 가든지
사람들과 눈이 마주치기를 기다리겠지.
눈이 마주치자마자 웃음을 가득 머금고 두 팔을
뻗어 그 사람에게 달려간다. 그분의 마음으로."

_데이비드 크라우더(David Crowder), 《찬양하는 습관》

그분을 위한 노래

"너 오늘 당직 아냐?"
"바꿨어. 안수현이랑."
"뭐야, 지난번엔 나랑 바꿨었는데."
"걔 주일엔 곧 죽어도 교회 가서 예배 드려야 된대. 그 시간 벌려고 닥치는 대로 당직 서는 거야. 딴 건 다 양보하는데 그건 안 된대."
"찬양대도 한다면서?"
"인턴 때도 일 년 52주 가운데 딱 한 번 교회에 못 갔단다. 믿어지냐?"

"참 특이해. 아무도 못 당할걸."

그 청년은 예배를 사랑했습니다. 사람들은 그에게서 '억누를 수 없는 예배자'의 열정을 느꼈습니다. 어떤 고난이 와도 꺼뜨릴 수 없는 하나님을 향한 불같은 경배의 열정 말입니다.

주일 예배를 드릴 때 그 청년이 꼭 앉는 자리가 있었습니다. 앞에서 셋째 줄, 찬양대가 가장 잘 보이는 자리가 그의 지정석이었습니다. 그는 그곳에서 눈을 감고, 혹은 두 손을 번쩍 들고 하나님을 경배했습니다. 어느 땐 베이스 음으로, 어느 땐 큰 소리로 가사를 따라 불렀습니다. 그의 옆에서 예배 드리는 사람은 주위를 의식하지 않고 예배에 몰입하는 그의 모습에 처음엔 당황하지만, 점점 자기도 모르게 그의 열정에 동화되어버렸습니다.

가끔 그는 찬양대석을 노려볼 때도 있었습니다. 준비가 미흡해서 예배를 방해하거나, 찬양대원이 예배 중 졸거나 불성실한 태도가 눈에 뜨일 때이지요. 그는 찬양대란 목사와 함께 예배를 이끌어가는 준비된 사람들이어야 한다고 믿었습니다. 경배란 사람의 마음을 끄는 것이 아니라 하나님의 마음을 끄는 것이기 때문이지요.

그의 찬양에 대한 이런 열정은 영상으로 찬양하며 예배를 드리는 헬퍼십 공동체 '예흔'을 만들게 했습니다. 그는 전도를 받아 처음 교회에 나온 사람들이 너무 딱딱하고 정형화된 예배에 적응하지 못하는 것을 보고 마음이 아팠습니다. 교회에 처음 나온 사람들도, 또 오랫동안 신앙생활을 한 사람들도 함께 찬양을 통해 감동받고 하나님을 만나는, 살아 있는 예배를 꿈꾸었습니다.

1998년 8월, 그는 자신이 절망에 빠졌을 때 큰 힘을 주었던 돈 모엔의 《God with Us》로 첫 영상예배를 드림으로 '예흔' 활동을 시작했습니다. 해외의 유명한 찬양사역자들의 최신 DVD를 구입하는 일, 그것을 한국어로 맛깔스럽게 번역하는 일, 기계를 조작하는 일, 좋은 동료들을 모으는 일, 게다가 교회의 시설을 빌리는 일까지 처음에는 혼자 뛰어다니며 해결했습니다. 한 가지도 쉬운 일이 없었습니다. 예배 직전에 펑크가 날 뻔했던 무수한 위기를 넘겨가며 매달 드렸던 '예흔' 예배는 10년이 넘은 지금도 매월 첫째 화요일 저녁, 영락교회 50주년 기념관 지하 1층 강당에서 계속되고 있습니다. 수현 형제를 사랑하는 동역자들이 그의 뜨거웠던 예배의 불이 꺼지지 않도록 지켜가며 묵묵히 그 일을 감당하고 있습니다.(예흔은 2011년 8월, 13주년 기념예배를 끝으로 활동을 접었습니다 : 엮은이 주)

'예흔'을 이끌며 쌓은 그의 해박한 CCM 지식은 프리랜서 praise & worship 칼럼니스트란 이름을 얻게 했습니다. 바실 뮤직과 휫셔 뮤직 음반리뷰를 쓰고, 크리스천 투데이와 '안수현의 워십 앨범 까페'에 기고를 했습니다. 아미 위성방송에서는 '안수현의 CCM 여행'을 진행하기도 했습니다. 온누리교회, 침례교신학대학, 장로교신학대학에서는 현대 CCM의 흐름에 대해 강의를 했습니다. 그의 특강을 주선했던 대전 침례교신학대학의 김은영 교수는 그의 강의를 듣던 중 놀라운 체험을 했습니다.

“특강이 시작되자 담당교수인 나는 뒤편에 앉아 강의를 듣고 있었습니다. 사실 그때 나는 개인적으로 아주 깊은 고민을 가지고 있었습니다. 그런데 강의가 끝날 무렵 수현이가 보여주는 비디오 자료와 설명은 내가 하던 고민에 정면으로 도전하는 것이었습니다. 나는 소리 없이 눈물만 줄줄 흘렸습니다. 수업이 끝나고 내가 이 이야기를 하자, 그는 마지막 내용은 원래 준비한 게 아니었고 수업진행 도중 갑자기 그게 더 좋을 것 같아 다른 것이 재생되는 사이 파워포인트 내용을 수정해서 삽입한 것이라고 했습니다.

그것은 1956년 에콰도르 인디언에게 복음을 전하러 갔다가 허망한 죽임을 당한 미국의 휘튼 칼리지 출신 짐 엘리엇을 비롯한 젊은 선교사 다섯 명의 순교 이야기와 후일 그들을 죽였던 아우카 족의 회심을 그린 스티브 채프먼의 뮤직 비디오 〈영광의 문, 저 너머〉였습니다.”

그의 찬양사역에서 흔히 일어나는 또 한 번의 강력한 하나님의 임재였습니다. ●

바로 그 '찬양대'를 꿈꾸며

어느 주일 예배 때였다. 헌금 송 시간에 성악을 전공한 듯한 청년이 찬송가 '오 신실하신 주'를 불렀다. 나는 그의 우렁찬 목소리를 들으며 한편으로 궁금했다. 저 찬양대원은 자기가 부르는 찬양의 의미를 얼마나 깊이 체휼(體恤)하며 부르고 있는 것일까? 이 찬양은 그의 고백일까? 아니면 그의 멋진 음색을 드러내기에 적절해서 택한 성악곡일 뿐일까? 저 청년은 이 찬양의 가사가 예레미야 애가의 말씀 3장 23절 "이것들이 아침마다 새로우니 주의 성실이 크시도소이다."에서 나온 사실을 알고 있을까? 대형교회에서 20여 년간 찬양대 생활을 했고 찬양을 사랑하고 즐겨 부르지만, 나 역시 찬양이 노래 이상이라는 것을 알게 된 지는 놀랍게도 몇 년 되지 않는다.

내가 속해 있던 찬양대는 중등부 때부터 이미 헨델과 베토벤, 모차르트의 곡들을 연습하며 난이도 높은 곡들을 소화해내는 것에 자부심을 가지고 있었다. 본당 찬양대석은 거룩한 분위기를 누릴 수 있고, 사람들로부터 주목받을 수 있는 자리였다. 하나님을 향한 열정이 있고, 전문합창단 못지않은 음악적 실력을 갖춘 아마추어들의 모임이었다. 그리고 고락을 함께했던 벗들이 있는 그 찬양 공동체는 내가 늘 머물고 싶었던 곳이었다.

이제 그곳에서 한발 물러나 단 아래 회중석에 앉아 찬양대를 바라보니 참 아쉬운 생각이 많이 든다. 그 이유는 찬양대원들이 그들이 누리는 특권보다 더 많은 유익을 놓치고 있다는 것을 알기 때문이다. 부르기 어려운 성가곡을 소화하며 몇 장의 음반을 제작한 것으로 목을 세우는 '구별된' 모습이 아니라, 목회자와 더불어 예배를 주도하며 중보하는 제사장 역할을 수행하는 '바로 그 찬양대'의 모습, 상상만 해도 가슴 뛰지 않는가?

브루클린 태버너클 교회의 찬양대는 현재 미국에서 도브상과 그래미상을 휩쓴 가장 유명한 찬양대 중 하나이다. 그들의 명성은 음악적 탁월함이나 교회의 유명세에서 나온 것이 아니다. 그들의 존재는 하나님께서 약한 자들을 들어 쓰셔서 가진 자들을 부끄럽게 하심을 보여주신 증거이며, 겸손함으로 순종하는 가운데 임하는 하나님의 기름 부으심이 얼마나 강력한 것인지를 보여주는 실례이다.

팀의 리더이자 지휘자 겸 작곡자인 캐롤 심발라 사모는 음악교육을 제대로 받지 못해 악보 보기도 어려워했던 분이다. 그뿐인가? 250여 명의 찬양대원들의 직업은 약물 중독자, 청소부, 간호사, 그리고 변호사에 이르기까지 천차만별이다. 그런 사람들이 성가대원으로 서 있는 것 자체가 하나님의 경이로운 역사를 보게 해준다.

그들은 노래만 하는 것이 아니다. 수시로 자신들에게 베푸신 하나님의 은혜를 간증한다. 이들의 진솔한 간증이야말로 최상의 찬양이다. 그들의 찬양은 사탄이 할퀴고 지나간 상흔으로부터 나음을 입은 자들의 고백이다. 그들이 낸 음반들은 복음을 전하고 하나님을 높이는 데서 저절로 나온 부산물일 뿐이다. 브루클린 태버너클 콰이어는 연약한 자들을 통해 하나님의 비전이 현실로 이루어질 수 있음을 우리에게 증거한다. 성령으로 충만한 그들의 음성에 숨겨진 간증을 들어보라. 그리고 함께 기뻐하며 주를 바라보자.

소망,
그 영원한 화두

본과 3학년 때, 기말고사를 일주일쯤 앞두고 한 학년 선배인 누님이 극심한 복통으로 응급실에 실려 갔다. 급성충수돌기염(급성맹장염)으로 생각하고 수술에 들어갔던 집도의는 복통의 원인이 간으로까지 전이된 난소암임을 발견했다. 경악스러운 이 소식을 접한 우리 모두는 지독한 회의에 빠졌다. 나 또한 '선배가 난소암 말기라는데 이까짓 시험이 다 무슨 소용이람.' 하는 생각에 공부가 손에 잡히질 않았다. 애꿎은 자판기 커피만 연거푸 뽑아 마시며 깊은 한숨을 쉬던 기억이 난다.

살다 보면 갖은 애를 써서 다다른 곳이 한 발짝도 뒤로 물러날 곳이 없는 벼랑 끝임을 발견하게 되는 순간이 있다. 과연 내가 이 상황을 이겨낼 힘을 어디서 얻을 수 있을까? 참 소망이란 과연 있는 것일까? 변치 않는 진리는 정말 존재하는 것일까? 그러나 흑암 중에 세미한 빛은 더욱 밝게 빛난다. 우리에겐 소망이 있다. 주님께 유일한 소망을 둘 때 그 약속은 실재가 된다. 예수, 오직 그 이름에 소망을!

힐송(Hillsong)이 2003년에 새롭게 선보인 앨범이 《Hope》다. 힐송은 매년 3월에 새 노래를 녹음하고 7월의 힐송 컨퍼런스 일정에 맞춰 정규음반을 발매한다. 해마다 원숙함을 더해 이제 지역 교회를 벗어나 세계로 향하는, 이들의 사역은 많은 이들에게 중요한 은혜의 통로가 되고 있다.

이 앨범에서 가장 먼저 나를 사로잡은 곡은 'Still(주 품에 품으소서)'이다. 나를 가로막는 거센 폭풍, 그러나 그보다 더 크신 주님과 함께 모든 역경을 이기며 잠잠히 하나님 되심을 인정하고 고백하는 가운데 누리는 평안이 감동적이다. 《Blessed》 앨범부터 힐송 팀에 합류한 툴렐레 팔레톨루(Tulele Faletolu)가 곡을 훌륭히 소화해주고 있다. 'Angel'에선 광대하신 주님 앞에 엎드려 천사들과 함께 찬양하리라는 고백을 나직이 드린 후, 'Can't stop praising'에서는 댄싱 팀과 각종 타악기들이 어우러져 주님을 향한 열정을 마음껏 발산하는 멋진 한 마당이 펼쳐진다. 이전 앨범의 'Your love is beautiful'이나 'All I do'를 잇는 이 곡에 맞춰 어깨춤을 추며 동참해보라. 마지막 곡 'Highest'에선 변치 않는 신실하신 주님께 영광 돌리며 면류관을 드린다는 고백을 올리며 가슴 벅찬 예배의 현장은 그 막을 내린다.

글을 쓰다가 난소암 수술을 받았던 선배 누님에게 전화를 했다. 선배는 2년 동안 수차례의 수술과 항암화학요법의 가시밭길을 헤쳐 나갔고, 한 차례의 재발로 병원 일을 1년 쉬어야 했으나 꿋꿋이 이겨

내 레지던트로 일하고 있었다. 실험과 논문, 환자를 돌보는 일에 분주하면서도 밝은 선배의 등 뒤에는 역시 신실하신 주님이 계셨다. 그 분이 내주하시는 삶, 그것이 복음이며 세상에 소망을 주는 세미한 빛이다.

고통 중에 부여잡은 그의 신실하심

최근 제럴드 L. 싯처의 《하나님이 기도에 침묵하실 때》를 읽었다. 싯처는 전작 《하나님의 뜻》에 이어 크리스천이라면 누구나 맞닥뜨리는 이 난해한 문제를 훌륭하게 풀어낸다. 그건 그의 글 솜씨가 세계 제일이어서가 아니다. 저자에게 일어났던 비극 때문이다.

어느 날 음주운전자가 싯처의 가족이 타고 있던 차를 덮쳤다. 그는 한순간에 아내와 어머니, 그리고 자식을 잃었다. 그 절망의 나락에서 시작된 끈질긴 믿음의 기록에는 "그저 기도하라."와 같은 피상적 조언들과는 비교할 수 없는 깊이와 통찰이 번뜩인다. 고난을 즐겨 맞이하려는 사람이 누가 있겠는가? 그러나 풍상을 겪지 않은 나무는 나이테가 없는 법이다.

'나의 마음을 정금과 같이(Refiner's fire)'의 송 라이터로 유명한 캐나다 출신 찬양 인도자 브라이언 덕슨(Brian Doerksen) 역시 제럴드 싯처와 같은 상흔이 있다. 하나님이 주신 소명으로 시작했던 뮤지컬 사역은 늘어나는 부채로 결국 중단됐고, 간절한 기도 끝에 태어난 막내아들 이사야는 발달장애 유전질환(Fragile X)을 가진 것으로 판명됐다. 그의 여섯 자녀 중 절반이 장애의 멍에를 메고 태어난 것이다. 결코 녹록치 않은 삶을 겪어온 그가 15년 동안 속해 있던 교회의 울타리를 떠나 만든 첫 솔로앨범이 《You shine》이다. 나는 그가 과연 어떤 이야기를 우리에게 들려줄 것인지 궁금했다. 곧이어 이 명반을 소개해야 하는 강력한 이유들을 너무 많이 발견하게 되었다.

이 음반의 가장 강력한 힘은 수록된 곡 모두 '시련 가운데 부여잡은 하나님의 신실하심'이란 하나의 주제로 솔기 없이 촘촘히 지어낸 데 있다. 브라이언은 때론 기쁨의 고백으로, 때론 절망 중의 애가(哀歌)로 가감 없이 노래한다. 세미한 떨림으로 울려나는 그의 음성은 듣는 이들의 마음까지도 감동으로 떨리게 한다.

음반을 여는 타이틀 곡 'You shine'은 격려의 노래다. 시편 42편 11절의 고백처럼, 불안으로 흔들리는 우리에게 하나님이 어떤 분이신지 기억하게 하며, 능히 세상을 이길 수 있다고 말해준다. 'Your love is amazing(할렐루야)!'은 경쾌하고 즐거운 찬양이다. 켈틱 스타일의 간주 파트가 더해지면서 함께 발을 구르며 기쁨의 향연에 참여하듯 즐거움을 선사한다. 'I am convinced'는 로마서 8장과 에베소서 3장 후반부를 가로지르며 세상 어떤 것으로도 끊을 수 없는 하나님의 사랑을 확인한다. 'You surround me'에서는 아일랜드 모국어인 게일릭(Gaelic)

과 영어가 조화를 이루며 주님과의 친밀함을 노래한다.

어느 해이던가, 내 주변에 참 힘든 일들이 연거푸 일어났다. 한 후배의 아버님이 항암 치료의 후유증으로 갑자기 장폐색이 와 응급수술을 받았고, 또 다른 후배는 큰 난소종양이 발견되었는데 종양 표지자 수치가 높아 악성 가능성이 있다는 말에 수술을 받아야 했다. 그 답답하고 안타까운 순간에 매일 한 사람씩 붙잡고 가사를 나누며 위로한 찬양이 있다. 바로 'Your faithfulness'란 곡이다. 막내아들마저 똑같은 유전병을 이어받게 될 것인지 고민하는 피를 말리는 불안감과 싸우는 아버지의 독백이 담긴 이 곡은 불확실함으로 가득 찬 이 세상에서 진정 의지할 소망은 오직 주님의 신실하심(Your faithfulness)이란 진리를 재천명한다. 지극히 개인적인 고백이 얼마나 보편적인 감동을 주는지 보여주는 값진 곡이다. 나 역시 마음이 몹시 힘든 날이면 늘 이 찬양의 고백으로 주님의 신실하심을 묵상한다.

이어지는 곡들은 애가이다. 우리 삶이 어찌 기쁜 찬양의 순간만 있겠는가? 하지만 우린 찬양할 때 짐짓 슬퍼하지 않는 척, 그깟 고통은 능히 이겨낸 것처럼 애써 눈물을 감추려고 한다. 그러나 브라이언은 슬픔 그 한가운데서도 노래할 수 있다는 것을, 아니 그 슬픔 때문에 더욱 찬양할 수 있다는 것을 우리에게 알려준다. 그가 부르는 찬송가 470장 '내 평생에 가는 길' 역시 1871년 시카고 대화재와 연이은 여객선 침몰로 온 재산과 네 딸을 잃은 스패포드(Horatio G. Spafford) 교수가 비극의 현장에서 쏟아냈던 고백이다. 브라이언과 그의 아버지

해리 덕슨이 함께 이중창을 불러 잔잔한 감동을 불러일으킨다. 'With all my affection'은 경배 그 자체가 가장 고귀한 부르심이라는 간결한 내용이다. 나는 이 고백을 드리며 마르다의 모든 분주한 일상을 접고 마리아가 된다. 하나님께만 집중하면서.

CD 속지에는 노래를 쓰게 된 배경의 설명이 있다. 나에게 가장 인상 깊었던 것은 'Your faithfulness'의 뒷이야기였다. 그렇게 간절한 고백으로 곡을 썼건만 안타깝게도 막내아들 역시 같은 유전질환을 가졌다는 진단을 받았다. 그는 모든 사역을 접고 아이들을 돌보기로 결정한다. 그러나 그가 발견한 하나님의 뜻은 '절름거리면서도 계속 앞으로 나아가며' 하나님의 신실하심을 끝까지 의지하는 것이었다. 하나님은 우리 인생에 닥친 어떤 엄청난 고난과 슬픔을 가지고도 상처 입은 세상을 치유하는 도구로 사용하실 것이다.

내가 늘 가지고 다니는 CD 케이스는 약 스무 장의 CD를 넣을 수 있다. 그동안 이 케이스를 들락거린 CD만 해도 줄잡아 수백 장은 넘을 것이다. 그런데 유독 제자리를 지키고 있는 단 한 장의 CD가 바로 이 《You shine》이다. 이 음반에 흥미가 끌린 분들에게는 무너진 이 땅을 보수하는 성도들을 향한 세상의 집요한 조롱과 박해 속에서 주님을 선택하는 공동체적 고백이 담긴 그의 두 번째 앨범, 《Today》 CD와 DVD를 권한다. 더 많은 이야기를 만날 수 있을 것이다.

아버지와의 대화

10월의 마지막 주일, 이틀 동안의 응급실 당직을 마치고 부지런히 집에 돌아와 오늘 있을 '예흔' 예배를 준비했다. 피곤했지만 시간이 빠듯했다. 교회의 공식 허가를 받아 한 달에 한 번씩 찬양과 경배 영상을 성도들과 함께 보는 시간을 갖게 된 지 이번이 세 번째다. 시작 직전, 한 팀원의 실수로 OHP와 스크린을 쓸 수 없는 상황이 발생했다. 속으로 쓴웃음이 나왔다.

'역시 사탄은 성도들 예배 드리는 꼴을 못 보는군. 또 방해라니.'

그 순간 내 눈앞에 한 어른이 나타났다. 아버지셨다.

"어, 아버지 웬일이세요?"

"네가 매달 뭐 한다고 그랬잖니. 오늘은 엄마가 가보라고 해서 왔다."

지난 주 담당 목사님의 칭찬이 한몫 했으리라. 하여튼 어렵게 OHP가 준비되어 돈 모엔의 《Worship》과 《Lord》 찬양집회 실황을 통해 예배를 드렸다. 역시 사탄이 막으려고 기를 쓸 수밖에 없을 만큼 주님 안의 회복과 기쁨이 넘치는 시간이었다.

집에 돌아와 저녁을 들고 계시던 부모님과 대화를 하였다. 아버지께서 오늘 찬양시간을 계속 화제에 올리셨다. 가사는 다 이해하지 못하셨지만 언어를 뛰어넘어 가슴 찡하게 울리는 감동이 전해지더라고 말이다. 참고로 아버지는 과장을 좋아하시는 분이 아니다. 찬양 이야기를 하다가 대화가 이어지면서 나도 부모님께 내 근황을 털어놓았다. 오랜만에 부모와 자식 간에 진솔한 이야기가 오갔다.

처음으로 아버지와 충돌했던 것이 언제였는지 잘 기억나지 않는다. 하지만 고 3 때, 공부보다 신앙이 더 중요하다는 것을 말씀해주지 않으셨던 아버지에 대한 상처가 내게 있었다. 재수시절까지 연장되었던 그 긴장은 대학에 입학하면서 다른 양상으로 발전되었다. 부모님은 '지나친 교회활동'으로 인해 학업이 지장 받는 것에 매우 민감해하셨다. 예과 1학년 때 예상치 못한 부모님의 반응을 접한 나는 의예과 2년 동안 MT에 거의 참가할 수 없었다. 나는 그때 부모님이 교회에 다니시더라도 믿음으로 인한 갈등은 여전히 존재할 수 있다는 걸 배웠다. 그러나 내게 큰 용기가 되었던 것은 교회 대학부 총무라는 분주한 직분을 맡고 집안에는 알리지 않은 채 잘 감당했던 한 선배의 이야기였다. 그 선배는 나의 멘토로 자리 잡았다.

결국 나는 주님의 일을 하더라도 부모님께는 알리지 않기로 했다. 교회 대학부 성가대 총무, 교회 리더, CMF 편집부 등 주님이 허락하셨다는 확신이 있는 한 조용히 감당했다. 주일이면 교회 안에서 아버지와 맞부딪칠까 부지런히 주위를 살피며 대학부 활동실을 오르던 시절이 생각난다. 그러던 오늘, 교회를 섬기는 나의 일이 드디어 아버지와 공감대를 형성하게 된 것이다. 기억할 만한 날이다. 하나님께 감사드리지 않을 수 없다.

파티로의 초대

2000년 12월 24일, 서울은 화이트 크리스마스였다. 집에서 혼자 이 좋은 밤을 지새울 수 없다고 생각한 나는 병원으로 달려갔다. 내과 병동에 밤 근무 중인 동료 의사들과 간호사들에게 크리스마스 케이크를 돌렸다. 그리고 특별히 힘들어하는 세 환자 분들에게 성탄카드를 썼다. 새벽 2시, 몰래 병실에 찾아갔다가 한 환자 분이 알아채고 내 쪽을 향해 몸을 돌렸다. 함박눈이 소리 없이 내리는 그날 밤, 어두운 병실에 카드를 전하러 들어갔던 내 손을 꼭 쥐고 놓지 않으시던 할머니의 억센 손힘이 지금도 생생하다. 그날 나는 할머니를 위해 이 세상에서 제일 소박한 크리스마스 파티를 열었던 것이다.

KOSTA 강사로 초빙된 적이 있던 토니 캠폴로(Tony Campolo) 교수의 일화다. 어느 날 새벽, 호놀룰루의 한 추레한 식당에서 생일 파티가 열렸다. 매일 새벽, 그 식당을 찾아 허기를 채우던 한 홍등가 여인을 위해 캠폴로 목사가 열어준 깜짝 생일 파티였다. 예기치 않은 생일 케이크 앞에서 여인은 엉엉 울었고, 캠폴로 목사는 그녀의 구원을 위해 함께 기도했다. 어느 교파 목사시냐는 여인의 뒤늦은 질문에 그가 답했다.

"새벽 3시 반에 거리의 여인들을 위해 생일 파티를 열어줄 수 있는 교파에 속해 있습니다."

파티를 퍼뜨리다 보면 복음도 전파되고, 파티를 창조하는 것은 사람들을 그리스도께 인도할 수 있는 상황을 창조하는 것이라고 캠폴로 목사는 말했다. '헌신' 대신 '파티'를 말하는 것이 이 세상과 타협하는 것 같아서 찜찜한 마음이 드는 것도 사실이다. '하나님 나라가 파티'라는 말은 아직도 내겐 참 낯설다.

영국은 '길거리 예배'의 전통이 있는 나라다. 예배 인도자 그레이엄 켄드릭(Graham Kendrick)은 거리를 행진하며 주님을 경배하고 복음을 선포하는 'March for Jesus' 운동을 일으켜 80년대 중반에서 90년대에 이르기까지 세계 각국에 큰 반향을 일으켰다. 그러나 시대가 변하면서 찬미의 제사와 더불어 선행과 나눔이 필요하다는 취지에서 시작된 것이 맨체스터 축제다.

일주일간 맨체스터에서 열리는 축제가 다른 기독집회와 다른 점은 '축제'에 보다 큰 비중을 둔다는 것이다. 주중 'On the Street' 프로그램은 참가자들이 세차, 낙서 지우기, 벌초, 거리 청소, 콘서트, 청소년 돕기 등 각종 봉사활동을 통해 도시를 섬기는 것이다. 주말 프로그램인 'In the park'는 이틀간 뮤직 페스티벌을 즐기는 것이다. 핵심에 '말씀'이 있는 것은 물론이다.

우리나라에 출시된 음반 《On the Streets》는 2003년 페스티벌을 위한 앨범으로 기존 곡들을 편집한 한정판 《Welcome to the party》와 함께 발매되었다. 축제를 위한 음반을 준비하면서 대회장인 앤디 호손(Andy Hawthorne)은 예배 인도자와 송 라이터들에게 두 가지를 주문

했다. 교회의 선교에 대한 동기부여와 잃어버린 영혼을 향한 하나님의 마음을 알 수 있게 해달라는 것이었다. 다양한 영국의 예배 인도자들이 이에 호응하여 앞다퉈 자신의 곡들을 허락했다. 그 결과 소울 서바이버와 영국 빈야드, 최근 주목받는 젊은 예배인도자들이 총망라된 앨범이 탄생했다.

음반을 들으며 이번 축제의 현장은 어땠을지 궁금해졌다. 중요한 것은 그 파티는 계속되어야 한다는 것이다. 우리가 존재하는 구석구석에서 말이다. 더 가진 후에나 나눌 수 있다고? 그렇다면 파티는 영원히 열리지 않을 것이다.

스플랑크니조마이

splanchnizomai

대중음악을 들을 때 내가 갖는 당혹감 중 하나는 얄팍함이다. 비논리적이고 가벼운 가사에 고개를 저으며 무슨 생각으로 이런 노래를 만들었을까 하는 생각이 드는 경우도 있다. 요즘 발매되는 기독교 음반들도 비슷한 느낌을 받는다. 잘 알려진 찬양 곡만을 가지런히 모아놓은 음반들, 하나님이 주시는 복에 대해 감사하고 기뻐하는 데 그치는 노래들, 성경 말씀을 반복해서 인용하는 노래 등, 한마디로 재료의 빈곤에서 오는 식상함이다.

헬라어 동사 '스플랑크니초마이(splanchnizomai)'는 보통 '긍휼한 마음이 움직인다.'라는 뜻으로 번역한다. 이 동사의 어원적 의미는 더 깊고 강렬하다. 명사 'splanchna'는 내장, 창자, 장기(臟器) 등 강렬한 감정이 생겨나는 내면 깊숙한 곳의 어떤 부분을 말한다.

10여 년 전, 낯설기만 했던 모던 워십(modern worship)이 지금의 자리매김을 하는 데 가장 큰 역할을 한 매트 레드맨(Matt Redman)의 찬양곡들에서 공통적으로 접하는 코드가 바로 이것이다. 그는 놀랍도록 솔직하다. 그의 노래는 황량한 광야의 외침일 때도 있고, 비옥한 땅에서 부르는 찬가일 때도 있다. 그의 '하나님과의 깊은 친밀함에서 우러나오는 고백'은 기쁨과 두려움 사이의 오솔길을 가로지르며 우리에게 예배의 본질이 무엇인지를 들려준다. 그 진솔한 고백이 듣는 우리 마음을 사로잡는 이유이다.

많은 예배 인도자들에게서 공통적으로 발견할 수 있는 것들 중 하나는 연약함이다. 데이비드 루이스(David Ruis)는 입양된 고아였고, 달린 체크(Darlene Zschech)는 이혼 가정에서 자라나 삐뚤어진 자아상으로 인한 대식증(bulimia) 환자였고, 브라이언 덕슨(Brian Doerksen)은 선천적 장애를 가진 아들들이 있었다. 매트 레드맨은 어릴 때 아버지가 자살했고, 의붓아버지는 그를 돌보지 않았다. 그러나 하나님께서는 그 어두운 그림자를 선하게 사용하셨다. 열세 살 때 마이크 필라비치(Mike Pilavichi) 목사를 만난 레드맨은 열다섯 살부터 주말 저녁마다 두세 시간씩 주님을 경배하며 교제를 나눴다. 1993년 필라비치 목사가 젊은 이들을 위한 말씀과 찬양집회인 소울 서바이버 집회를 시작하면서부터 레드맨은 예배를 인도하며 섬겨왔다. 'Heart of worship'의 심오한 가사가 이 24세 청년의 가슴에서 흘러나왔을 때, 수많은 크리스천들이 그 진실함 앞에 무릎 꿇고 주님을 경배했고, CCM 가수들은 앞다투어 자신의 앨범에 이 곡을 담았다. 뒤늦게 그의 음악을 접한 나는 한참 동안 그 가사의 언저리에 머물며 떠날 줄 모르고 눈물을 흘렸다.

이제 그는 각종 집회의 대표적 예배 인도자로 부름을 받는다. 미국에는 그의 곡을 주제 찬양으로 하는 초대형집회인 Oneday 컨퍼런스도 있다. 사랑하는 아내 베스와 예쁜 딸 메이지도 있다. 이만하면 부러울 것 없어 보이지만, 그는 지금도 집회를 인도하기 전에 더러운 흙바닥에 얼굴을 부비며 자신의 보잘것없음을 되새긴다.

아직 우리나라에는 그의 곡이 많이 번역되어 있지 않다. 멜로디는 감미로운 편이 아니고 사운드는 약간 텁텁하게 들린다. 나 또한 그의 곡들에 친숙해지기까지 얼마간의 시간이 걸렸다. 그의 책《하나님 앞에 선 예배자》를 함께 권하고 싶다. 오직 한 분의 청중을 위해 천한 자리로 내려오는 것조차 개의치 않는 그의 마음에 동참할 수 있을 것이다. 천사들도 숨죽여 걷는 그 보좌 앞에서 경외함의 리듬에 맞춰 발을 구르며 기쁨의 춤을 추라. 그분을 경외하는 자에게 여호와의 친밀함이 임하지 않겠는가! 함께 먹고 마시며 교제하기를 원하노라고 속삭이시지 않겠는가!

단 한 분의 청중

교회나 공동체에서 섬기는 일들이 몇 가지 있다. 그중에는 많은 사람들이 인정해주고 격려를 아끼지 않는 일들도 있지만, 예흔 작업처럼 아주 적은 사람들의 모임을 위해 밤늦도록 준비해야 하는 일도 있다. 지지난달의 예흔 시간은 모인 사람이 특히 더 적었다. 사람 수가 중요하지 않다고 생각하면서 애써 마음을 가다듬었다. '단 한 사람만이라도 이 시간을 통해 하나님을 알고 예배할 수 있다면 그것으로 충분하다.'라는 마음을 먹고 섬기는 일이건만, 마음 한 구석에서는 알아주는 사람이 너무 적다는 것이 아쉬웠다.

텅 빈 관객석을 바라보며, 내 마음에 점점 확실해지는 한 가지 사실을 발견하게 되었다. 그것은 바로 이 시간 이 자리에 한 명의 청중이 더 있다는 것이다. R. C. 스프라울(Sproul)의 《사람이 무엇이관대(Hunger for significance)》란 책에서 읽은 질문이 기억난다.

"사람들은 왜 튀려고 하는가?"

왜 에베레스트 산을 오르고, 올림픽에서 금메달을 따기 위해 훈련하고, 고시 패스를 위해 모든 것을 포기하고 머리를 싸매고 공부하는가 말이다. 그 이유가 "다른 사람들에게 인정받기 위해서"라는 것이다.

우리는 남을 의식하면서 생활한다. 다른 사람들의 시선을 걱정하면서 그들로부터 인정받기를 갈망한다. 주위 사람들의 칭찬 한마디에 모든 시름을 잊고 몸을 던져 일하기도 하고, 의미 없이 내뱉는 비판에 모든 희망을 상실하기도 한다. 그렇게 다른 사람을 통해 자신의 가치를 평가하고 더 많은 사람들로부터 더 큰 칭찬과 인정을 받기 위해 달음박질하고 때로는 남을 깔아뭉개기도 한다. 현대는 경쟁사회며 강한 자들만이 살아남기 마련이라고 자위하면서 말이다.

그렇다면 다른 사람들이 나를 높이 평가하고 깊은 호의를 보이면 과연 만족할 수 있을까? 안타깝게도 우리는 여전히 불안해한다. 사람들의 환대 이면에 숨어 있을 속셈을 계산하면서 '과연 저 사람들이 나의 벌거벗은 모습을 보고도 나를 사랑할 수 있을까?' 하며 자신의 매력을 유지하기 위해 계속 채찍질하게 된다. 다른 이들의 칭찬이 우리 존재 가치를 결정할 때, 또 내가 계속 내 삶의 방향을 이끌고 가려 애쓸수록 피곤하고 고단한 삶이 되고 만다.

다른 사람들을 의식한다는 것은 다른 사람들을 두려워하는 것이고, 다른 사람들을 두려워한다는 것은 하나님을 두려워하지 않는다는 것이다. 사람을 두려워하는 것으로부터 해방되는 유일한 길은 하나님을 두려워하는 것이다. 오직 하나님의 반응만을 의식하는 것이다. 사람들을 두려워하면 제약 가운데 갇히지만, 하나님만 두려워하면 주님께선 우리를 자유롭게 하신다. 다른 청중을 의식하는 데서 돌이켜 오직 최후의 청중이요, 최고의 청중인 '단 한 분의 청중(An audience of One)'만을 중요하게 여기며 살겠다는 '코람 데오(Coram Deo : 하나님 앞에서)'의 삶이 존재할 때, 우린 눈물을 흘리면서도 씨를 뿌릴 수 있다. 무화과나무에 열매가 없어도 기뻐할 수 있다.

온전한 사랑은 두려움을 내쫓는다고 성경은 말한다. 주님은 "너는 내 사랑하는 자니라."라고 말씀하시며 두 팔을 넓게 벌려 우리를 맞으신다. 나의 어깨를 꼭 끌어안고 입을 맞추시며 말씀하신다.

"잘했구나, 나의 사랑하는 아들아!"

'단 한 명의 청중'으로부터 듣는 그 사랑의 음성만으로도 나는 충분하다. 이것이 내가 사는 이유가 되길 기도한다.

선영이의 친구가 되어

선영이는 교회 후배가 백병원으로 전도 나갔다가 만나게 된 스무 살의 청년이다. 하나님을 모르던 시절, 중학교를 졸업하고 방황하던 선영이는 12층에서 떨어지는 사고를 당하게 되었다. 다행히 하체부터 차 위로 떨어져 상반신은 온전히 회복될 수 있었지만, 하반신은 움직일 수도 없고, 감각도 없고, 피부가 얼기설기 붙은 앙상한 뼈만 남아 있는 상태였다. 두 달 전, 후배로부터 기도 제목을 전해받고 안타까운 마음으로 중보기도를 하고 있었다.

어느 주일, 예배를 드리다가 주보에 끼워져 있던 '송명희와 친구들' 자선콘서트 안내 광고를 보았다. 고등학교 1학년 때 '그 이름'이란 주찬양 음반으로 신선한 충격을 받았던 기억이 엊그제 같은데, 송명희 씨는 40대 중반의 나이로 뇌성마비와 목 디스크 등 고통 가운데서도 해맑은 영혼으로 하나님을 증거하고 있었다. 문득 이 공연이 선영이를 위한 자리라는 생각이 들었다. 하나님이 주신 마음일까?

공연 하루 전날 후배로부터 연락이 왔다. 처음엔 대소변 처리 문제 등 거동이 불편하다며 난색을 보이던 선영이가 갑자기 가고 싶다는 연락을 해왔다고 한다. 나는 다른 약속을 취소하고, 선영이와 함께할 토요일 공연을 위해 준비하고 기도했다.

선영이의 집은 인하대병원이 바라보이는 경인고속도로 종착점 부근 한 아파트였다. 집에 들어서자, 선영이의 어머니는 경련을 일으키고 있는 선영이의 양다리를 잡아주고 계셨다.

"경련 때문에 바로 눕지도 못하거든요. 잡아주시느라 힘드실 텐데……."

선영이는 매우 수척했지만 눈은 맑았다. 대인관계에 어려움을 겪다가 대학 1학년 때 휴학했다는 선영이 형 호영이는 TV만 보았고 말이 없었다. 아직 신앙이 없다는 아버지는 집에 계시지 않았다. 나는 선영이의 맑은 눈을 보니 페르난도 오르테가(Fernando Ortega)가 부른 찬송가 '인애하신 구세주여'가 들리는 듯했다.

선영이와 호영이, 그리고 두 형제의 어머니를 차에 태우고 붐비는 경인고속도로를 달려가면서, 송명희 씨 자선콘서트를 통해 이들이 주님을 온전히 영접하게 해달라고 기도했다. 병든 친구가 예수님을 만나 나음을 얻게 하려고 주님 계신 곳에 지붕을 뚫었던 친구들의 마음. 이 순간 나는 그 친구들 같은 간절한 마음이 되었다.

다행히 시간에 맞춰 콘서트 장에 도착했다. 가장 앞자리에 선영이 가족들을 자리 잡게 했다. 두 시간의 '송명희와 친구들' 콘서트는 하나님이 선영이 가족들을 위해 준비하신 자리였다. 마지막 순서는 모든 출연자들이 한자리에 모여 '나'를 찬양했다. 탁월한 찬양사역자들과 CCM 가수들의 음성은 감동적이었지만, 사람들의 가슴을 파고드는 음성은 따로 있었다. 바로 온몸으로 토해내는 송명희 씨의 음성이었다.

선영이네 가족을 다시 인천 집으로 데려다주고 함께 기도하고 돌아오는데 송명희 씨의 질문이 나의 마음을 두드렸다.

"여러분은…누구의…친구…입니까? …누구와…친구…되길…원하…십니까?"

나는 그 여자가 아니다

2001년 서울 전쟁기념관에서 열렸던 찬양집회 워십 익스플로우전(Worship explosion)에서 나는 합창단으로 참여했다. 나는 이런 대형 찬양집회에 합창단으로 세 번이나 설 수 있었다. 인턴시절, 불가사의한 하나님의 은혜로 돈 모엔의 첫 한국집회 때, 3월 론 케놀리가 왔을 때, 그리고 이번이었다.

지난 두 번의 기회는 바쁜 가운데 겨우 짬을 얻은 탓에 연습에 충실하거나 주위 형제자매들과 인사를 나눌 시간이 없었지만, 이번엔 매주 두 번의 연습과 기도회에도 참여해 서로를 친밀하게 알아갈 수 있었다. 물론 병원 일과의 조화가 어렵기도 했지만, 악보나 음반 부분에서 내가 도울 수 있는 부분이 있어 감사했다. 열심히 연습하고 있을 때, 예정된 출연진에 변화가 생겼다는 소식이 들려왔다. 일부 워십 리더들 대신 다른 출연진이 추가되었다. 그 안에 특이한 이름이 한 명 있었다. 바로 셰일라(Sheila E.)였다.

지금은 '찬양과 경배'를 깊이 듣고 있지만, 10여 년 전 중고등학교 시절 나의 관심은 온통 팝 음악이었다. 미국 빌보드 차트를 분석해가면서 한 곡 한 곡을 찾아듣던 열성파이다 보니 국내에 잘 알려지지 않은 팝송이나 아티스트들을 섭렵하곤 했다. 그때 분명히 셰일라라는 아티스트가 있었다. 그녀는 80년대 중반에 당시 팝 뮤직에 빼놓을 수 없는 스타인 프린스(Prince)의 보컬과 퍼커션을 담당하는 핵심멤버로 여러 장의 솔로 앨범을 만들었고, 그중 다수의 곡을 빌보드 톱 40 안에 진입시킨 여성이었다. 그리고 영화 〈이집트의 왕자〉에서 휘트니 휴스턴과 머라이어 캐리가 함께 불렀던 'When you believe'에 뮤지션으로 참가하기도 했다. 한마디로 아쉬울 게 없는 유명한 그녀가 워십 메인 멤버로 함께 선다는 것이 믿겨지지 않았다. 톰 브룩스(Tom brooks)가 극찬을 했다는 걸 보면 확실할 것도 같고. 어쨌든 기다려보기로 했다.

집회 전날, 용산 전쟁기념관 무대 리허설에서 맞닥뜨린 사람은 과연 내가 알고 있던 팝 뮤지션 셰일라였다. 리허설 광경을 지켜보면서 그녀가 단지 연주실력 때문에 워십 팀에 합류한 것이 아니라는 것을 알았다. 그녀는 무대 뒤에 동떨어져 있던 콰이어들을 가장 많이 독려해주며 호흡을 맞췄고, 쉴 새 없이 이어지는 퍼커션 순서에 지칠 만도 하건만 오히려 기쁨에 넘쳐 있어, 보는 이들에게 큰 감동을 주었다. 하지만 가장 큰 폭탄은 토요일의 '한 시간 콘서트'에서 터졌다.

나는 병원 일 때문에 참석할 수 없었지만 그 자리에 있었던 지체로부터 셰일라의 이야기를 전해 들었다. 세계적인 여성 퍼커션 주자이자 드럼 주자인 그녀는 자신의 연주 실력이나 경력을 자랑한 것이 아니라, 자신의 치부를 드러냄으로써 같은 상처를 겪고 있을 그 누군가를 향해 겸손히 손을 내밀었다. 화려한 무대와 성공의 뒤안길에서 누구에게도 말할 수 없는 어린 시절 강간의 상처를 혼자 삭이며 마약과 갱단 가운데 망가져가고 있을 때 만나게 된 하나님. 그녀는 하나님을 선택함으로써 비로소 자유를 얻고 삶이 변화되었다는 간증을 했다. 예배에 참석했던 사람들에겐 예상치 못한 충격이었고 감동이었다. 그녀는 높은 '단' 위의 '탁월한 리더'가 아니라 우리와 같은 '상처 입은 치유자'였던 것이다.

마지막 날 밤, 나는 셰일라를 만날 수 있었다. 나는 그녀에게 "과거 팝 음악을 열심히 듣던 시절부터 당신을 알았는데, 명단에 나온 셰일라가 과연 그 셰일라인지 궁금했다."라고 말했다. 나의 말에 그녀의 대답은 "No, I'm not the same!"이었다.

출연진과 스태프들이 함께하는 만찬이 벌어졌다. 공로(?)를 인정받아 그 자리에 참석하게 된 나는 셰일라에게 말을 걸었다. 영어가 되든 안 되든 간에 말이다. 나는 선물로 엽기토끼 마시마로 인형을 준비했다. 셰일라는 다행히도 인형이 너무 귀엽다면서 좋아했다. 그런데 이런! 결정적인 순간 '토끼'의 영어 단어가 생각나질 않았다. 어물어물 이 인형의 이름이 '마시마로'이며 마시멜로의 발음에서 유래한 것이라는 설명과 함께 플래시 애니메이션이 있는 홈페이지가 있다고 이야기했다. 그렇게 셰일라는 한국제 인형 하나를 품에 안고 돌아갔다. 집회를 주최한 측의 재정적인 어려움을 전해 듣고서는 자신의 개런티를 돌려준 채.

나는 지금도 한복을 곱게 입고 퍼커션을 치던 그녀의 모습을 기억한다. 임진각에서 함께 울면서 북녘 땅을 향해 기도하던 그녀의 모습도 쉽게 잊히지 않는다.

프로페셔널 아마추어리즘

어제 인피니스에서 새로 근무하게 된 현석이가 점심시간에 찾아와 새로 출시된 브라이언 덕슨의 《Today》 DVD를 선물로 주고 갔다. 한 달 반쯤 전에 탁인경 씨로부터 이 DVD를 출시할 때 안내 글을 써줄 수 있겠느냐는 말을 듣고 내가 더 흥분되어서 빡빡한 일정이었지만 흔쾌히 승낙했었다. 일을 벌였지만 이 좋은 DVD가 더 많은 이들에게 알려질 수 있다는데 그 정도 수고쯤이야.

올 초에 바실에서 CD가 출시될 때 이미 충분히 음반 전반에 걸쳐 소화했었기 때문에 기존의 내용은 살리면서 '여는 글'을 좀 더 보강해서 DVD 안내 글에 맞게 수정했다. 비하인드 신까지 모두 소개할 수 없었던 것과 한글 자막이 아직 없는 것은 여전히 아쉽다.

음반 리뷰나 찬양 소개를 해오면서 두 가지 생각이 있었다. 전임 사역을 하는 분들과 어설픈 경쟁을 하는 것이 아니라 결여된 부분을 메워주는 신뢰할 만한 도움이 되었으면 하는 것과, 매너리즘에 빠질 수 있는 사역자들에게 신선한 자극이 되었으면 하는 것이다. 어떤 리뷰를 보면서 '이보다 좀 더 제대로 쓸 수 있지 않았을까?' 하는 아쉬움도 가져봤고, 찬양 곡을 충분히 소화하지 못한 채 그저 질러대는 어떤 찬양 팀을 보면서는 곡의 온전한 깊이를 전해주지 못하는 것을 원망도 해보았다.

사진 작가 김홍희의 《나는 사진이다》에서 읽었던 대목이 기억났다. 아마추어가 프로보다 얼마든지 사진을 잘 찍을 수 있지만, 그것은 아마추어가 자신의 관심영역에 생계를 걱정하지 않고 올인(all in)할 수 있다는 자유 때문이라는 것이었다. 아마추어에게는 겸손을, 프로에게는 경각심을 불러일으키는 대목이었다. 흡족한 마음으로 안내지를 다 읽은 후, '이만하면 됐다.'라는 생각이 들었다. 이제 이 영역에서의 내 역할을 정리할 때가 다가온 것 같았다.

1996년쯤, 처음으로 외국 찬양을 접하기 시작하면서 헤매기 시작했을 때 CD에도 테이프에도 아무 안내 글 없이 영어만 덜렁 쓰여 있는 불친절한 해외 찬양 음반들을 툴툴거리면서 구입했었다. 그러다 어느 정도 소화할 수 있게 되면서부터 '나처럼 궁금해하는 사람이 있을 텐데.' 하는 생각에 차근차근 자료도 찾아보고 음반도 구하다 보니 이젠 praise & worship 칼럼니스트라는 명칭을 듣게 되었다.

교회나 CMF 사람들은 내가 의사이면서 또 다른 영역에서 전문가처럼 보이는 모습 때문에 대단한 은사를 가지고 있다고 오해하는 경우가 있다. 아주 난감하다. 아니, 그렇게 보이고자 했던 내 책임이 크다. 내 글과 말에 신뢰감 있는 무게를 싣고자 의도했던 것이다. 그저 조금 더 관심을 가지고 걸어오다 보니 이 부분에 헌신된 전문가들이 없어서 그런 행세를 하게 된 것도 있다. 이젠 진짜 전문사역자들에게 그 자리를 넘겨줄 때가 되었다. 이번 달로 만 7년을 맞는 '예흔'에서도 하나님께서 소망을 주시는 후배에게 그 귀한 자리를 선선히 물려

주어야 할 것이다. 이미 내 존재가 너무 커져서 더 영향력을 발휘하는 것은 마이너스다.

그래도 젊은 날에 내가 기쁨으로 바랐던 일들을 맘껏 해볼 수 있었고, 그 일들이 다른 사람에게 미력하나마 도움이 되는 역할을 할 수 있었다는 사실은 흐뭇하다. 이제 '아마추어'로서 조용히 내 관심영역을 누리면서, 의사라는 '프로'영역에서 내 역량을 준비해가야 할 것 같다. 그 외적인 모습이 의료의 현장이든, 예배의 현장이든, 모든 것이 늘 주님을 선택하는 삶이라는 것은 동일한 진리다.

최준호

_자영업자

2001년에 있었던 워십 익스플로우전 행사 때 일이다. 난 그때 기독교TV(현 CTS) 기술부에 있었다. 세팅을 마치고 중계차에서 시작되기만 기다리는데, 어디서 많이 보던 사람이 차로 올라온다. 보니 수현형이다. 중계차 안에서 PD를 도와주게 되었단다. 악보를 보면서 연주팀들이나 솔로를 하게 되는 사람들을 알려주면, PD와 TD(기술 감독)가 카메라 컷을 넘기는 것이다.

나는 영상담당이라 뒤쪽에 앉아 일하고 있었는데 중간중간 큰 소리로 말다툼하는 소리가 들렸다. 라이브 중계 중이라 자리를 비울 수 없어 자세한 상황은 알 수가 없었다. 후에 들어보니 수현 형이 이것저것 너무 디테일한 것을 PD에게 요구했던 모양이다. 형이 워낙 머리가 좋아서 찬양 곡 모든 파트를 다 기억하고 있었던 탓에 PD의 영역을 건드린 것이다.

그다음 날부터 수현 형은 나오지 않았다. 많이 아쉬웠다. 형의 말대로 했으면 더 좋은 그림이 나왔을 텐데. 그때를 기억할 때면 입가에 살짝 미소가 머금어진다.

7장

한 방향으로의 오랜 순종

나의 주 하나님이여, 나는 지금 어디로 가는지 모릅니다.
내 앞에 놓인 길도 보지 못합니다. 그 길이 어디에서 끝날지 확실하게 알 수도 없습니다.
나 자신이 누구인지도 모르고, 내가 지금 하는 일이 당신의 뜻에 따르는 것을
의미한다고 생각지 않습니다. 하지만 나는 당신을 기쁘게 해드리려는 열망이 정말로
당신에게 기쁨을 줄 것이라고 믿습니다.

나의 주 하나님이여, 나는 지금 어디로 가는지
모릅니다. 내 앞에 놓인 길도 보지 못합니다.
그 길이 어디에서 끝날지 확실하게 알 수도
없습니다. 나 자신이 누구인지도 모르고,
내가 지금 하는 일이 당신의 뜻에 따르는 것을
의미한다고 생각지 않습니다.
하지만 나는 당신을 기쁘게 해드리려는 열망이
정말로 당신에게 기쁨을 줄 것이라고 믿습니다.

_토머스 머튼(Thomas Merton)

한 방향으로의 오랜 순종

그 청년은 변함이 없었습니다. 머리 모양은 대학생 때나 군의관 때나 항상 짧았고, 옷차림은 깔끔했습니다. 그리고 주일이면 무슨 일이 있어도 자신이 다니던 교회에서 예배를 드렸습니다.

초등학교 시절 수현은 보이스카우트에 들지 않았습니다. 주일 예배에 빠질 수 없다는 이유였습니다. 부흥회가 있는 날에는 학교를 결석하기도 했습니다. 아주 춥고 눈이 오는 겨울날에도 할머니는 교회에 빠질 수 없었습니다. 어린 수현이가 막무가내로 끌고 나왔기 때문이지요. 그때도 수현은 어린 목자였습니다. 동네 친구들에게 전도를 해서 우르르 몰고 사당동에서 을지로에 있는 교회로 전철을 타고 갔습니다. 어깨에 멘 쓰리세븐 보조가방에는 친구의 생일선물로 줄 만화 성경이 들어 있었습니다.

사춘기라 방황하기 쉬운 중고등학교 시절에도 그는 여전했습니다. 교회와 학교에서 자신이 배우고 아는 일을 그대로 행했습니다. 대입을 앞두고 있다고 해서 예배를 소홀하게 드리지 않았습니다. 학교에서도 마찬가지였습니다. 단순히 선생님의 말을 잘 듣는 그런 모범생이 아니라 어린 나이에도 인격이 있었습니다. 다른 학생들은 학력고사에 나오지 않는 과목시간이면 선생님이 강의를 하고 있어도 대놓고 영어, 수학책을 꺼내놓고 공부했지만, 그는 그렇게 하지 않았습니다. 그 과목 선생님에 대한 예의가 아니라고 생각했기 때문이지요. 그런 수현이를 삐딱한 친구들이 은근히 괴롭혔습니다. 그러나 그는 개의치 않고 자기가 정한 하나님의 원칙을 지켰습니다.

어느 날, 한 구석에서 조용히 공부하고 있는 그에게 남성호르몬을 주체 못 하는 몇몇 친구들이 교실 뒤에 있던 쓰레기통을 뒤집어 씌웠습니다. 반 친구들은 한바탕 화끈한 주먹싸움이 벌어질 것을 기대했습니다. 드디어 순한 양 같은 안수현이 사자처럼 돌변하는 것을 보게 되는 순간이었습니다.

그러나 그는 일어나 몸에 붙은 쓰레기를 툭툭 털고 주위를 깨끗하게 치웠습니다. 그리고 아무 일 없다는 듯 묵묵하게 제자리에서 공부를 계속했습니다. 그 뒤로도 친구들은 여러 번 싸움을 걸었으나 그는 꿈쩍도 하지 않았습니다. 힘이 약해서가 아니었습니다. 그는 178센티미터가 넘는 큰 키의 건장한 학생이었습니다. 친구들은 체육시간이 끝난 뒤, 그 좋은 팔 힘으로 수도꼭지 서너 개를 동시에 눌러 친구들에게 먼저 물을 먹이고 씻게 하던 그의 우직한 모습을 기억합니다.

의대에 들어가서도 그는 흔들리지 않았습니다. 공부가 밀리고, 시험이 닥치고, 유급을 당해도 여전히 주일엔 교회에 나왔습니다. 늘 그렇듯 성경공부를 하고, 찬양대에 서고, 주일학교 교사를 했습니다. 사람들은 그가 능력이 많다고 했습니다. 그러나 그것이 아니었습니다. 그는 다른 것을 희생하고 오직 주님을 우선순위에 놓기 위해 최선을 다했을 뿐이었습니다. 힘이 들고 외로워도 주인이 정한 길을 순종하며 뚜벅뚜벅 걸어가는 낙타와 같았을 뿐입니다.

인턴과 레지던트, 군의관이 되었어도 그는 항상 똑같았습니다. 예배를 사랑하고, 전도를 하고, 자기 것을 나누었습니다. 그는 한길밖에는 모르는 바보였습니다.

스티그마 안수현, faithfulone@paran.com
한국 누가회 학사사역부
영락교회 대학부 교사, 의료선교부
제28보병사단 사단의무대 군의관

그는 어딜 가나 하나님께 속해 있음을 당당하게 드러냈습니다. 글을 쓸 때도, 사람을 만날 때도, 무얼 먹거나 마실 때도, 그는 한결같이 크리스천이었습니다. 예수님을 믿는 것이 알려지면 불이익을 받을 것이 확실해도 그는 거리낌이 없었습니다. 기독교인이 아닌 사람들에겐 그는 '밥맛없는' 사람이었습니다. 그러나 이상하게도 '밥맛없는' 그가 말을 하거나 행동을 하면 사람들이 신뢰했습니다. 그는 어디에 가도 그 빛을 잃지 않는 푸른 나무였고, 요동하지 않고 성전을 떠받치고 서 있는 대들보였습니다.

그는 새벽예배를 사랑했습니다. 목사님 말씀이 끝나면, 단 위에 올라 무릎을 꿇었습니다. 그리고 큰 몸을 구푸려 머리를 땅에 대고 기도를 했습니다. 재수생 시절부터 그의 몸에 밴 기도 자세였습니다. 그는 그렇게 하면서 세상을 거스르며 나갈 힘을 얻었습니다. 마치 오직 예수님의 영광을 위해 한 방향으로 오래 순종하며 걸어가는 순례자처럼. ●

13중대
스나이퍼

사관학교에 들어와 머리를 짧게 밀고 모든 개인용품을 돌려보내고 군 생활을 시작한 지 1주일, 처음 맞는 주일 오전이다. 군복 틈으로 파고드는 찬바람을 가르며 영내를 활보하는 군의 33기 828명의 일원이 되어 군의관으로서 첫 걸음을 시작했다.

첫 일주일은 하루하루 숨 돌릴 여유 없이 바빴고 육체적으로도 고달팠다. 군복을 입었다가 운동복을 입었다가를 반복하며 점호와 보고의 연속으로 하루가 훌쩍 지나갔다. 외형적으로 보기 좋아야 한다는 군대의 원칙은 나를 비롯한 군의사관 후보생들에게는 참으로 비효율적이라는 불만을 갖게 했다. 하지만 그 가운데서 내가 발견한 단어는 '그리스도의 병사(딤후 2:3)'다. 바울은 분명히 병사는 고난을 받을 것이라고 말한다. 하기야 손발도 맞추지 못하고, 인내할 줄도 모르는 집단을 '좋은 병사'라고 말할 수 없을 것이다.

오늘 충성당교회에서 예배를 드렸다. 첫 4주는 누구나 종교행사에 참여해야 되기 때문에 억지로 교회에 발걸음을 한 생도들도 많았다. 하지만 모를 일이다. 군 교회에서 하나님을 만나고 지금은 의료선교사로 자신의 삶을 드리는 선배도 있으니까.

나는 13중대의 기독교 반장을 맡았다. 예배 후 나누는 초코파이와 커피 한잔에 혹해서 왔을 '염치없는' 한 영혼 한 영혼을 위해 못을 택하신 예수 그리스도. 이 영혼들이 에스겔이 본 환상 속 '극히 큰 군대(겔 37:10)'로 변하기를 기도한다.

가장 감사한 것은 하나님과 개인적으로 만날 수 있는 시간이 많아졌다는 것이다. 쉴 틈 없이 바쁘게 돌아가는 일정이지만 대부분 구보나 행진 같은 단순한 일들이어서 기도와 찬양할 수 있는 기회가 많다. 감사한 일들은 매일 자기 전, 수첩 속 Y.F.(Your faithfulness)라는 제목 밑에 적어본다. 소리엘의 찬양처럼 '작은 일에 큰 기쁨을 느끼게' 하심을 경험한다.

당장 쉬운 예를 들라면 'No Constipation(변비)'이다. 입대 전 공군 중위로 임관한 후배가 변비약을 꼭 챙기라고 신신당부를 했었다. 긴장의 연속이기 때문에 변비에 걸리기 십상이라는 것이다. 그러나 감사하게도 오늘까지 아무 문제없이 지내고 있다.

그제 지급된 손전등 덕에 자기 전 성경을 보는 데도 별 어려움이 없다. 매일 꿈에 한두 사람이 나타나곤 하는데, 그날은 그 사람을 위해 중보하고 있다. 페르난도 오르테가와 레니 르블랑의 찬양들은 한 주 내내 내 입에서 흘러나와 큰 기쁨과 감사를 맛보고 있다.

이틀 전에는 사격장에서 K2 소총으로 사격을 했다. 100미터, 200미터, 250미터 밖의 표적을 맞추는 스무 발 사격에서 열아홉 발을 명중시켜 소대 최고의 사수가 되었다. 열아홉 발을 명중시키고 마지막 한 발을 쏘려는 순간 마음속에서 이런 소리가 들려왔다.

"이 사격이 네 놀라운 집중력과 시력 덕분이냐?"

다 맞추게 되면 너무 자고하게 되지 않을까? 하나님의 도우심이라면 그렇게 되지 않도록 하시리란 생각이 들었다. 마지막 200미터 표적은 동일하게 최선을 다했지만 감사하게도 빗나갔다. 이후 중대원들이 나를 장난스럽게 '스나이퍼'라고 부른다. 하나님의 도우심과 함께 교만의 문턱에서 피하게 하시는 신실하심을 체득한 감사한 시간이었다.

집과 공동체, 하던 일에서 손을 떼고 낯선 곳으로 옮겨온 지금, 가까이할 수 없는 여러 일들과 사람들에 대한 걱정보다는 감사함과 기도가 흘러나온다. 나의 부재함을 통해 당신의 일을 이루실 하나님의 역사를 기대한다.

군의관의 안수기도

추적추적 봄비가 내리는 토요일, 삼월 첫 날이다. 몸을 이리저리 흙바닥에 굴려야 했던 각개전투 훈련 때 좋은 날씨를 허락하신 하나님께 감사를 드렸다. 우리보다 2주 먼저 이곳에 입교했던 법무사관 후보생들은 어제 저녁 늦게 유격훈련에서 돌아와 뜨거운 환영을 받았다. 우리도 2주 후면 같은 자리에 서게 될 예정이다.

유격훈련 다음으로 힘들다는 이틀 동안의 각개전투 훈련은 녹록치 않았다. 산바람은 봄의 문턱에 다다랐는데도 매서웠고, 낮은 포복 자세로 이동해야 했기에 목표물은 너무 멀게 느껴졌다.

"하나님, 힘을 주세요!"

원초적인 기도로 넘겼던 순간들은 다시금 나의 나약함과 한계를 자각하는 시간이었다. 같은 내무반 동료보다 더 영악하지도, 민첩하지도 않고, 내세울 것도 없는 질그릇 같은 나. 하지만 주님은 그런 나를 기억하시며 사랑하신다.

군에서는 내면적 성실함만큼이나 외적으로 보이는 자세를 중요시한다. 구령은 항상 우렁차야 하고, 행동은 절도가 있어야 한다. 입교한 후보생들도 이젠 오와 열을 잘 맞추고, 힘찬 발걸음으로 이동한다.

이번 주일 중 가장 강력한 외침은 지휘통솔 수업 중 교관이 보여준 동영상에서 터져 나왔다. 장애인의 날 특집 KBS 열린 음악회에서 시인 송명희 씨의 낭송과 노래로 방영되었던 '나'였다. '공평하신 하나님' 대목에서 같이 수업을 듣던 여러 동료들–크리스천이든 아니든–의 눈가에 눈물이 맺히고 있었다. 가난하고 약한 자들이 "나는 부요하다, 나는 강건하다."라고 외치는 고백은 얼마나 강력한 감동을 주었는지 모른다. 30여 년 동안 자기 의와 노력으로 칭찬과 주목을 받으면서 갈고 닦았을 군의관들의 빳빳한 자존심이 고된 훈련 후의 찬송가 한 소절 앞에서 구겨질 위험에 처한 것이다. 하지만 그 유치한(?) 곡조에 자신의 의를 접기로 결정하고 그 곧은 목이 낮게 드리우는 순간, 거세게 밀려오는 참 자유의 파도 속에 잠기는 기쁨을 알게 될 것이다.

같은 내무반의 한 친구가 예배에 함께 참석했다. 무릎이 아파 행군 때마다 열외로 쉬엄쉬엄 걸어가야만 했던 그 친구는 재수 때 몇 번 교회에 다녔지만 시험에 실패하고 삼수를 하면서 하나님을 등졌다고 한다. 운동과는 별로 친하지도 않은 나를 부러운 눈길로 보며 "수현이는 좋겠어. 몸이 건강해서." 하는 말을 듣고 마음이 아팠다.

함께 예배를 드리던 중 기도 시간이 되었다. 그 친구의 무릎에 손을 얹고 기도하기 시작했다. 친구의 아픔을 낫게 하시어 주님을 알게 해달라고 말이다. 예배 드리러 갈 때 두 번 쉬어가야 했던 그 친구는 내무반으로 돌아오는 길에 아프지 않은 자신의 무릎을 보고 놀라워했다. 순식간에 아픔이 가신 친구의 무릎을 보며 다시 한번 하나님의 신실하심을 경험했다. 우리가 부를 때 그분은 들으신다!

이 친구 말고도 무릎이 아파 고생하는 또 한 친구가 내무반에 있다. 모두 유격훈련에 건강하게 임할 수 있도록, 그리고 다음 주 병영 세례식에서 한 명이라도 그 귀한 부르심에 응답하여 세례를 받을 수 있기를 기도한다.

FM을 넘어 생리식염수로

유격훈련 출발 전날 있었던 일이다. 유격훈련 때 하룻밤은 천막을 치고 야영을 하기로 되어있다. 설치법을 배우러 막사 밖 마당에서 예행 연습을 했다. 야전삽을 챙기다 보니 내 삽이 허름하고 덜걱거려 빠질 것 같은 삽과 바뀌어 있었다. 얼마나 쓰랴 싶어 그냥 갖고 들어왔는데 옆 내무반 친구가 날 찾아왔다.

"저, 선생님. 그 삽이 헐겁다면서요? 좀 바꿔주실 수 있나요?"

"아, 이 삽이 선생님 삽이군요. 고맙습니다."

"그게 아니고요. 그냥 바꿔주셨으면 해서요."

"그러죠 뭐. 그런데 이 삽이 왜 필요하신데요?"

그 친구의 대답은 이랬다.

"아까 보니까 삽 머리 부분이 분리가 될 것 같더라고요. 그러면 군장 쌀 때 좀 가벼워질 것 같아서……. 저희 내무실 사람들이 선생님은 FM(field manual : 야전교범의 약자로 '원칙대로 하는 사람'이란 비유)이라 이야기하면 바꿔줄 거라고 하던데요."

그렇게 해서 내겐 다시 새 삽이 돌아왔다. 삽을 바꿔간 친구는 과연 군장 무게를 줄이는 데 성공했는지 확인해보지 않아서 모르겠지만, 새 삽은 유격훈련 동안 나의 동반자가 되었다. 이 일을 통해 감사했던 것은 단편적으로나마 나에 대한 '원칙을 지키는 크리스천'이란 평가를 확인했다는 것이다.

어느 목사님 말씀처럼 모로 가도 서울만 가면 된다가 아니라, 서울을 못 가더라도 똑바로 가는 크리스천이어야 한다. 원칙을 지킨다는 것은 성도가 마땅히 할 바이다. 성경은 '온건한' 노선을 장려하고 있지 않다. 적당히 튀지 않게 잠수하라고 하지도 않는다.

하나님이 나를 여기에 두신 것은 체력이나 단련하고 적당히 쉬다 오라는 것이 아니다. 하나님이 어떤 분이신가를 엿볼 수 있는 시금석이 되라는 것이다. 그분의 신실하심과 사랑을 경험했다는 사람에게서 아무런 차별 점을 발견할 수 없다면 사람들이 하나님께 마음을 열기는 더욱 어려워질 것이다. 아무리 우리가 입으로 하나님은 절대적인 분이라고 말해도 듣는 이들에겐 상대적인 존재 이상일 수 없을 것이다.

그러나 'FM 신앙' 정도의 맹물로는 심한 영적 탈수(dehydration)로 쇼크에 빠진 환자의 바이탈 사인(vital sign : 혈압, 맥박, 호흡 등의 생체징후)을 바로잡을 수 없다. 철저히 소금의 역할을 감당하는 사람이어야 생리식염수로서 제대로 수액공급을 할 수 있을 것이다. 물론 궁극적인 치료는 예수님의 보혈을 수혈받아야 하겠지만 말이다.

이번 주일엔 특별순서가 준비된다. 주일예배 후 우리 중대에서 예배에 참석하는 70명을 대상으로 3월 예흔 예배인 '예수가 선택한 십자가'를 드리게 된다. 사순절 기간이고 고난주간을 앞둔 시점에 아직 신앙의 뿌리가 연약한 이들에게 의미 있는 전기가 될 수 있도록 기도한다. 한 명이라도 우리의 죄악과 십자가의 은혜를 깨닫고 하나님과의 관계가 회복되는 계기가 될 수만 있다면 더 바랄 게 없다.

빛과 소금이 되는 것은 하나님이 내 마음과 목숨과 뜻과 힘을 다해 사랑할 만한 분임을 드러내는 것이다. 그 길은 좁지만 하나님이 나를 지금 여기에 보내신 뜻이 서려 있다. 나의 삶을 사용하셔서 당신을 드러내기를 기뻐하시는 하나님께 감사드리며 나는 기쁘게 이 길을 가려 한다.

'블레이드' 소동

화요일 오후 4시경, 신병교육대에서 환자 한 명이 급히 후송되어 왔다. 숨이 차다는 신병의 호흡곤란과 계속되는 기침이 심각하다고 판단되어 의무대로 후송한 것이다. 환자는 숨을 들이키려고 하면 다시 기침이 발작적으로 이어지면서 숨을 제대로 쉬지 못하고 있었다. 그 북새통에 청진을 해보긴 했는데 숨소리가 잘 안 들렸다. 천식발작이 심해서 기관지가 모두 연축(spasmodic)된 건지 고민하고 있는데, 급기야 그 신병의 눈이 약간 돌아가려고 한다. 나는 의무병들에게 인튜베이션(endotracheal intubation : 기관지삽관)을 준비하라고 지시했다. 근데 이 의무병들이 인튜베이션이 뭔지 몰라 우왕좌왕이다. 하기야 주로 하는 일이 드레싱(dressing : 소독), 정맥주사, 깁스(부목) 정도고 바이탈 사인이 흔들릴 정도의 환자들은 곧 병원으로 후송하기 때문에 사실 의무대에서 이 정도의 환자를 다룰 일이 흔치 않은 이유도 있다. 나는 급히 의료기기 장에서 인튜베이션 튜브와 스타일렛(stylet : 기관내삽관

튜브의 속심)을 들고 환자에게 뛰어가면서 옆에 서 있던 의무병에게 소리쳤다.

"빨리 블레이드(blade : 칼 모양의 기관내삽관 후두경기구 부속) 줘!"

지난가을, 의무 물자를 정리하면서 기관지삽관(기관내삽관) 세트를 챙겼는데, 케이스 안에 고이 모셔져 있는 후두경을 빨리 꺼내 블레이드 손잡이에 끼워달라는 뜻이었다. 그런데 그 의무병이 인튜베이션 세트가 있는 곳 대신 응급실 소독물품을 정리해놓은 곳으로 달려가며 외쳤다.

"몇 번으로 드릴까요?"

그 의무병이 얼른 꺼내온 것은 11번 블레이드(수술용 칼날)였다. 다행히 신병이 구토를 하기 전에 기관지삽관을 성공시키고 인공호흡을 하면서 덕정병원으로 후송시켜 안정을 되찾게 하였다. 어쨌든 부대로 복귀해 나한테 그 '블레이드'를 들이댄 의무병에게 '블레이드 리'라는 별명을 붙여주기로 했다. 그 친구는 내가 그 신병의 목을 절개하려는 줄 알았다는 썰렁한 변명을 늘어놓았지만 말이다.

피

지난여름, 사단 내 신규 의무병들을 대상으로 한 응급처치요원교육 때 있었던 일이다. 나는 여러 항목 중 '정맥주사' 파트를 맡았다. 혈관

주사를 어떻게 놓는가, 수액치료는 어떤 효과가 있으며 어떤 차이와 특징이 있는가 등등을 간단히 설명한 뒤 실습에 들어갔다. 백여 명 정도의 의무병들에게 둘씩 짝을 지으라고 하고 서로의 혈관에 주삿바늘을 찔러 넣어보도록 지시했다.

갑자기 강의실 뒤가 소란스러웠다. 가보니 한 건장한 사병 주위로 의무병들이 모여 있었다. 정맥주사 실습을 하던 중 갑자기 휘청거리다 주저앉았다는 것이다. 피를 많이 흘린 것도 아니고 단지 피를 '보았을' 뿐인데 정신이 아득해진 것이다. 큰일이 일어난 줄 알고 걱정하시는 의무대장님을 안심시켜드리고, 아직 어지러워하는 그 의무병에게 조금 있으면 괜찮으니까 좀 쉬라고 다독여주었다. 뒤를 돌아보니 좀 전의 부산하고 장난치던 의무병들의 태도가 싹 사라지고 한껏 진지해진 표정들이다. 자기들도 혹시 바늘에 찔리고 나서 쇼크 때문에 쓰러지지 않을까 걱정하는 눈빛이었다. 건장한 덩치에 걸맞지 않게 겁은 많아서……. 어쨌든, '피를 본' 그날의 순서는 다른 날과는 사뭇 다르게 굉장히 진지했다.

며칠 전 신문기사가 생각났다. 발목 부상으로 등판 전날 수술을 한 채 마운드에 올랐던 보스턴 레드삭스의 에이스 커트 실링의 이야기였다. 커트 실링은 수술 부위에서 피가 흘러나와 양말을 붉게 물들였지만, 아랑곳하지 않고 혈투를 펼쳐 팀을 승리로 이끌어냈다. 그의 핏자국은 함께 뛰는 선수들의 파이팅을 이끌어냈고, 보스턴 레드삭스는 뉴욕 양키즈에 3연패 후 4연승을 함으로써 '밤비노의 저주'(1920년

홈런왕 베이브 루스를 뉴욕 양키스에 트레이드시킨 후, 월드시리즈에서 우승하지 못한 보스턴 레드삭스의 계속되는 불운, 불행을 의미하는 말)를 풀었다.

피는 이처럼 사람들의 마음을 들끓게 하는 부싯돌과 같다. 묻혀 있던 폭탄이 굉음을 내며 터지게 하는 도화선과도 같다.

지난 주 교회에서 "순교 없이 선교는 이루어지지 않는다."라는 설교를 들었다. 이 땅에 복음이 전해졌을 때, 그리고 우리 교회가 6·25를 관통하고 부흥할 수 있었던 이면에, 또한 말씀을 전해주신 목사님의 교회의 부흥 뒤에는 어김없이 피 흘림의 헌신이 있었다.

나는 헌혈을 많이 해봐서 피 흘리는 건 자신 있다. 공동체에 새로운 바람이 필요하다. 화합과 정직, 용기와 용서가 요구되는 시점이다. 누가 기꺼이 피를 흘려 공동체를 정결하게 할 수 있을까? 순결한 피를 흘릴 수 있으면 좋겠다. 그로 인해 교회가 이 위기를 위험이 아닌 하나님이 주신 기회로 바꾸어낼 수 있다면…….

부재함의 사역

우리가 누군가에게 영향력을 끼치고자 할 때 범하기 쉬운 실수 중 하나는 완벽한 본보기가 되려고 하는 데서 온다. 상대방의 소소한 일상생활까지 다 파악해야 하고, 모든 질문에 답변할 수 있어야 한다고 오해한다. 문제가 생기면 찾아가 같이 기도하고 함께 발로 뛰어줘야 마음이 놓인다. 결국 이런 식의 섬김은 상대방의 성장을 방해할 수 있고, 섬기는 이의 영적 고갈을 초래할 수 있다. 나는 헨리 나우웬의《예수님을 생각나게 하는 사람(The living reminder)》에서 이에 대한 적절한 대안을 발견했다.

예를 들면, 시도 때도 없이 찾아오는 방문객에게 "죄송합니다만 목사님은 사무실에서 손님과 면담하고 계십니다."가 아닌, "죄송합니다. 목사님은 기도중이십니다." 혹은 "오늘은 목사님이 하나님과 단둘이 있기 위해 홀로 지내는 날이라 만나볼 수 없습니다."라는 답변을 하는 것이 방문객에게 위안을 주는 사목이 된다는 것이다. 목사님이 자신을 만나주지 못하는 이유가 다른 게 아닌 오직 하나님과 함께, 곧 하나님과 특별한 자리를 마련하고 있다는 것을 의미할 때, 그 부재(不在)는 '목회를 도와주는 부재'가 된다. 이것은 사역자들이 일일이 다니면서 분주하게 '방문하고, 설교하고, 경축하는 일 속에서 어떻게 길을 가로막지 않고 길이 될 수 있는가 하는 문제'의 해답이 된다. 예수님도 이렇게 말씀하셨다.

"내가 떠나가는 것이 너희에게 유익이라. 내가 떠나가지 아니하면 보혜사가 너희에게로 오시지 아니할 것이요. 가면 내가 그를 너희에게로 보내리니."(요 16:7)

예수님이 "이런 믿음을 만나보지 못했다."라고 칭찬을 아끼지 않으신 백부장의 믿음을 우리는 알고 있다. 모두를 끌어안을 수 없다고 절망하지 말고 그 자리에서 기도해야 한다. 당신의 부재함이 결코 장애물이 될 수 없다.

때로는 곁에 있어주지 말아야 할 때도 있다. 그 '작은 자'가 혼자서는 연습을 해야 할 때다. 또는 당신이 아닌 다른 사람이 도와주어야 할 순간일 수도 있다. 당신의 때와 방법이 아닌 주님의 때와 방법을 구해야 한다. 주님보다 먼저 치고 들어가는 것은 오프사이드(offside) 반칙이다.

어둠 속의 노래

지난주, 드디어 큰맘을 먹고 결단을 내렸다. 방을 치우기로. 인턴과 레지던트 생활로 거의 3년간 집에서 생활한 적이 없기에 3년 동안의 살림살이들이 병원에 있었다. 의학서적이나 찬양 음반들, 신앙서적 등등 이런저런 물건과 옷가지를 박스에 담아 집에 가져오니 그렇잖아도 좁은 방에 잡다한 물건들이 수북이 쌓여 기능이 마비될 지경이다. 그동안 몇 차례 정리를 해서 이젠 버릴 책이 별로 없긴 하지만 그래도 짐을 줄여보고자 필요 없는 책들을 골라냈다.

내 손에 몇 년 전의《매일성경》이 잡혔다. 별 생각 없이 들춰보던 중, 내 눈길이 어느 한 날의 묵상에 멈췄다. 1997년 10월의 어느 날

에스라서 1장 말씀이었다. 당시 나는 의사국가고시를 앞두고 그 스트레스에 압도되어 있었다. 고 3 때나 재수 때도 성적 때문에 숨이 막히는 스트레스를 경험한 적이 없었는데 이 시험은 여러모로 나와 내 친구들의 어깨를 짓누르고 있었다.

학교에서는 고시합격률을 높이기 위해 몇 명은 아예 시험도 응시할 수 없도록 낙제시킨다는 이야기가 떠돌았다. 또 학교 병원과 외부 병원의 지원경쟁률, 장차 지원할 전공과목과의 함수관계, 시험의 높은 난이도 등은 도서실 불을 24시간 내내 밝히게 했다. 나는 에스라의 이 말씀을 묵상하면서 여백에 이렇게 적어놓았다.

"하나님께서 바꾸지 못할 사람의 마음은 없다. 하나님께서 손이 짧아 바꾸실 수 없는 상황이 있을까? 하나님께 불가능한 일은 없다. 나는 이 상황에 압도되거나 두려워 말고 그 모든 상황과 사람들의 마음을 주관하시는 이가 하나님이심을 믿고 그분께 나의 시선과 마음을 집중시켜야 한다. My eyes are fixed on You, Oh Lord……."

이 대목을 읽는 순간 나는 그날의 내 모습을 생생하게 기억할 수 있었다. 더 이상 흔들리지 않고 담대함으로 시험에 임하게 해주셨던 그 귀한 말씀과 만남의 순간을. 《매일성경》을 다시 책꽂이에 꽂았다. 주위 환경에 짓눌려 내 영혼이 그토록 곤고한 때가 아니었다면 나는 과연 그 말씀을 그토록 크게 들을 수 있었을까? C. S. 루이스는 고통의 순간에 대해 이렇게 말한다.

"하나님께서는 평소에는 속삭이시지만, 고통 중에는 소리쳐주신다."

깜깜한 어둠 속에 처할수록 하나님 말씀은 더욱 밝은 생명의 빛이 되신다. 사망의 음침한 골짜기에 내팽개쳐졌을 때 지팡이와 막대기로 나를 안위하시겠다는 그분의 음성만이 내게 평안을 줄 수 있다. 그 사랑만이 두려움을 내어 쫓을 수 있다.

지난 주말 문병을 다녀온 백혈병 환자가 있다. 골수이식 후 회복이 늦어 계속 혈소판을 수혈받고 계신 분인데 지난 부활절에 달걀을 나누러 병실을 찾았다. 잠시 교제를 나누고 같이 기도하는 중에 나는 갑자기 일인칭으로 기도하기 시작했다. 그분의 좌절감과 탈진, 육체적인 한계를 고백하고 기도하는 도중, 나는 그의 눈을 가리고 있는 칠흑 같은 어둠을 느꼈다. 그 흑암은 교수님도, 주치의도, 사랑하는 가족도 물리쳐줄 수 없었다. 오직 주님의 은혜만이 그 어둠을 물리쳐줄 빛이었다. 나는 환자가 어둠을 헤치고 나올 수 있기를 중보기도 했다.

우린 무엇인가를 움켜잡으려고, 또 그 움킨 것을 놓지 않으려고 발버둥을 친다. 하지만 주님은 그 움켜쥔 손이 펴지기를 기다리신다. 그 손을 펼치지 않고서는 아무것도 주실 수 없기 때문이다. 나의 연약함을 인정할 때, 나는 아무것도 할 수 없음을 철저히 깨달을 때 비로소 꼭 쥔 손을 펴고 그분으로부터 오는 것을 받을 수 있다. 그분을 향해 손을 펴자. 눈과 귀를 열어 주님을 만나자. 그 음성을 듣자. 풍랑은 잠잠해질 것이며 우리는 물위를 걸어 주님께 다가갈 것이다.

소명

학창시절, 가보고 싶은 음악회가 있는 날이면 공연시작 30분 전에 세종문화회관 앞에 도착하곤 했다. 광화문 네거리 지하도에서 밖으로 빠져나오는 순간부터 벌써 가슴이 쿵쾅쿵쾅. 기대되는 연주회일수록 가슴은 더욱 두근댔다. 나는 그 짜릿함을 잊을 수 없다.

요즘 내 가슴을 그 이상의 기대와 감동으로 두드리는 단어가 있다. 바로 부르심, '소명(the call)'이란 단어다. 우리를 향한 그분의 부르심! 그 부르심에 응답할 때 비로소 내 영혼은 깨어 참된 나를 찾게 한다. 내 안에 생명이 살아 있음을 깨닫게 된다.

몇 년 전 의약분업으로 모든 의사들이 파업할 때, 나는 대학병원 전공의였지만 병원에 남아 환자를 돌봤다. 남보다 돋보이고 싶어서도, 칭찬받고 싶어서도 아니고, 누가 시켜서도 아니다. 생명과 위로를 전하는 사람이 되는 것, 이것이 주님께서 내게 주신 소명이기 때문이다.

그 소명에 응답함을 통해 나는 삶을 예배로 드린다는 뜻을 발견해 나간다. 우리 각자에게는 하나님께서 정해주신 자기만의 지정곡이 있다. 일평생을 통해 우린 각자의 곡을 연주해나갈 것이다. 하늘의 천군천사와 구름 같은 허다한 증인들이 그 연주회의 청중이 되어줄 것이다. 주님께서 정하신 생의 마지막 날, 최선을 다한 나의 연주가 비로소 마침표를 찍을 때 갈채를 받기에 부끄럼이 없을, 최선을 다한 연주를 마치고 무대에서 내려오고 싶다.

《소명》이란 책에서 저자인 오스 기니스는 "소명에는 모든 것에 우선하는 '그 부르심(the call)'과 '여러 부르심들(calls)'이 있다."라고 말한다. 조금 인용해본다.

"일차적 소명이란 그분에 의한, 그분을 향한, 그분을 위한 것이다. 무엇보다 일차적으로 우리는 누군가(하나님)에게 부름 받은 것이지, 무엇인가(어머니의 역할이나 정치나 교직)로나 어디엔가(도시 빈민가나 몽고)로 부름받은 것이 아니다. 그것들은 이차적인 여러 '소명들(callings)'이지 바로 그 '소명(the calling)'은 아니다. 이 구별은 두 가지 도전을 수반한다. 먼저는 그 두 소명을 함께 붙드는 것이고, 또 하나는 그 둘이 올바른 순서에 놓이도록 확실히 하는 것이다."

'부르심'을 말할 때 생기는 전제조건은 '부르는 이(the caller)'가 존재한다는 것이다. 부르는 자가 없는 소명은 공허할 뿐이며 일중독과 구별할 수 없다. 우리는 어떤 일이나 어떤 곳으로 가도록 부름받은 것이 아니다. 특별한 일 이전에 먼저 하나님께 부름받은 자들이다. 부르심에 대한 올바른 응답은 다른 어떤 것도 다른 누구도 아닌 먼저 하나님께만 헌신하는 것이다. 또한 부르심에 대한 올바른 응답은 즉각적인 것이어야 한다. 더 올바른 뜻을 구한다거나 더 나은 사람을 찾느라 머뭇거려서는 안 된다. 은혜의 부르심은 즉각적이고 전적인 순종으로 반응할 때에만 비로소 그 능력을 발휘하게 된다.

다시 한번 나를 향한 주님의 부르심을 상고해본다. 땅끝을 바라보며 살아야 할 증인의 삶을! 세상을 섬길 도구로 허락하신 의료인의 소명을! 내가 속한 교회와 공동체를 향한 부르심, 그 부르심을 위해서라면 내 몸이 부서진다 해도 나는 행복할 것이다.

김근수

_의사

수현이가 학교를 1년 더 다녀야 했던 시기가 있었다. 항상 교회 일과 CMF, 기독학생회 모임에 열심이었던 수현이는 중간고사나 기말고사가 있을 때도 공부는 제쳐두고 성경공부를 했다. 공부할 시간을 하나님 일에 그렇게 쏟으니 안타깝게도 유급당하는 일이 생길 수밖에 없었다.

그 당시 나는 수현이가 이해되지 않았고, 그가 잘못했다고 생각했다. 의대생은 열심히 공부해 인체에 대해 하나라도 더 알아서 좋은 의사가 되어야 하는 게 하나님이 원하시는 것이지, 낙제하는 것은 기독교인으로서 부끄럽다고 생각했다.

나는 친구의 아픔을 제대로 돌아보지도 못했다. 수현이가 "집안 형편도 힘든데 부모님께 너무 죄송하다."라고 했을 때 나는 "그러기에 교회도 좋지만 공부를 더 많이 했어야지." 하고 무심하게 말했을 뿐이었다.

그렇지만 마흔이 다 되어가는 지금, '수현이는 그 무엇보다 하나님을 우선순위로 두며 살았던 형제였구나!' 하는 걸 깨닫는다. 영적으로 하나님께 온전히 속해 있지 않았을 때 공부만 잘하는 것은 하나님 보시기에 좋지 못하다. 하나님을 만난 지 벌써 20년이 다 되어가는데, 나의 영적 성숙은 아직도 어린아이와 같다.

8장

그리고 어찌하여

하나님, 마른 막대기 같은 제 삶에 불을 붙이사
주님을 위해 온전히 소멸하게 하소서.
나의 하나님, 제 삶은 주의 것이오니 다 태워주소서.
저는 오래 사는 것을 원치 않습니다.
다만 주 예수님처럼 꽉 찬 삶을 원합니다.

하나님, 마른 막대기 같은 제 삶에 불을 붙이사
주님을 위해 온전히 소멸하게 하소서.
나의 하나님, 제 삶은 주의 것이오니 다 태워주소서.
저는 오래 사는 것을 원치 않습니다.
다만 주 예수님처럼 꽉 찬 삶을 원합니다.

_짐 엘리엇(Jim Elliot, 에콰도르 선교사)

일반 세상이 보기에 이것은 젊은 생애의
허망한 낭비였다. 그러나 하나님은 범사에
뜻과 계획이 있으시다.

_엘리자베스 엘리엇(Elisabeth Elliot, 짐 엘리엇의 아내)

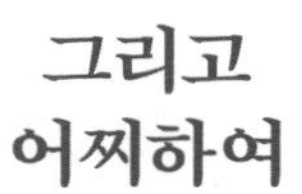

그리고 어찌하여

혈압 60, 맥박 수는 분당 180, 산소마스크를 하고 말초혈 산소포화도 93퍼센트, 온몸에 출혈반점들과 주사를 찌른 자국들.

"안수현 대위님!"

"네."

"잠드시면 안 돼요."

"안 자요. 생각하고 있어요. 고마워요."

국군의무사령부에서 고려대학교 응급실로 가는 앰뷸런스 안, 수현의 의식이 사라질까 봐 간호장교가 계속 말을 붙였습니다. 동승한 친구가 그의 손을 가만히 잡았습니다. 축축한 그의 손은 섬뜩할 만큼 차가웠습니다. 유행성출혈열에 감염된 그의 몸이 무섭게 부어오르고 있었습니다. 2005년 12월 18일, 주일 밤이었습니다.

"내과 1년 차 박세종입니다. 빈 베드 하나 부탁합니다."

고려대학교 병원 송영주 간호사가 전화를 받았습니다. 빈자리는 없었습니다. 그녀는 여기저기 알아보다가 겨우 한 자리를 확보하고 전화를 했습니다.

"그런데 새로운 환자가 누구, 아는 사람이에요?"

"수현 선배입니다."

그녀가 휘청거렸습니다. 그녀는 수현이 전도했던 친구이며, '예흔'의 스태프였습니다. 그를 사랑하는 선배, 후배, 의사들이 중환자실로 순식간에 모여들었습니다. 그들은 놀랐지만 그렇게 심각한 표정은 아니었습니다. 수현 형제가 잠깐 앓다가 하나님의 은혜로 벌떡 일어날 것을 의심하지 않았기 때문입니다. 오히려 '상처 입은 치유자'가 되어 더 큰 사랑으로 환자들을 돌보는 좋은 크리스천 의사로 빚으시려는 일종의 '하나님의 모략'이라고 믿었습니다.

혈소판 수혈이 필요해 누가회 게시판에 공고를 띄웠습니다. RH+A형, 고려대학교 안암병원 외과 중환자실 안수현 이름으로 지정헌혈을 부탁했습니다. 공고가 나간 지 하루 만에 병원 내 혈액원에는 비상이 걸렸습니다. 너무 많은 지정헌혈자와 헌혈증으로 인해 업무가 마비되었으니 이제 그만 헌혈을 하라는 부탁 전화가 걸려올 정도였습니다.

수현은 잠시 좋아지는 듯했습니다. 휴가를 반납하고 그의 곁을 지킨 후배 의사들은 그가 깨어나면 "한턱 단단히 쓰라."라고 말하리라 별렀습니다.

그해 가을, 수현 형제는 유난히 바빴습니다. 영화를 좋아하던 그는 혼자서 '부산 국제영화제'에 갔다가, 대전과 속초에 들러 교회 선배와 군의관으로 근무하는 동료를 만나고 돌아왔습니다.

"지금 아니면 이젠 시간이 없을 것 같아서."

그가 여행을 떠나며 친구 장덕진 교수에게 남긴 말이었습니다. 수현은 부모님을 모시고 스파 여행도 다녀왔습니다. 어머니께는 평생 처음 받으시는 마사지 호강을 시켜드리기도 했지요. 그가 사랑하던 교회 대학부 제자들과는 안면도로 1박 2일의 여행을 갔습니다. 새우 소금구이도 먹고, 수현 형제가 제일 좋아하는 만두도 먹으며 하룻밤을 같이 지냈습니다. '쉴 만한 물가'라는 조용한 펜션에서, 수현은 인생과 신앙과 사랑에 대해 제자들과 진지하게 이야기를 나누었습니다. 그러나 아무도 이것이 마지막이 되리라고는 생각하지 못했습니다.

그리고 11월, 사격훈련지원을 나간 그는 보통 군의관들과는 달리 앰뷸런스에서 나와 일반 병사들과 함께 어울리며 풀밭에서 밥을 먹으며 담소를 나눴습니다. 유행성출혈열은 그때 감염된 것으로 보입니다.

그가 병원에 입원한 지 일주일이 지났습니다. 아버지 안봉순 장로는 중환자실 침대 위에 홀로 누워 있는 아들을 하염없이 바라보고 있었습니다. 세상에서 제일 자랑스러웠던 아들은 벌거벗은 모습으로 괴롭게 숨을 쉬고 있었습니다. 크리스마스이브였습니다. 다른 때 같으면 으레 '메시아'가 공연되는 콘서트 장에 앉아 있어야 할 아들이었습니다.

'사랑한다, 아들아! 사랑한다, 내 아들아!'

그렇게 사랑한다고 더 많이 말해주지 못한 것이, 아버지의 마음을 아프게 했습니다. 아버지는 아들의 발을 한없이 쓰다듬었습니다. 갓 태어났을 때 작고 통통했던 그 발은 이제 두툼한 청년의 발이 되어 있었습니다. 다시 이 두 발로 교회마당을 달리는 아들의 모습을 볼 수 있을까? 아들의 퉁퉁 부은 발에서 희미하게나마 온기를 느끼기를 바라며 아버지는 아들의 발을 주무르고 또 주물렀습니다.

삶과 죽음 사이에 걸쳐 있는 자식을 두고 아버지는 병원 밖으로 나왔습니다. 겨울밤, 찬바람 속을 아버지는 묵묵히 걸었습니다. 옆에서 기도해주시는 분들은 살아날 것이 틀림없다며 위로해주었지만, 아버지는 이제 자식을 놓아주어야 할 때가 이르렀다는 걸 본능적으로 느꼈습니다. 그래도 죽어가는 자식을 지켜보는 세상의 모든 부모들이 그러하듯, 아버지는 끝까지 예수님을 붙들고 싶었습니다.

예배당 종소리를 듣고, 거기에 가면 무슨 위로가 있을 것 같아 열한 살 어린 나이에 혼자 산을 넘어 부흥회에 갔던 아버지는 그 이후로 예수님을 떠나 산 적이 없었습니다. 아버지는 필사적으로 회개하며 기도했습니다.

'주여, 혹시 제가 하나님보다 자식을 더 사랑했다면 용서하소서. 혹시 제 마음에 남을 향한 원망과 미움이 한 점이라도 남아있다면 용서하소서.'

아버지는 교회로 향했습니다. 아들 대신 늙은 이 몸을 데려가달라고 다시 한번 주님께 매달리기 위해서.

며칠 뒤, 2006년 새해가 되었습니다. 그의 상태가 급격히 악화되었습니다. 폐출혈과 위장출혈이 시작되었습니다. 심폐소생술에 들어갔습니다. 그의 선배, 후배, 교수님까지 모두 달라붙었습니다. 두 시간이 넘자 한 사람씩 지쳐서 중환자실 바닥에 너부러졌습니다. 의사들의 손과 흰색 가운, 병실 바닥은 수현 형제가 토해내는 피로 붉게 물들었습니다.

"수현 형이 이제 그만하라는 거 같다."

주치의 박세종 선생이 조용히 말했습니다. 그의 얼굴은 부쩍 늙어 보였습니다. 십여 일 동안 밤을 새며 수현의 침상을 지키던 레지던트 3년 차 최원석 선생이 믿을 수 없다는 듯 고개를 떨어뜨렸습니다. 그의 손이 떨렸습니다. 자신의 손으로 사랑하는 수현 형의 사망선고를 내릴 줄은 꿈에도 생각하지 못한 일이었습니다. 두 사람 모두 수현이 사랑했던 믿음의 후배들이었습니다. 2006년 1월 5일 밤 10시 30분, 수현의 나이 만 33세였습니다.

그의 영정사진이 걸리기 전부터 장례식장은 물밀듯 밀려오는 조문객으로 들어설 곳이 없었습니다. 수현의 쾌차를 위해 인터넷을 뜨겁게 달구며 금식기도와 중보기도를 해왔던 사람들이 황망한 얼굴로 모여 들었습니다. 도저히 믿을 수 없어 한 걸음에 달려왔다가 빈소에 주저앉아 통곡하는 청년들도 있었습니다. 나사로처럼 수현 형제도 죽음에서 일어날 것을 여전히 믿고 기도하는 자매들도 있었습니다. 어떤 계산도 깔리지 않은 순전한 슬픔, 그 한 가지로 4천 명이 넘는 그의 우정들이 몰려들었습니다.

의사들, 간호사들, 병원 직원들, 교회 선후배들, 예흔 동역자들, 대학부 제자들, 군인들 등등. 그 안에는 병원 청소하시는 분, 식당 아주머니, 침대 미는 도우미, 매점 앞에서 구두 닦는 분도 계셨습니다. 그 한 분 한 분에게는 수현 형제가 은밀하게 베푼 사랑의 이야기가 들어 있었습니다. 구두 닦는 분은 자신에게 항상 허리를 굽혀 공손하게 인사하는 의사는 그 청년이 평생 처음이라고 했습니다.

예배와 찬송이 넘쳤던 그의 장례식은 마치 결혼식 같았습니다. 한 신실한 청년을 예수님께 보내는, 세상에서 가장 슬프고도 아름다운 혼례예식이었습니다. 그는 동작동 국립현충원 충혼당에 안치되었습니다. 허리를 굽히고 무릎을 꿇어야 하는 맨 아래 줄. 살아서 겸손

했던 그 청년은 육신의 마지막 남은 증거조차 그 낮은 자리에 두었습니다. 하지만 누구도 젊고 유능하고 신실하며 사랑이 넘치던, 이 청년의 죽음에 두신 하나님의 뜻을 받아들일 수도 이해할 수도 없었습니다. ●

9장

흔적들

나의 슬픔이 그들의 기쁨이 되었고,
나의 상실이 그들에게 유익이었으며,
내가 죽어가는 것이 그들을 새 생명으로 인도했다.
나는 아담이 그를 알지도 못하는 사람들의 마음속에서 살아나는 모습을
아주 천천히 발견하기 시작했다.

나의 슬픔이 그들의 기쁨이 되었고,
나의 상실이 그들에게 유익이었으며,
내가 죽어가는 것이 그들을 새 생명으로 인도했다.
나는 아담이 그를 알지도 못하는 사람들의
마음속에서 살아나는 모습을 아주 천천히
발견하기 시작했다.

_헨리 나우웬(Henri Nouwen), 《**아담**》

흔적들

고려대학교 구로병원 내과 전임의 최원석 선생에게 상태가 심각한 유행성출혈열 환자가 들어왔습니다. 그 환자의 증세는 얼마 전 천국으로 간 수현 선배와 똑같이 위중했습니다. 수현이 죽은 후, 원석은 수현 선배를 살려내지 못한 것이 자신의 탓 같아서 무척 괴로웠습니다. 선배의 부모님을 뵐 낯이 없어 숨어버리고 싶었습니다.

"내가 뭘 잘못한 걸 아닐까? 그때 약 처방을 제대로 했던 걸까? 뭘 과하게 쓴 건 아닐까?"

그는 새로 들어온 이 환자의 상태를 지켜보며 수현 선배 때를 복기했습니다.

다행히 그 환자는 중환자실에 한 달을 입원했다가 상태가 좋아져 일반 병동으로 옮겨갔습니다. 원석은 안도했습니다. 그의 오더는 옳았습니다. 그 환자는 천사였습니다. 수현 형제가 사랑하는 후배에게 "네 탓이 아니란다."라고 위로하기 위해 보낸 메신저였습니다.

김정하 집사는 올해 가톨릭대학 심리학과에 진학해 늦깎이 대학생이 되었습니다. 《지선아, 사랑해》의 주인공 이지선 자매를 수현 형제와 함께 방문하면서 그와 친해졌던 김 집사는 《사랑이라는 이름의 중독》을 읽으며 심리학에 관심이 생겼습니다. 그녀는 스티브 아터번의 책 《두 번째 기회》처럼 용기를 내 자신의 두 번째 인생을 시작한 것입니다. 두 권의 책은 모두 수현 형제의 선물이었습니다.

개업의 이상권 선생은 수현 형제 소천 후, 그동안 잠시 쉬었던 독거노인 진료봉사와 일주일에 한 번 요양원을 방문해 진행하던 무료진료를 다시 시작했습니다. 그는 예과 2학년 때 폐결핵에 걸려 병원에 입원했던 적이 있습니다. 응급실에 누워 있던 자신을 본과 1학년이던 수현 선배가 등하교 때마다 들러서 간절히 기도해주었던 것을 그는 기억했습니다. 수현 선배가 그에게 더 좋은 의사, 더 따뜻한 의사가 되라는 유언을 전하는 것만 같았습니다. 그는 2007년, 올해의 주치의 상을 받았습니다.

수현의 친구 Y 선생은 예수님을 안 믿는 후배들을 반 회유, 반 협박을 해서라도 교회에 나오도록 압력을 가합니다. 의대생 시절부터 우정을 쌓아온 친구 수현의 갑작스러운 죽음은 아무도 인생의 시간은 예측할 수 없으며, 기회가 있을 때 사랑하는 사람들을 예수님 앞으로 강권을 해서라도 전도해야 하는 것을 깨닫게 해주었습니다.

수현이 살아 있을 때 열심히 전도했으나 예수님 믿기를 거절했던 한 수간호사는 지금 교회에 열심히 나갑니다. 그녀는 그것이 수현 형제에게 주는 가장 기쁜 선물이라는 것을 잘 알고 있습니다.

아직도 그의 친구들은 모이면 자연스럽게 수현의 얘기를 합니다. 특히 어딜 가다가 길을 잃었을 때 '인간 내비게이션'이라고 불리던 수현이 더욱 그리워집니다.

"수현아, 나 어디로 가야 하는 거니?"

아직 순례의 길이 남은 친구들은 천국까지 전화를 걸어 지금 자기가 가는 길이 옳은 방향인지 물어보고 싶을지도 모릅니다. 그의 후배 의사들은 환자에게 최선을 다한다는 것이 무엇인지를 알았습니다. 그 기준은 '마지막까지 환자의 생명을 붙들고 싶은 보호자의 마음으로 돌보는 것'이었습니다.

한 후배 의사는 죽음을 앞둔 외로운 환자의 넋두리를 새벽 3시까지 들어주다가 다음 날 브리핑을 망쳤습니다. 그는 수현 형제가 늘 했던 쉬워 보이던 그 일이 사실은 얼마나 어려운 것인지 알았습니다.

수현의 뒤를 이어 '예흔'의 리더가 된 자매는 그가 생전에 행했던 대로 멤버들을 집까지 태워다 줍니다. 아무리 멀어도 십 리를 동행합니다. 그녀의 새 차는 곧 수현의 주행거리를 넘어서게 될 것입니다.

그가 가르쳤던 대학부 제자들은 대부분 교회 교사들이 되었습니다. 그가 했던 대로 여러 권의 성경을 참고하고, 양들을 일대일로 만나 그들의 고민을 들어주며, 책과 간식으로 양들을 배불리 먹입니다. 그는 제자들에게 닮고 싶고 또 뛰어넘고 싶은 '본'이 되었습니다.

그를 알던 많은 사람들은 자기도 모르게 뜨겁게 찬양을 부르다가, 혹은 이웃에게 책과 음반을 나누다가 그가 남긴 흔적을 발견하고 스스로 놀라곤 합니다. 무엇보다 그들은 언제일지 모르는 자신의 마지막 때와 소명에 대해 진지하게 생각하게 되었습니다.

순결한 청년의 죽음은 갈등이 있던 교회와 그가 사랑했던 단체의 지체들을 화합하게 해주었습니다. 그들은 그의 갑작스러운 죽음이 혹시 예수님의 사랑과 용서를 기억하지 못하고 교만하게 혈기를 부리던 자기들의 탓은 아닌지 진심으로 회개했습니다.

아들을 먼저 천국에 보낸 어머니 한효순 권사는 한 걸음 한 걸음 힘들게 교회 계단을 올라갔습니다. 교회 건물 모퉁이 모퉁이에서 아들의 모습이 보였습니다. 초등학교 시절 쟁쟁한 장로님과 권사님들을 제치고 성경퀴즈대회에서 일등을 먹었던 똘똘했던 아들, 재수를 하면서도 예배를 거르지 않았던 듬직했던 아들, 공부보다 교회 활동에 시간을 보내느라 어머니를 피해 다니다 만나면 멋쩍게 웃던 아들. 그 아들의 모습이 자꾸만 눈에 밟혀 어머니는 더 이상 걸을 수가 없었습니다.

"밥은 먹었니? 잠은 자고 다니는 거니?"

눈동자같이 사랑했던 막내아들에게 가장 많이 했던 말들이 입술에 맴돌았습니다. 아들 예수를 잃고 어머니 마리아는 어떻게 살았을까요? 장례식장에서 울음을 참느라 잇몸이 다 무너져 내렸던 어머니는 그래도 있는 힘을 다해 다시 계단을 오르기 시작했습니다. 아무리 큰 절망 가운데 있더라도, 아무리 하나님의 뜻을 이해할 수 없더라도, 절름거리면서도 계속 앞으로 나아가며 하나님의 신실하심을 의지해야 한다는 것을 사랑하는 아들이 가르쳐주었기 때문입니다.

아버지 안봉순 장로는 컴퓨터를 배웠습니다. 아들이 싸이월드에 남긴 글들을 읽기 위해서였습니다. 수현의 큰누나는 어느 날 아버지로부터 이메일을 받았습니다.

"별일 없는가? 아빠는 딸을 사랑한다."

그녀는 울음을 터뜨렸습니다. 평생 동안 자식들에게 너무나 엄격하셨던 아버지였기에 상처가 많았는데, 그런 아버지로부터 처음으로 "사랑한다."라는 말을 들었기 때문입니다.

그의 미니홈피는 아직도 살아 있습니다. 어색한 미소를 띠고 '여러분 안녕!' 하듯 그는 손을 흔들고 있습니다. 요즘도 그를 사랑하는 사람들이 들어와 외롭고, 슬프고, 기쁜 일들을 주저리주저리 풀어놓습니다. 그리고 그가 선곡해놓은 음악을 듣고, 그가 쓴 글을 읽고, 무언의 위로를 받고 제자리로 돌아갑니다. 그는 '부재중'이지만, 그의 사역은 '진행 중'입니다. 인간의 눈으로 보면 그의 인생은 미완성 교향곡으로 끝났습니다. 그러나 주님은 그를 '명반(masterpiece)'으로 남기셨습니다. ●

10장

그의 사랑은 진행 중

제자된 삶의 비결은 예수 그리스도를 향한 헌신입니다.
그러한 삶의 특징은 자신을 내세우지 않는 겸손입니다.
이는 마치 땅에 떨어져 죽는 밀알과 같습니다.
그러나 조만간에 다시 피어나 모든 풍경을
바꾸어놓을 것입니다.

제자된 삶의 비결은 예수 그리스도를 향한 헌신입니다. 그러한 삶의 특징은 자신을 내세우지 않는 겸손입니다. 이는 마치 땅에 떨어져 죽는 밀알과 같습니다. 그러나 조만간에 다시 피어나 모든 풍경을 바꾸어놓을 것입니다.

_오스왈드 챔버스(Oswald Chambers)

그의 사랑은 진행 중

선영은 두툼한 오리털파카에 마스크를 챙겼습니다. 하반신엔 아무 감각도 없지만 양말도 따뜻한 것으로 신었습니다. 전동휠체어를 타고 계양 전철역까지는 20분이 걸렸습니다. 서울역에서 4호선으로 갈아타고 동작동 국립 현충원으로 가려면 한 시간이 꼬박 걸릴 것입니다.

2018년 1월 6일, 수현 형이 소천한 지 12주년 되는 추모식이 있는 날입니다. 충혼당은 현충원에서도 가장 꼭대기에 있습니다. 눈이 쌓이고, 찬바람이 불면 가파른 언덕길을 올라가기 힘이 드는데 올해는 한겨울답지 않게 포근했습니다.

납골당 영정 사진 속 수현 형은 서른세 살에 머물러 있었습니다. 열아홉 살, 하반신이 마비된 선영을 조심스럽게 안아 차에 태워 송명희 씨 콘서트에 데리고 갔던, 힘이 좋고 포근한 모습 그대로였습니다.

"저 올해 서른일곱 살이 되었어요. 형보다 나이가 많네요. 보세요, 흰머리도 났어요."

선영은 중고등학교 시절 거칠게 살았습니다. 고등학교를 자퇴하고 폭주족이 되었지요. 12층에서 떨어지면서 온몸이 마비된 후, 그는 소망을 잃고 누워만 지냈습니다. 그러나 수현 형제와 지금까지 그를 사랑해주는 크리스천들을 만난 후 그는 미래에 대한 기도를 할 수 있었습니다. "하나님, 바르게 살 테니 저 좀 고쳐주세요."

이제는 혼자 밥도 먹을 수 있고, 전동 휠체어로 외출도 가능하고, 독학사로 법도 전공했으니 하나님은 기도를 들어주신 셈입니다. 판사가 되어 자신처럼 비행청소년이 된 아이들을 돕고 싶었으나 아직 꿈을 이루지는 못했습니다. 선영은 법을 몰라 자신의 권리를 찾지 못하는 주위의 노인들과 장애인들을 돕기도 하고, 농촌의 어려운 학생들과 범죄를 저지른 청소년들에게도 작은 정성을 보낸다고 합니다. 세상 누구도 돌아보지 않는 곳에서 삶과 죽음 사이에 누워만 있던 자신을 가장 따뜻하게 안아주었던 수현 형처럼.

군대에서 수현을 따랐던 한 군의관은 사단의무대 시절 어느 크리스마스이브를 잊지 못합니다. 남들이 기피하는 날에 당직을 서는 수현 형의 모습은 새삼스러운 일이 아니었습니다. 그날 갑자기 후송해야 할 병사가 생겨 수현은 그에게 의무대를 맡기고 병사와 동승해 양주 병원으로 갔습니다. 세 시간 후, 의무대로 돌아온 수현은 그 경황 중에도 머핀을 사가지고 와 입원한 병사들에게 나눠주었습니다.

"오늘이 크리스마스이브 아니냐?"

그 머핀은 입원해 있던 병사들에게 큰 위로가 되었습니다. 후배 군의관은 수현이 다른 가치 기준에서 세상을 보고, 사람을 대한다는 생각을 했습니다. 수현은 자대로 돌아가는 그에게 녹색에 금장 글씨가 박힌 책 한 권을 건넸습니다.《주님은 나의 최고봉》 영문판이었습니다.

"그날은 내 일생에 잊을 수 없는 별이 빛나는 따뜻한 크리스마스였습니다."

그 군의관은 크리스천으로 당당하고 따뜻했던 형을 그리며 딸의 이름을 수현이라고 지었습니다.

예흔에서 함께 사역했던 준호 씨는 작은 카페를 차렸습니다. 카페 간판 아래쪽엔 "with 예흔"이라는 말을 넣었습니다. 예흔 예배는 더 이상 드리지 않지만, 수현 형과 함께했던 시간들을 추억으로만 남기기가 아쉬워 카페 안에 수현 형이 읽던 책과 CD를 진열해놓았습니다.

그때 그렇게 잘나갔던 해외 찬양 리더들 가운데 이런저런 문제를 일으켜 사라진 사람들도 있는 것을 보며 그는 사람이 아닌 예수님만 바라본다는 것이 얼마나 중요한가를 깨달았습니다. 준호 씨는 지금

교회학교 중등부 부장을 맡고 있습니다. 예전 주일학교에 그렇게 많이 모였던 학생들이 이제는 3분의 1로 줄었습니다.

"우리나라 청소년들이 새로운 미전도 계층이 된 것이지요."

그는 "너희들이 빨리 집사도 되고 장로도 되어서 교회를 이끌어나가야 한다."라는 수현 형이 평소에 했던 말을 기억하며 주일학교 봉사를 열심히 하고 있습니다.

안과 개업의인 김근수 선생님은 지금까지 에티오피아를 스무 번쯤 다녀왔습니다. 그곳 백내장환자들에게 무료로 수술을 해주고, 현지인 의사들을 가르치기 위해서입니다.

"제가 받은 달란트로 어떻게 쓰임을 받을까 고민하다가 시작한 일입니다. 저와 같은 안과의사가 환자 한 명당 20분만 수고하면 볼 수 없던 그분들이 눈을 뜨게 되지요."

김 선생님은 수현 형제를 생각하면 그가 늘 쓰던 '스티그마'라는 단어가 떠오른다고 합니다. 인생의 중반을 넘어선 지금 하나님 안에서 자신이 어떤 흔적을 남기고 갈 것인가를 고민하고 있습니다.

"인생에서 큰 과업을 이루는 것도 중요하지만, 주위 사람들을 격려하고 위로하고 사랑하는 것이 더 중요하다는 것을 깨닫고 있습니다. 그걸 수현이가 했던 것 같습니다. 그래서 하나님께서 제게 교회 청년부 부장을 맡기신 것 같습니다."

그는 최근 교회 청년들과 함께 에티오피아 봉사를 다녀왔습니다.

하나님을 아는 것에서 그치지 말고, 하나님의 능력을 힘입어 담을 뛰어넘는 것이 무엇인지 도전받게 해주고 싶어서입니다. 당장 큰 변화가 일어난 것은 아니지만 언젠가 이 청년들이 또 하나의 흔적을 남기게 될지는 아무도 모르는 것이니까요.

백 명을 겨우 수용할 공연장에 3백 명 가까운 사람들이 몰려들었습니다. 오후 8시에 시작해야 할 연극은 계속 지연되었습니다. 기획담당자는 수용할 수 있는 모든 공간에 사람들을 차곡차곡 눌러 담았습니다. 무대 앞과 옆에 매트를 깔고, 콘솔과 통로, 그러고도 자리가 없어 남은 사람들은 뒤에 서서 연극을 봐야 했습니다. 2018년, 3월 서울예술대학교 기독교동아리 "I AM"이 안수현 형제의 책으로 각색한 연극 "흔적"의 공연장이었습니다. 대학생동아리가 만든 연극에 이렇게 많은 사람들이 몰려온 것은 정말 희귀한 일이었습니다.

"I AM"은 출애굽기 3장 14절 말씀에서 나온 말로, "예대에서 예배하라, 예수를 위해 예술하라."는 목표를 가진 연극동아리입니다. 올해 연출을 맡은 예은 학생은 극본공모로 선택한 "흔적"을 무대에 올리기로 했지만 여러 가지 문제로 속을 태웠습니다. 대본은 늦어지고, 배우들은 원작을 읽고 자신들도 기독교인이지만 이런 크리스천이 과연 가능한 것인지 공감하지 못했습니다. 잘못하면 유치한 성극이 될 우려도 있었습니다. 그러나 무대감독을 맡았던 남학생이 이 책을 밀어붙였습니다. 그는 《그 청년 바보의사》를 한 선생님으로부터 선물 받고 뒤늦게 하나님을 믿게 된 청년이었습니다.

공연 팀은 매일 연습 시작 전에 함께 기도하고 말씀을 나누었습니다. 최소한 주인공인 안수현 형제를 따라는 해봐야겠다며 만나면 먼저 기쁘게 인사하고, 다른 힘든 사람을 품어주고, 편지쓰고, 괜찮다고 얘기해주고, 찬양을 추천하고 책을 선물했습니다. 수현 형제가 묻혀 있는 현충원도 방문하고, 부모님과 수현 형제의 동료들, 후배들도 만났습니다. 이 연극은 마치 불가능 속에서 하나님을 믿는 훈련 같았습니다.

다큐멘터리 기법을 이용한 세 차례의 공연은 연출이 신선하다는 평을 받았고 성황리에 끝났습니다. 대학생 동아리연극인데 이렇게 많은 사람들이 와준 것도, 그분들이 감동을 받은 것도 감사했습니다.

연극에 참여한 학생들에게도 작은 변화들이 있었습니다. 한 학생은 교회는 습관적으로 다니지만 하나님이 계시는지 어떤지 알게 뭐람, 하던 학생이었는데 이 연극을 하면서 감동이 불일 듯 일어났습니다. 자기도 모르게 어려움을 겪는 동료에게 다가가고 그의 말을 들어주는 사람이 되었습니다. 스태프로 참여한 한 학생은 합평회에서 "하나님이 우리 곁을 스쳐 지나가신 것 같은" 느낌을 받았다고 합니다. 그 학생은 연극 팀 안에서 "사랑을 연습"하다가 "사랑이신 하나님의 존재"를 깨달았던 것 같습니다. 연극을 봤던 한 교회의 청년부는 다시 수현 형제의 책들을 읽기로 했습니다. 연출자인 예은 학생은 관객에게 연극의 주인공이 수현 형제가 아닌 예수님이 보였다는 것에 가장 감사했습니다.

의대 본과 3학년 때 진해 학생은 안수현 장학금을 받았습니다. 고등학교 3학년 때《그 청년 바보의사》를 읽었는데, 자신이 그 책 주인공의 장학금을 타게 될 줄은 꿈에도 몰랐습니다. 23년간 신장투석을 받으시던 아버지는 심장에 무리가 와 여러 번 심근경색수술을 하게 되었습니다. 아버지와 단둘이 사는 진해 학생에게 장학금은 큰 도움을 주었습니다. 사실 고등학교 3학년 때 책을 읽은 것은 대입에 쓸 자기소개서 독서란을 채우기 위해서였습니다. 그러나 다시 한번 책을 읽으면서 안수현 선생이 그 바쁜 가운데 환자들에게 베푼 친절이 얼마나 힘든 일이었는지 알게 되었습니다. 투병 중이시던 아버님은 올해 돌아가셨지만, 진해 학생은 자신도 신실한 의사가 되어 하나님을 전하는 통로로 쓰임받기를 원하고 있습니다.

2016년 태풍 '차바'로 가게가 침수되어 큰 어려움을 겪던 수람 학생도 장학금을 받았습니다. 수람은 평생 열심히 살아오신 부모님이 자연재해 앞에서 무너지는 것을 지켜보는 것이 경제적 곤란보다 더 힘들었습니다. 허무함으로 의학공부에도 열의가 식어가던 수람 학생은 현충원에서 이 장학금을 받고 돌아온 후, 수현 선배의 책을 제대로 읽었습니다. 수람은 자신의 힘든 상황에만 매몰되어 누구에게도 관심을 주지 못했던 자기 모습을 깨닫고 지금부터라도 하나님을 삶의 표

지판으로 세우고 살아가려고 합니다. 수람 학생은 안수현 장학금을 받은 사람답게 그에 합당한 의사가 될 것을 소망하고 있습니다.

현재 인턴으로 근무하고 있는 민우 선생님은 본과 3학년 때 장학금을 받았습니다. 장학금수여식에서 아직도 수현 형제를 잊지 못하고 추모하는 많은 분들의 이야기에 그는 뭉클한 감동을 받았습니다. 사실 민우 선생님은 안수현 선생의 책을 읽고 의사가 되려는 꿈을 가졌습니다. 그러나 바쁜 본과 생활을 보내면서 "코람 데오"의 삶은커녕 오히려 그렇게는 못 산다고 단정 짓던 찰나에 이 장학금을 받게 되었습니다. 그는 이것이 자신을 의사로 부르신 하나님께서 치열하게 사는 것이 쉽지 않더라도 기쁘게 주님과 동행하라는 메시지를 주신 것 같다고 했습니다.

갑작스러운 아버지의 죽음과 가정형편 탓에 학업을 중단하려 했던 한 간호대 학생은 이 장학금이 액수의 크고 적음을 떠나 누군가가 자신을 도와주었다는 것만으로도 다시 일어날 힘을 얻고 희망을 가졌다고 합니다. 이제 대학병원 간호사가 된 그녀는 부족한 가운데서도 자신이 받았던 것처럼 다른 사람을 도우려고 애를 쓰고 있습니다.

《그 청년 바보의사》의 인세로 시작된 안수현장학금은 2010년부터 2018년 현재까지 스물여덟 명의 학생들에게 장학금을 주었습니다. 현재 그중 열한 명의 의사, 두 명의 한의사, 여덟 명의 간호사가 나왔으며 아직 의대와 간호대에 재학 중인 학생이 일곱 명입니다. 첫 번째로 장학금을 받은 학생은 의대교수가 되었습니다.

적어도 이 장학생들은 수현 형제의 마음을 기억하며 자신이 맡은 환자들의 아픔에 귀를 기울이고, 따뜻한 말 한마디, 따뜻한 눈길 한 번을 더 주는 그런 의료인들이 될 것입니다.

2008년 5월쯤, 한 신실했던 청년이 남긴 글을 엮어달라는 제의를 받았습니다. 작가인 저는 그 청년의 싸이월드 미니홈피에 들어가보았습니다.

그리고 미니홈피를 가득 채운 수많은 추모 글들에 놀라지 않을 수 없었습니다. 수현 형이 중환자실에 누워 있다는 글, 헌혈증이 필요하다는 글, 제발 툭툭 털고 일어나라는 글, 그리고 기도, 기도, 기도들.

33세, 군의관으로 복무 중에 유행성출혈열에 감염되어 소천했다는 그 청년과의 예기치 못한 대면이었습니다.

그의 글들을 하나하나 읽었습니다. 깊은 영성과 지성, 만만치 않은 글 솜씨, 그리고 약자와 상처 입은 사람들에게 본능적으로 다가가는 의사와 인간으로서의 따뜻한 마음, 하나님 앞에서 신실하게 살아보려고 애를 쓰는 청년의 순수함이 느껴졌습니다.

책을 엮는 기준을 세웠습니다.

최대한 안수현 형제의 글을 살릴 것.

인터뷰를 통해 그의 삶을 재구성하되 과장 없이 진실하게 쓸 것.

가장 중요한 것은 수현 형제가 아무리 많은 선행을 했어도 예수님을 드러내는 통로일 뿐 우상으로 만들지 않겠다는 것이었습니다.

이 책을 기획한 수현 형제의 대학선배인 김진용 원장, 김신곤 교수, 이택환 목사님, 누가회 동료들, 예흔 팀원들도 같은 마음이었습니다. 김신곤 교수는 이렇게 말했습니다.

"우리의 작업이 신앙적인 우상 만들기가 아니라, 우리의 남달랐던 친구요, 동생이자 형과 오빠였던 수현의 진실한 삶을 드러내는, 그래서 그냥 잊기에는 너무 아쉬운 그의 삶을 기억하는 계기가 되기를 바랍니다."

우리는 많이 팔리는 책이 아닌, 좋은 책을 만들어 좋은 영향력을 미치는 그런 책을 엮기로 했습니다.

인터뷰 작업에 들어갔습니다. 아마도 백 명 가까운 수현의 지인들을 만났을 것입니다.

저는 또다시 넘치는 '눈물'들과 마주해야 했습니다. 다 큰 어른들이 겨우 참다 훅하고 터뜨리는 눈물 속에서 수현 형제가 남긴 것의 정체가 무엇인지 알았습니다.

그것은 '사랑'이었습니다.

그 청년에게 받은 선물, 편지, 위로, 배려, 사랑을 갚아줄 기회를 잃은 사람들은 그 미안한 마음을 지금, 자기가 있는 곳에서 베풀려는 마음을 갖게 되었습니다.

그 청년이 완벽한 인격은 아니었습니다. 수줍고 외로운 성격에 크리스천다운 모범을 보이려 애쓰느라 남을 불편하게 하고 갈등을 일으킨 적도 있었습니다. 그럼에도 불구하고 그를 추억하는 사람들 마음에는 그의 허물은 사라지고 그의 사랑만이 남겨져 있었습니다.

저는 그 청년의 삶을 엮으면서 배운 것이 있습니다. 하나님 역시 우리가 어떤 대단한 일을 이루었는가보다는 살아가면서 얼마나 사랑했으며, 얼마나 타인을 배려했으며, 옳은 일을 하기 위해 얼마나 분투했는지에 주목하실 거라는 것을.

가까운 지인들끼리 읽기 위해 펴낸 이 책이 많은 독자들의 사랑을 받게 되어 얼마나 고마운지 모릅니다. 의사를 꿈꾸는 학생들에게 필독서가 되었다는 것도 감사한 일입니다. 부디 이 책이 환자들을 하나님이 보낸 상처 입은 천사로 대하는 의료인들과, 하나님만 바라보며 선한 일에 힘쓰는 분들에게 작은 위로의 편지가 되길 바랍니다.

이번에 수현 형제의 책을 개정했습니다. 그동안 달라진 상황들을 알려드리고, 그가 뿌린 씨앗이 어떤 나무가 되어 열매를 맺고 있는지 전해드리고 싶었기 때문입니다.

이제 그 청년의 새로운 글은 다시 볼 수 없습니다. 하지만 그의 사랑이 흘러가는 곳에서 또 다른 이야기와 아름다운 흔적들이 남을 것입니다.

그 청년 바보의사, 그의 사랑은 진행 중입니다.

수현 형제를 환송하며

_김신곤(고려의대 교수)

하나님

오, 하나님

어찌하여 그리하셨습니까?

이천 년 전 나사렛에서 난 청년 예수가

33세의 나이로 무고하게 죽어갈 때도

당신은 그걸 막지 않으셨지요.

그래서입니까?

예수의 흔적을 안고 살겠다던 수현 형제를

그 예수와 똑같은 33세에

이렇게 죽도록 허락하신 겁니까?

그래서입니까?

예수 그리스도의 3년 동안의 공생애가

그 어떤 인간의 평생의 삶과도

비교할 수 없을 만큼

많은 사랑과 섬김을 보여주었던 것처럼

예수의 흔적, 수현 형제의 짧은 삶을 통해

그토록 많은 사랑을 나누게 하신 겁니까?

그래서입니까?

인간의 고통과 고난의 역사에

친히 고통받음으로 응답하셨던 예수 그리스도처럼

예수의 흔적, 수현 형제가

그토록 사랑했던 환자의 고통과 아픔을

자신의 육체로 철저히 경험하도록 하신 겁니까?

그래서입니까?

사망의 권세를 넘어 부활하여

오늘 우리와 함께하신 예수 그리스도처럼

예수의 흔적, 수현 형제가

우리 마음속에 영원히 잊히지 않을

예수 그리스도의 부활의 흔적이 되도록 하신 겁니까?

그래서입니까?

그래서 부르신 겁니까?

아아, 우리네 이 작은 머리론

당신의 섭리를 도저히 이해할 수 없습니다.

그래서 슬퍼하고 그래서 안타깝고

그래서 비통해합니다.

그러나

이제 그만 눈물 흘리렵니다.

아니 박수로 환송하렵니다.

하나님을 삶의 비전으로 삼고

예수의 흔적을 자신의 몸에 아로새기며

성령의 인도하심을 따라

진리의 구도자로

사랑의 전파자로

백 년을 살아도 의미 없게 살 수 있는 인생을

짧은 만큼 더욱 가치 있게 잘 살아온

그리고 이제 영원한 세계로 초청받은

아름다운 청년, 수현 형제를

살아남은 자들이 박수로 환송하렵니다.

하나님의 사람, 수현 형제는

이제 우리 곁을 잠시 떠났습니다.

머지않은 미래에

밝은 얼굴로 다시 반갑게 만납시다.

사랑한다. 수현아!